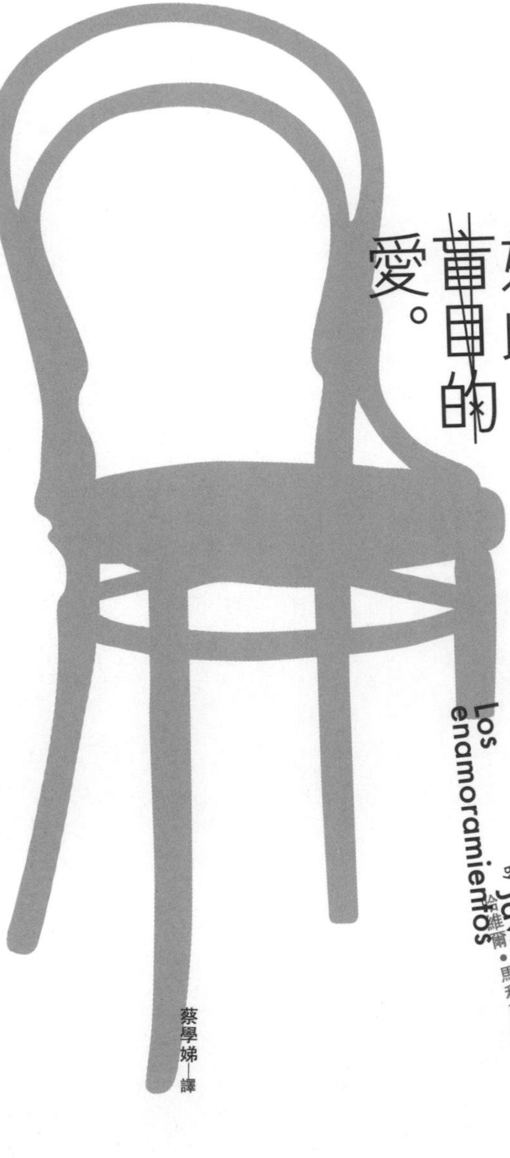

如此華甲的愛。

Los enamoramientos

by Javier Marías

哈維爾・馬利亞斯——著

蔡學娣——譯

獻給梅塞德斯・洛佩斯・巴列斯特羅斯
感謝她來看我，講故事給我聽
獻給卡爾梅・洛佩斯・梅卡德爾
感謝她依然在我耳畔淺笑，感謝她的傾聽

1 Chapter 第一部

那是我最後一次見到米蓋爾・德思文或者德文內，也是他的妻子路易莎最後一次見到他。這不免有些奇怪，或許有失公平，因為畢竟她身分不一樣，是他的妻子，而我只是個陌生女人，從未與他交談過。我甚至不知道他的名字，或者說知道時已經太遲，當時他的照片刊登在報紙上，身中數刀，衣衫凌亂，即使他在自己殘缺的意識裡還沒有死，卻也奄奄一息了，他的意識再也沒有恢復：他最後想到的應該是對方捅錯人，並且毫無緣由，也就是說，這事蠢透了，他被扎了一刀又一刀，刀刀要害，目的是要讓他從世界上消失，一刻也不耽擱。為什麼說「太遲」呢？我問自己。說真的，我不知道。只是每當有人去世，我們便會認為做什麼都晚了，一切都晚了——更不用說等他了，我們只能將他刪除。我們對於親友也是這樣，儘管更難接受。我們哀悼他們，無論走在大街上還是待在家裡，他們的形象總在我們腦海縈繞，很長一段時間，我們以為自己永遠不會習慣。但是從一開始——從他們離我們而去那一刻起——我們就知道，不應該再指望他們了，連最瑣碎的小事也是，哪怕一個普通的電話或者一句傻傻的問話（「我的車鑰匙掉在這裡嗎？」「今天孩子們幾點出門？」），不必抱任何希望了。無望就是無望了。事實上這很難理解，因為這意味的是肯定，雖然違反我們的本性：肯定某人不再來，不再說話，不再走動——哪怕靠近或者遠離一步，不再凝視我們，目光不再轉動。我不知道我們如何承受，如何從中恢復。我不知道當時光流逝，讓我們遠離了他們——他們早已靜止在那一刻，但我們是如何忘記的？

我曾在很多個早晨見過他，聽到他的言談笑語，幾年來幾乎每個早晨都這樣，是清早，也不特別早，事實上我那時候上班經常遲到一會兒，為的就是有機會和那對夫婦共處片刻，不是和他——不要誤會我，而是和他們兩人，是他們兩人在我開始一天的工作之前，帶給我寧靜和快樂。他們幾乎成了一種必需。不，這個詞並不適用於帶給我們愉悅和安寧的人。或者說一種迷信，儘管也不合適：並非我相信如果不和他們共進早餐——我的意思是相隔一定距離，我的一天就會過得很糟；只不過哪天如果見不到他們，我的一天必定會在情緒低落、缺乏樂觀的狀態下開始。他們讓我看到的是一個有序的，如果你願意也可以說，是和諧的世界。或者說，極少有人看到的世界的一個微小的碎片，就像一切碎片或者生活，甚至是那種最公開的或者最無遮掩的生活。我不喜歡在沒有事先見到他們、欣賞過他們的情況下把自己關在辦公室裡數個小時，我不是偷窺，但極其小心，我最不希望的就是讓他們覺得不自在或者被打擾。把他們嚇跑不僅對我不利，也不可原諒。許多個日子，我很欣慰在清晨和他們呼吸同樣的空氣，或者成為整個風景的一部分——一個不被察覺的部分，直到他們分開，可能要等到下一餐，也許是晚餐，他們才會再見。我和他的妻子最後一次見到他的那天，他們沒能共進晚餐。甚至連午餐也沒有一起吃。她坐在餐館的一張桌子前等了他二十分鐘，雖然有點奇怪，但是並沒有擔心什麼，直到電話響起，她的世界走到盡頭，從此她沒有再等過他。

第一天我就看出他們是夫妻，他將近五十歲，她則小幾歲，應該還不到四十。最美的事情莫過於看到他們在一起時多麼開心。在一個幾乎誰都了無興致，更沒有心情玩鬧嬉笑的時刻，看著他們倆卻說個不停，樂在其中，興奮不已，好像是剛剛遇見，甚至初相識似的，而不像一同出家門，把孩子們送到學校，不像在同一時間梳洗——也許就在同一個浴室，在同一張床上醒來，首先看到的是各自另一半大打折扣的形象，並且日復一日過了許多年。有幾次他們的孩子曾出現在他們身邊，女孩應該八歲，男孩大概四歲，像極他的父親。

他衣著優雅，略顯老派，但是絕不給人滑稽或者過時的感覺。我的意思是他總是衣著講究，搭配得宜，訂做的襯衫，昂貴但不張揚的領帶，西裝上衣口袋裡露出的方巾，袖釦，光亮的繫帶皮鞋——顏色為黑色或駝色，駝色只在春末配淺色西裝穿——精心護理過的雙手。儘管如此，他給人的印象，並不是自負的行政主管或者道地的公子哥，更像是他的教養不允許他穿成其他樣子出門，至少在工作日是不允許的：這類服飾穿在他身上顯得非常自然，好像是他的父親教育過他從某個年齡開始就該那樣穿著，不要被那些剛一誕生便已過時的時尚潮流以及衣著邋遢的時下風氣左右，它們沒有理由影響他。他如此傳統，我在他身上竟然連一個怪異的細節都不曾發現過。他無意彰顯自己，但是，在我經常看見他的那個咖啡館裡，甚至在我們這個粗枝大葉的城市裡，他終究顯得有些與眾不同。他性格裡的熱情大方，毋庸置疑，突顯他的率真，但不是粗魯無文（比如他對那些服務生都是彬彬有禮，以「您」相稱，帶著老式的親切，卻又不顯得造作）：他時常爆出笑聲，幾乎無所顧忌，確實有些引人注目，但絕不讓人討厭。他很愛笑，縱情大笑中卻透著真誠和親切，但從不像諂媚或者逢迎附和，而像是對那些真正讓他覺得有趣的事情做出的回應，而令他覺得有趣的事情似乎很多。他是一位慷慨的男人，願意體驗各種令人發噱的情境，或是面對玩笑，至少是言辭上的玩笑，拍手叫好。主要可能是他的妻子令他發笑，有的人會在無意間讓我們笑，有她們在場就會帶來快樂，於是我們輕鬆就能展露笑容，只要看到她們，有她們做伴，聽她們說話就夠了，即使她們講的不是什麼了不起的事情，甚至故意不停說些蠢話，語言平淡無味，也讓我們覺得有趣。他們倆似乎就是這樣；雖然明顯是夫妻，但是我從未發現他們刻意或者假意作出纏綿的舉動，就像某些共同生活多年的夫婦，洋洋得意炫耀他們依然多恩愛，將此當作一項功績，提升他們的價值，或者將夫妻恩愛做為美化自己的裝飾。他們更像是曖昧期間的男女，想要讓對方產生好感而取悅對方；可想見他們在結婚以前，甚至在成為情侶之前就已經非常欣賞、喜歡對方，不管事情最終如何演變，他們都會成為一對——相處不是出於夫妻義務，或者方便、習慣甚至忠誠。作為伴侶或者同伴、朋友、說話的人或同謀，堅信無論發生什麼或者出現什麼狀況，無論說什麼或者聽到什麼，如果是和別人一起，就會少了很多興趣或者樂趣。就像他離開她或者她離開他。他們之間有友情，且情比金堅。

米蓋爾・德思文或者德文內五官迷人，溫柔但不失男子氣概，讓人遠遠就感受到他的魅力，我不由得猜想他在人際交往中是如何令人無法抗拒。很有可能我先注意到他，然後才注意到路易莎，或者是他讓我不得不也注意到她，因為我經常看到妻子身邊沒有丈夫，卻從未見過丈夫身邊沒有妻子——通常都是他先離開咖啡館，而她總是會再多待上幾分鐘，有時一個人抽菸，有時和一、兩個女同事，或者孩子同學的母親，或者女性友人在一起。她們三不五時在早上他倆相聚的最後一刻，或者他快要告別的時候，加入聚會。我腦中沒有他獨自一人的印象，只有他和她在一起的印象（這也正是最初我在報紙上沒有認出他來的原因之一，因為那上面沒有路易莎）。但是很快他們兩人就引起我的興趣，如果用「興趣」一詞恰當的話。

德思文有著一頭濃密的深色短髮，唯獨兩鬢有些白髮，也比其他地方更為鬈曲（如果任由鬢角生長，天曉得會長出怎樣不和諧的瀏海）。他的眼神明亮、平和、喜悅，在聽別人講話的時候，閃爍天真或者說稚氣的眼神，是那種甘於平凡生活的人才有的，也許對他們來說，經歷生活就是享受生活中的種種樂趣，甚至身處困境和不幸時亦然。當然，與人類普遍的命運相比，他經歷過的困難和不幸可能微乎其微，或許因此幫他保留了一雙充滿信任、笑容可掬的眼睛。那是一雙灰色的眼睛，似乎總在記錄著一切，彷彿一切都很新奇，甚至每日重複的瑣事也都很新鮮，包括位於貝爾加拉王子大街高處的那家咖啡館，以及裡面的服務生，還有我沉默的身影。他的下頷上有凹痕。這讓我想起在某段電影對白中，一位女演員一邊用食指觸摸勞勃・米契、或者卡萊・葛倫，又或是寇克・道格拉斯下頷的凹痕，我記不清是誰了，一邊問他用什麼方法刮鬍子。我也想每天早上從我的餐桌前起身，一直走到德文內的餐桌旁，問他相同的問題，同時也用我的拇指或食指輕輕觸摸他下巴的凹痕。他的鬍鬚總是刮得很乾淨，連凹痕處也不例外。

他們不怎麼注意到我，對我的關注遠遠少於我對他們。他們在吧檯點早餐，拿到之後便端到臨街落地窗前的餐桌，而我總是坐在更靠裡面。春夏時節我們都坐外面，服務生通過一扇和吧檯同高的窗口把東西遞給我們，於是我們只好來回走動，也就有了更多目光接觸。無論是德思文還是路易莎都和我有過目光交流，但純粹是出於好奇，沒有任何目的，而且時間從來都很短暫。

他看我的目光從來沒有暗示、調情或者自負的意味，那樣的話會令人失望；而她也從未對我流露出猜忌、高高在上或者冷漠的態度，那樣的話我會不愉快。是他們兩個，他們兩個一起給我留下好感。我注視他們的時候毫無嫉妒，絕對不是嫉妒，而是帶著一種寬慰，證實了在現實生活中可能出現我所認為的那種完美夫婦。路易莎與德文內兩人的打扮風格和服飾外表，看上去格格不入，這點更加深我對他們的喜愛。在一位像他這樣衣著講究的男士身邊，人們會期待看到一位和他登對的女人，古典而優雅。雖然不見得如此，但是大多數場合下她應該穿著裙裝和高跟鞋，比如CÉLINE的衣服，佩戴醒目卻極有品味的耳環和手鐲。然而她的衣著不是運動風格就是另外一種我不知道應該稱之為自然還是隨便的穿搭，反正都是不修邊幅。她身高與他相仿，麥色肌膚，深栗色接近黑色的及肩中長髮，略施粉黛。穿褲裝時——常常是牛仔褲，配一件普通外套、靴子或平底鞋；穿裙裝時，配一雙中跟鞋，幾乎和五〇年代許多婦女穿的那種鞋子一模一樣；夏季穿秀氣的涼鞋，露出相對於她的身高而言有些嬌小的腳趾。我從未見她戴過任何首飾，包都是跨肩背著。她看起來和他一樣親切開朗，她的笑聲沒有他的響亮；但是她一樣愛笑，笑容也許更熱情，她那雪亮的牙齒，又或者是她那因笑而變圓的雙頰，給她的神情增添了些孩子氣——也許她從四歲開始就情不自禁地那樣笑。他們似乎已經養成習慣，在結束有小孩子的家庭那種清晨的忙碌之後，一起輕鬆一下，然後各自上班去。這是專屬他們的短暫時光，為了不在慌亂中告別，為了興致高昂地聊一會兒。我思忖他們在談論什麼或者講些什麼——既然他們同睡同起，對對方的心思和行蹤都一清二楚，怎麼還有這麼多話好講——他們的談話我只聽到些片段，或者是零星的單詞。有一次我聽見他稱呼她「公主」。可以這麼說，我希望他們擁有世上所有的美好，就像對待一部小說或者電影裡你從一開始就支持的人物那樣，雖然明明知道他們將會發生不測，事情會在某個時刻發生改變，否則就不會成為小說或電影了。然而在現實生活中不一定非要如此，我期待每天早晨仍然見到他們像往常一樣，而不會在某一天發現他們疏遠某人或者互相疏遠，不知道該說些什麼，迫不及待地想要跟對方斷絕來往，互相怨懟或者表情冷漠。他們的存在，是一齣簡短而且樸實的戲。在我進入出版社，和我那妄自尊大的上司以及他那些令人生厭的作者鬥智鬥勇之前，他們給我帶來好心情。如果路易莎和德思文幾天不出現，我就會想念他們，就會在面對一天的工作時備感沉重。在某種程度上我覺得欠他們人情，因為在不知情和無意之中，他們每天都在幫我，任由我想像他們的生活，想像一切毫無瑕疵。我也很慶幸自己無從確認或者調查，這樣我就不會脫離對他們一時的著迷（我的生活可是劣跡斑斑，事實上我到第二天因為早起搭公車而抱怨的時候才會重新想起他們，這一點我很憎惡）。我也曾希望給予他們類似的說明，但是情況並不允許。他們並不需要我，甚至可能不需要任何人，我幾乎是透明的，被他們的快樂抹去了一般。只有那麼兩三次，他在離開的時候，習慣性地吻了一下路易莎的嘴唇之後——她從不坐著等待，而是站起身來回吻他——朝我微微地點了點頭，幾乎是欠了欠身，在他抬頭揮手和服務生們告別之後，好像我是他們其中一員，是個女服務生罷了。就在丈夫向我欠身行禮的那兩次，他那善於觀察的妻子，在我離開的時候，也做出了類似的舉動——我總是在他之後、在她之前離開。但是當我想用更輕微的點頭向他們回禮時，無論是他還是她都已經轉移目光，不再看我。他們動作好快，或者說好了彼此得有分寸。

在我常見他們的那段時間，我並不知道他們是誰，從事什麼工作，不過他們肯定是有錢人。也許不是非常富有，但肯定是小康之家。我的意思是如果非常富有的話，他們就不會親自送孩子去學校，我敢肯定他們是先送完孩子之後才去咖啡館休息，可能是艾斯第洛小學，就在附近，不過這個街區有好幾所學校，由艾爾畢索區的別墅——以前叫做公館——翻修而成。我小時候就在位於奧良多大街的其中一所學校上學，離那兒不遠；他們也不會天天都在社區咖啡館吃早餐，更不會在九點整奔赴各自的工作，他在九點之前一點兒，她則在九點過後一點兒，我向服務生們打聽他們的時候，他們是這麼告訴我，出版社的一位女同事也這麼說，我後來和她討論過那件恐怖的謀殺案，而她，雖然對他們的瞭解並不比我多，竟然想盡辦法得知一些情況，我想那些愛搬弄是非，凡事愛往壞處想的人總能找到辦法弄清楚他們想要知道的事情，尤其是負面的或其中夾雜著不幸的事情，即使與他們毫無關係。

六月底的一個早上，他們沒有出現，這沒什麼奇怪，這種情形時有發生，我猜他們可能去外地，也可能是太忙了，沒時間去放鬆一下，儘管他們應該很享受這種時光。之後我幾乎有一個星期沒去，因為我被上司派去國外參加一個愚蠢的書展，其實就是代表他去做公關幹蠢事。我回來後他們仍然沒有出現，一次也沒有，這令我不安起來，與其說是為了他們，不如說是為了我自己，因為突然之間我失去了早晨的強心劑。「人怎麼這麼容易就消失，」我想，「只要換份工作或者搬個家，這輩子你就再也沒有他的消息，再也見不到他。甚至只是因為他的作息時間改變。這種只是打照面的關係真脆弱啊！」我問自己賦予他們快樂的意義這麼久了，是否應該在某個時機和他們說幾句話。不是為了打擾他們或者破壞他們相互陪伴的短暫時光，當然也不是為了展開咖啡館之外的交往，我絲毫沒有這種想法；僅僅是為了向他們表示我的好感和欣賞，為了從此以後每天和他們說早安，這樣如果某一天我要離開出版社，不再去那個地方，我會覺得自己有義務向他們告別，同時也有一點強迫他們這麼做的意思，如果他們要搬家或者改變作息，就像我們街區的某個店家通常會提醒我們即將停業或者轉讓店鋪，或者當我們要搬家的時候我們會通知所有人。至少意識到我們將不再見到那些每天見到的人，即使我們只是遠遠地或者出於功利目的見過他們，而平時幾乎沒有仔細注意他們的臉。是的，人們一般都會這麼做。

因此我最終還是問了服務生。他們認為那對夫婦去度假。這聽起來像推測，而不是確鑿的消息。度假為時尚早，不過也有人七月不喜歡待在馬德里，因為這裡比火還熱。也許路易莎和德文內有條件離開兩個月，他們似乎有錢又有閒（也許他們是雇主）。雖然我很遺憾直到九月之前每天早晨那小小的激勵都沒了，但是得知他們到時會回來，並沒有從我的地平面上永遠消失，我就安心了。

記得那時我無意間在報紙上看到一則馬德里某企業家被人刺死的大標題，我快速地翻了過去，沒有閱讀全文，原因正是這則新聞的配圖：一張照片裡一個男人躺在馬路中間，他躺在機車道上，沒穿外套，沒繫領帶，沒穿襯衫，也可能是襯衫釦子解開，下襬掉出來了，急救人員在努力讓他恢復知覺，搶救他，他四周一片血泊，白色的襯衫浸透了血和污漬，或者這是我看到那張模糊照片時想像出來的現場畫面。由於拍攝角度的問題，他的臉看不清楚，但無論如何，我的目光沒有停留，我很憎惡當下媒體的這種癖好：不吝將最殘忍的圖片呈現給讀者——或許這正是讀者和觀眾所追求的，可以說他們全都精神失常；他們只想知道一些自己已經瞭解、或是早已被告知的東西。對讀者而言，好像光有文字的描述還不夠，對遭受暴行的人連最起碼的尊重也沒有，他已經無法自我保護，無法抵禦那些在他意識清醒時絕對不會屈從的目光，正如他絕不會穿著浴袍或者睡衣出現在陌生人或者熟人面前，覺得這樣不成體統。我認為給一位已死或者將死之人拍照非常過分，特別是在其遭受暴力的情況下，是對剛剛成為一名受害者或一具屍體的人最大的不尊重。如果他似乎還沒有完全死去，或者沒有被認定為完全死亡，那麼就不應該妨礙他真正死去，不要讓他在不受歡迎的目擊者和公眾圍觀下離去。我不打算屈服於報紙強加給我們的這種習慣，不想看它們硬要我們看，或者幾乎是強迫我們看的人事物。我不想和那千萬雙眼睛同流合污，我不想我這雙好奇的眼睛帶著驚恐，腦袋努力克制想看的衝動，努力不讓自己覺得僥倖，是不是一邊看的人，一邊可能在想：「眼前的這個人不是我，而是別人。不是我。我看見他的臉，那不是我的臉。我在報紙上看到他的名字，同樣不是我的，不一樣，我不叫這個名字。這事落到別人身上，不知他做了什麼事，捲入什麼糾紛，欠了什麼債務或者得罪什麼人，以至於被人用折刀捅死。我從不介入任何是非，也不樹敵，不干預任何事情。又或者我確實沾惹是非，也做壞事，但是沒被抓住。幸好，眼前這位被人們談論的死者是別人而不是我，今天的我比昨天更安全了。昨天我僥倖逃過，而這個可憐鬼卻被逮住了。」我從未想過把那則我一瞥而過的消息和那個令人愉快、笑容可掬、我曾經每天看他吃早餐的男人聯想在一起。他曾經和他的妻子在不知不覺中給予我很大的精神鼓勵。

出差回來後的幾天內，我很想念那對夫婦，儘管知道他們不會來。現在我每天準時去出版社（吃完早餐就走了，沒有理由偷懶了），但是有點灰心沮喪，無精打采，我們適應日常生活起變化的能力之差，真是令人驚訝，哪怕是好的變化也一樣，況且這次並非好變化。我對工作更加懈怠，看著我的上司驕傲自大，接待作者們令人厭煩至極的來電或者來訪，莫名其妙地，這種事最終竟演變成我的職責之一，也許是因為我往往比我的同事們更在意他們一些，同事們都是直接回避，尤其是那些極其自以為是還特別愛挑剔的作家。還有那些令人討厭透頂的、迷茫無措的作家，那些獨居的作家，那些帶來災難的作家，那些以匪夷所思的方式賣弄風情的作家，那些把打電話給我們當作一天工作的開始，利用各種藉口告訴某位編輯他們還活著的作家。他們大多數很古怪。從躺下到爬起床來，他們想像中的事情占去他們太多時間。那些沒有固定職業，以文學及其相關東西謀生的人足不出戶，唯一的工作就是坐在電腦前或打字機旁——至今還有瘋子仍在使用打字機，交稿時還得幫他們再重打一次。他們的自律令人難以理解：一定是有點變態的人才會在沒人要求的情況下工作。社會上漸漸開始出現這群以文字維生的人，與大家普遍的印象相反，這一行有錢可賺，主要是對出版商和經銷商而言。因此，對於幾乎每天都要幫助一位名叫科爾特索的小說家搭配服裝，我感覺心情和耐心都大不如前，他總是藉著某個荒唐的藉口打電話給我，接下來便來一句「趁你在這兒」，向我描述他已經穿上或者打算穿上的那些可笑的、或者過時的服裝是否搭配得當。「你覺得菱形花紋襪子，搭配細條紋褲子和帶流蘇的棕色莫卡辛鞋，好看嗎？」我不敢告訴他菱形花紋襪子、細條紋褲子和帶流蘇的棕色莫卡辛鞋讓我覺得很恐怖，因為這樣說只會令他過分擔心，談話就會沒完沒了。

「什麼顏色的菱形花紋？」我問他。

「棕色和橙色。不過我也有紅色和藍色的，綠色和米色的，你覺得怎麼樣？」

「棕色和藍色的最好，就是你剛才告訴我你穿的那種。」我回答道。

「我沒有這種顏色組合。你認為我應該出去買嗎？」

我很遺憾我只能這麼回答，儘管我非常生氣他竟然向我諮詢這類事情，好像我是他母親或將來會成為他遺孀似的。這個傢伙對於自己的作品很自負，雖然評論界讚賞有加，我卻覺得愚蠢至極。但是我不想打發他，讓他滿城去找更多丟臉的搭配，而且也解決不了那雙有問題的襪子。

「不必了，科爾特索。為什麼不從一雙襪子上剪下藍色的菱形，從另一雙襪子上剪下棕色的菱形，然後把它們拼起來呢？做個patchwork，現在很流行拼布的作法，補丁的藝術。」

他過了許久才意識到我在開玩笑。「可是我不會做，瑪麗亞，我連釦子都不會縫，而且我的約會就在一個半小時之後。噢，我知道了。你是在耍我。」

「我？絕對沒有。不過，你最好還是穿單純一點的顏色吧。海軍藍，如果你有，我建議你搭黑色皮鞋。」我還是給了一點幫助，在可能範圍之內。

現在我心情更差了，總是打發他，帶著厭惡以及心懷不軌的欺騙：如果他告訴我要穿一套深灰色西裝去法國大使館參加雞尾酒會，我就毫不猶豫地推薦水綠色襪子，並且讓他相信那是最新流行，所有人都會驚豔，這倒不完全是假話。

對待另一位小說家我也不客氣，他的筆名是卡拉伊．豐蒂納——就是這樣，只有兩個姓而沒有名字甚至中間名，他大概認為這樣很獨特，很神祕，但是聽起來像足球裁判——他覺得出版社應該為他解決任何困難或者意外，即使和他的書沒有任何關係。他要我們去他家取一件大衣替他送到洗衣店，要我們替他找電腦工程師或者幾個粉刷工，或者要求我們替他在斯里蘭卡的特亭可馬利或者拜蒂克洛找住宿的地方，為他和妻子的私人度假做準備，他那專橫的妻子三天兩頭打電話或者親自出面，不是提出請求，而是發號施令。我的上司很看重卡拉伊．豐蒂納，希望我們滿足他，不是因為他的書銷量高，而是因為他讓我們上司相信他經常受邀去斯德哥爾摩，將要被授予諾貝爾獎，雖然無論是在西班牙還是其他地方從未有人公開推薦他，甚至其他作家多少在自己家鄉都會有，他卻沒有——我在一個偶然的機會得知，他去斯德哥爾摩都是自掏腰包，為了畫餅充饑、呼吸那裡的空氣而已。然而，他卻在我的上司以及他的下屬面前認定此事，我們一聽到他說「我在北歐的密探告訴我，就在今年或者明年」時，總是不禁臉紅。「我已經用瑞典語背下我將在典禮上對卡爾．古斯塔夫說的話。我會讓他目瞪口呆，他大概從未聽過這麼生猛的言論，而且從沒有其他作家能學會用他們的語言發表感言。」「是什麼呢？」我的上司問，流露提前到來的興奮。「會在第二天全世界的報刊上看到。」卡拉伊．豐蒂納洋洋自得地答道，「每家報紙都會刊登，所有的報紙都要把它從瑞典語翻譯過來，包括這裡的報紙，不是很有趣嗎？」（我覺得在生活中如此堅信一個目標真令人嫉妒，即使目標和堅信二者都是子虛烏有。）我原先對他盡量以禮相待，我可不想拿工作開玩笑，但是現在當他一大早打電話來，提出種種無禮的要求時，我只感到為難。

「瑪麗亞，」一天早上他打電話對我說，「我需要你們幫我弄幾克古柯鹼。新書的一個情節需要。找個人盡快送到我家，無論如何天黑前要送到。我想看它在日光下的顏色，以免弄錯了。」

「但是，卡拉伊先生……」

「卡拉伊·豐蒂納，親愛的，告訴過你了。卡拉伊作為姓氏隨處可見，巴斯克地區、墨西哥、阿根廷都有。甚至聽起來像個足球運動員。」他如此堅持，因而我推斷他的第二個姓是編造的（一天我在馬德里電話簿上找了找，沒有一個姓豐蒂納的，只有一個叫勞倫斯·封迪諾伊的，這個名字更不真實，像是出自《咆哮山莊》），或者可能整個姓氏組合都是編造的，他實際上叫戈麥斯·戈麥斯或者加西亞·加西亞，或者其他某個他不喜歡的重複姓氏。如果這是一個筆名，那麼當他取名的時候肯定不知道豐蒂納是一種義大利乳酪，我不知道是牛乳酪還是羊乳酪，好像是產自奧斯塔河谷，人們多半煮來吃。不過算了，畢竟也有些花生叫波赫士，我不認為這給波赫士本人造成困擾。

「對，卡拉伊·豐蒂納先生，請原諒，我是為了稱呼上簡單點。但是您看，」我不得不告訴他，儘管這不是主要的問題，連次要也算不上，「顏色的問題您不用擔心。我現在就可以向您肯定是白色的，無論是在日光下還是在燈光下，幾乎全世界都知道。電影裡出現很多次，您沒看過塔倫提諾的電影嗎？或者另外一部艾爾·帕西諾主演的電影，裡面有成堆的毒品？」

「那個我知道，親愛的瑪麗亞，」他氣惱地回答，「我生活在這個骯髒的星球上，儘管我創作的時候可能不顯得骯髒。請不要妄自菲薄，你不像你的同事貝阿特里絲以及其他許多人，僅僅只會印書。你閱讀，並且很有眼光。」他時不時地跟我說這種話，我猜是為了討我歡心：我從未對他的任何一部小說發表過看法，我拿薪水不是做這個的。「我擔心的是形容詞用得不準確。你說說看，你能明確告訴我是乳白色還是石灰白嗎？還有質地。更像粉筆末還是白糖？像食鹽、麵粉還是滑石粉？來，告訴我。」

由於這位準諾貝爾獎得主的敏感多疑，我眼看自己捲入一場荒謬又危險的爭論之中。我真是自投羅網。

「就像古柯鹼，卡拉伊・豐蒂納先生。現在這時代已經沒有必要多加描述它，沒嘗過的人也都見過。老年人也許例外，但是無論如何在電視上也出現過許多次了。」

「你在告訴我應該怎樣寫作嗎，瑪麗亞？告訴我是否要用形容詞？應該描寫什麼，什麼是多餘的嗎？你在給卡拉伊・豐蒂納上課嗎？」

「不是的，豐蒂納先生……」我無法每次都用兩個姓來稱呼他，那樣要花上很長時間，而且那個姓氏組合既不好聽，我也不喜歡。省去卡拉伊似乎不會讓他太不愉快。

「既然我讓你們今天弄兩克古柯鹼來，肯定有原因。今晚寫那本書需要它，你們也希望新書順利並且沒有瑕疵，不是嗎？你們唯一應該做的就是把古柯鹼給我，不是和我爭論。難道要我親自和歐赫尼說嗎？」

話說到這樣，我冒著一定的風險，沒有妥協，一句加泰隆尼亞語脫口而出。是我的上司傳染給我的，他是加泰隆尼亞人，雖然在馬德里生活了一輩子，嘴上卻掛著大量的加泰隆尼亞語。如果卡拉伊的苛求傳到他的耳朵裡，他一定把我們全部趕到大街上去找毒品（去計程車拒絕進入的糟糕街區和市鎮）。他過於看重這位自命不凡的作者，不可思議的是這種人怎麼就讓眾人相信了自己的價值。這現象普遍存在，令人費解。

「要是把我們當成毒品販子怎麼辦，豐蒂納先生？」我說，「不知道您意識到沒有，您在要求我犯法。菸草店是買不到古柯鹼的，這個您肯定知道，街角的咖啡館也不可能。而且是兩克，您要兩克做什麼？您知道兩克是什麼概念嗎？是多少劑量？要是您用藥過量，我們就損失大了。對於您的妻子、對於文壇來說都是損失。古柯鹼可能會讓您猝發症狀。或者讓您上癮，從此不再想別的事情，不再寫作，什麼都幹不了，成為一具哪都去不了的行屍走肉，您總不能攜帶毒品出入境。瑞典的典禮以及您對卡爾．古斯塔夫的挑釁都會化為烏有，您覺得呢？」

卡拉伊．豐蒂納沉默了一會兒，似乎在思考自己的要求是不是太過分了。但是我認為最終不能踏上斯德哥爾摩的紅毯這一個威脅對他起了作用。

「哎，毒品販子，不會的，」他最終說道，「你們只是買，不是賣。」

我趁著他在猶豫，順便說明了整件事中一個重要細節：「哦，但是當我們把古柯鹼給您的時候呢？我們會把那兩克古柯鹼給您，您會給我們錢，不是嗎？那樣又算什麼？不是販毒嗎？對於警察來說就是，毫無疑問。」這可不是一件小事，因為卡拉伊．豐蒂納並不是每次都會歸還我們洗衣費、粉刷工的報酬或者在拜蒂克洛預訂房間的開銷。就算有也是拖很久才付，每當必須催還時，我的上司就惴惴不安，緊張不已。我們只差為他尚未完成因而還未簽約的新小說裡的惡習買單了。

我注意到他更猶豫了。也許他從未認真考慮過浪費的問題，他一向有此惡習。和許多其他作家一樣，他愛貪便宜、吝嗇，毫不自重。他去世界各地，或者更確切地說是各省巡迴演講時，總會在酒店欠下鉅資。他要求住套房，並且要我們為他支付所有額外費用。據傳他在旅行時帶著整套床上用品和髒衣服，不是因為行為怪誕或者癖好特殊，而是為了趁機在旅館清洗，甚至還帶著那些沒有向我徵求意見的襪子。這應該不是真的——帶著這麼多的行李，其麻煩真是難以想像——但如果不是這樣，就沒人解釋得清為什麼有一次講座的主辦方不得不為一張巨額洗衣帳單買單了（據傳是一千二百歐元左右）。

「你知道現在古柯鹼多少錢一克嗎，瑪麗亞？」

我不太清楚價格，估計是六十歐元左右，但是我把價格抬得很高，想嚇唬他，讓他放棄。我開始覺得我的目的有可能實現，或者至少可以擺脫替他找毒品、打探哪個聲名狼藉或者偏僻角落有售的麻煩。

「我聽說每克八十歐元左右。」

「好傢伙。」然後他陷入沉思。我猜他正在狡猾地計算著。「算了。也許你說的對。可能我只要一克就夠了，或者〇．五克。可以買〇．五克嗎？」

「我不知道，卡拉伊．豐蒂納先生。我不吸毒。不過可能不行。」我知道他不會輕易放棄。「就像不可以買半瓶香水一樣，我想。也不可以買半個梨。」這些話一出口我便意識到這種比較太荒唐了。「或者半條牙膏。」這個我覺得更恰當些。但是還是要徹底打消他的念頭，或者讓他自己去買毒品，不要讓我們犯罪或者替他墊付。看他並不排除我們再也見不到他的可能性，而且出版社也不願意浪費。「請允許我冒昧一問，您要毒品是為了刺激，還是只為了看一看、摸一摸？」

「我還不知道。這取決於那本書今晚對我的要求。」

一本書會在夜間或者白天提出要求讓我覺得很滑稽，更何況是一本沒有寫完的書對寫作者提出要求。我將此理解為一種詩意的表達，沒有費心評論。

「因為您看，如果只是第二種情況，只是想對它描述……我不知道該怎麼解釋。您渴望享譽全球，您已經達到，作為作家您擁有各個年齡層的讀者。如果您去描述毒品及其作用的話，年輕讀者會認為那種毒品對您來說新鮮，您現在才知道。他們會因此嘲笑您。您不想這樣吧？如今描寫古柯鹼就像描寫紅綠燈一樣。您想像得出那些形容詞吧？綠的，黃的，紅的？靜止，直立，冷靜，金屬似的？那會很可笑。」

「你是說紅綠燈，大街上的那種？」他不安地問我。

「正是。」我不知道「紅綠燈」還能是什麼，至少在口語中是這樣。

他沉默了一陣子。

「嘲笑，是嗎？現在才知道古柯鹼的樣子，是嗎？」他重複我的話。我發現這些字眼的使用正中要害，對他產生影響。

「這是一定的。不過，我說的只是古柯鹼的描寫，豐蒂納先生。」一想到哪怕只有一行文字可能會讓一些年輕人嘲笑，他大概都難以忍受。

「好吧，讓我想想。推遲一天沒關係。明天我就告訴你我的決定。」

我知道他什麼都不會對我說了，他會放棄愚蠢的試驗，再也不會提起這次對話。他自以為打破常規，超越時代，但是骨子裡他就像左拉和某位作家一樣：他竭盡所能地體驗想像的事物，因此他們書中的一切都顯得矯揉造作。

掛上電話後，我驚訝自己竟然拒絕了卡拉伊．豐蒂納的要求，而且沒有徵求上司的意見，是我自己的主意。這要歸功於我的心情壞到極點，沮喪到極點，歸功於沒有完美夫婦陪伴的早餐讓我食之無味，因為沒有他們向我傳遞樂觀情緒。不過至少我在這種損失中發現一個好處：我愈加不能容忍缺點、自負和愚蠢。

那是唯一的好處，當然並不值得。服務生們弄錯了，他們弄清楚後也沒有告訴我。德思文永遠不會回來了，因此那對快樂的夫妻也永遠不會回來了，他們從世界上消失了。是我的同事貝阿特里絲一天早上向我提起那件意外，她偶爾會去那間咖啡館吃早餐，我曾向她提過那對夫婦的特別之處，她還以為我知情，認為我早就透過自己的管道，也就是說，透過報紙或者那家咖啡館的員工知道，甚至以為我倆已經討論過，但她卻忘了那些天，就是事件發生後那幾天，我出差了。我們正在露天座，倉促喝著咖啡，她陷入沉思，用小匙漫無目的地攪著咖啡，看著其他桌子——所有的座位都滿了——她低聲說道：

「發生那樣的事情太恐怖了，真的，我指的是發生在你喜歡的那對夫婦身上的事。一如往常的某一天，你根本想像不到有人將會結束你的性命，而且手段如此粗暴。我想這件意外在某種意義上，也等於結束了她的生命。她至少會有很長一段時間，好幾年，我甚至懷疑她永遠都恢復不過來了。如此荒謬的死亡，倒楣的死亡，對於這類死亡你可能一輩子都在想：『這個城市裡有幾百萬人，為什麼偏偏落在他頭上，落在我頭上？』我不知道。說實在的，我已經不怎麼愛薩維里奧，但是如果他發生這樣的事，我想我沒法活下去。不僅僅是因為失去，而是感覺自己被擺弄，好像有人針對我，並且不打算停手，你明白我的意思嗎？』——她嫁給一個義大利無賴、寄生蟲，她幾乎無法忍受他，她容忍他一方面是因為孩子，另一方面是因為她有一個情人打肉麻的電話給她，可能偶爾見上一面，藉此打發日子，他們見面機會不多，因為他們都有自己的配偶和孩子。出版社的一個作家則讓她的夜間想像充滿樂趣，那個人當然不是科爾特索那個胖子，也不是那個外表和人格都很討厭的卡拉伊．豐蒂納。

「你在說什麼呀？」

她告訴我，更確切地說是開始告訴我那件事情，她很驚訝我毫不知情，驚呼連連。也因此她更心慌意亂，因為時間已經不早，她在出版社的地位比我更不穩固，她不想冒險，豐蒂納對她懷恨在心，常常在歐赫尼面前抱怨她。

「難道你沒看報紙嗎？報上甚至還有那個可憐男人的照片，血肉模糊躺在地上。我不記得確切的日期，不過你上網找，肯定找得到。他叫德文內，是那個電影發行公司，你知道的，『德文內電影公司出品』，我們在電影院看過很多次。你可以查到所有資料。這是一件恐怖的意外。讓人對噩運莫名的降臨感到義憤填膺。如果我是他的妻子，我會走不出來的。我會發瘋。」那時我才知道他的名字，或者可以說，他那富有藝術氣息的名字。

那天晚上我在電腦上敲入「死亡德文內」，果然出現那條新聞，登在馬德里兩三家日報的本地新聞欄位。他真正的姓氏是德思文，我突然想到他的家族可能在某個時期對外修改了姓氏，以方便那些講卡斯提亞語*者發音，可能也為了避免講加泰隆尼亞語的人將之與聖胡斯特．德思文鎮聯繫起來。我對這個小鎮很熟悉，因為巴塞隆納不止一家出版社在那裡有倉庫。他又或許是為了讓公司看起來像是法國公司：毫無疑問，在其成立時——六〇年代或者更早，所有人都還知道儒勒，凡爾納。法國的一切都享有盛望，不像現在，那種長得像路易．德．菲內斯留長髮的人也能當總統。我還查到德文內家族坐擁市中心好幾家首映電影院，或許因為這些影院逐漸消失，變更為大型商業用地，公司經營也多元化了，現在主要從事房地產，不僅在首都，在各地都有業務。因此，米蓋爾．德思文應該比我之前想像的還要富有。這就讓我更難理解為什麼他幾乎每天早晨都在一家在我消費能力能負擔的咖啡館吃早餐。事情就發生在我最後一次在那裡見到他那天，因此我知道他的妻子和我是同一時間跟他告別，她用雙唇，而我僅僅是用目光。具有殘酷諷刺意味的是，那天是他生日，因此他死的時候比前一天大一歲，五十歲。

各種報紙的版本雖然在一些細節上有出入（很可能取決於各家記者採訪的是哪位鄰居或路人），但是內容大致相同。似乎跟往常一樣，德文內在中午兩點左右把車停在卡斯提亞那大道的一個街口——一定是和路易莎碰面一起在餐館吃午飯。那裡離他們的家很近，附近是一個露天停車場，很小，屬於培養工業工程師的技術大學所有。德思文剛從車裡出來，在那種地方代客泊車換取小費的遊民——或被稱為暴徒，就已經走到他跟前，開始語無倫次地罵他，指責他的理由很荒唐。幾位證人雖然都沒聽懂多少，但是轉述說那個人指責他把他的女兒們弄進了一個外國賣淫網站。另幾位證人說，那個人對他喊了一大串難懂的話，他們只聽清楚其中兩句：「你想害我拿不到遺產！」以及「你在奪

＊卡斯提亞語（Castilian），即一般所知的西班牙語。

走我孩子的食糧！」有那麼幾秒鐘，德思文試圖擺脫他，跟他講理，告訴他自己和他的女兒們沒有任何關係，甚至不認識她們，他認錯人。但是那名男子，卻更加怒氣衝衝，繼續語無倫次地羞辱他、詛咒他——新聞上說那名暴徒名叫路易士・菲利佩・巴斯克斯・卡內亞，三十九歲，鬍鬚濃密，個子很高。其中一棟房子的門房聽到他歇斯底里地大喊：「但願你今天就死掉，你老婆明天就忘了你！」另一家報社的說法更傷人：「但願你今天就死掉，你老婆明天就跟了別的男人！」德文內放棄嘗試讓他冷靜，做了個無可奈何的手勢，準備走向卡斯提亞那大道，這時那個暴徒似乎決定不再等待他的詛咒成真，而要自己動手實現，他掏出一把長七釐米的蝴蝶刀，從後面撲向他，反覆捅他，一家報紙說刀子捅進胸前和側身，一家報紙說捅在背部和腹部，另外一家報紙說捅在背部、胸部和胸側。對於企業家所中的刀數說法也不一：九刀，十刀，十六刀，最後這個數字也許是最可信的，因為報導上提到「法醫表示」，報導上法醫還說「每一刀都傷及重要器官」，「根據法醫的推斷，其中有五刀是致命的」。

一開始德思文試圖擺脫他逃走，但是折刀如此狂怒、凶殘、接連不斷——看來也很準確地刺下，以至於他沒有機會逃脫，很快便全身癱軟，倒在地上。直到此時凶手才住手。附近一家公司的保全「發現此事，攔住他直到當地警察趕到，對他說：『在警察來以前不准離開！』」無法解釋他如何單憑一句命令就讓一個手拿凶器、失去理智並且剛剛讓別人流了許多血的傢伙乖乖地待在那裡。也許保全用槍指著他，但是沒有報導提及，也沒有提到他從槍套中拔出槍或者用槍瞄準他。根據好幾家報紙的說法，那個幫人停車的傢伙在警察們趕到的時候，手裡還拿著折刀，是警察們勒令他放下。於是那個遊民把刀扔到地上，被扣上手銬移送到區警察局。「根據馬德里最高警察局的說法」，所有的報紙上都出現了這句話或者類似的說法，「殺人嫌疑犯已經交由司法處置，但是他拒絕招供。」

路易士・菲利佩・巴斯克斯・卡內亞已經在當地一輛廢棄的汽車裡住很長時間，而鄰居們的證詞再次分歧，只要是要求或者拜託一個以上的人講述同一件事都會這樣。一些人認為他是一個非常安靜規矩的人，從來不惹麻煩：他的工作是幫汽車找空車位，然後幫忙停車賺點小費，言行中帶著這一行慣有的盛氣凌人，同時也會殷勤討好，以便虛張聲勢——有時是沒有必要的並且也不受歡迎，但是所有的停車收費員都如此。他一般中午左右到停車場，將兩個藍色背包放到一棵樹下，然後開始接他時有時無的生意。然而，另外一些居民卻說他們早已對「他的暴力衝動和精神失常」厭煩透頂，他們曾多次試圖將他趕出他那個固定不動的車房，讓他遠離那個街區，但是一直沒成功。巴斯克斯・卡內亞沒有犯罪前科。最近一次與人發生爭執，恰恰就是一個月前和德文內的司機發生衝突。那個遊民對他惡言相向，趁車窗沒關，往他臉上揍了一拳。警察聞訊而來，以人身侵犯為由將他暫時拘留，但是最終那位司機，雖然「受了傷」，卻不想傷害他或者告發他。在企業家死亡的前一天，受害者和凶手第一次起衝突。那個幫人停車的傢伙對他亂罵一通。

「他提到他的女兒和他的錢，說她們想奪走他的錢。」案發地卡斯提亞那街口的一個門房，他大概是最健談的了，他說：「死者跟他解釋說他認錯人了，自己跟他的事情毫無關係。」另一種說法是這樣的：「那個偏執的遊民喃喃自語，人就走開了。」接著又以對當事人相當輕佻的態度加油添醋說道：「米蓋爾絕對沒有想到路易士・菲利佩的精神失常會在二十四小時之後要了他的命。他寫的劇本在一個月以前就已經間接策劃好了。」最後這句指的是他與司機發生的爭執，有的鄰居認為司機才是他真正想報復的對象：「誰知道呢，搞不好他耿耿於懷的人是司機，」其中一人還說，「他把司機和他老闆搞混了。」據說那個暴徒近一個月來情緒極差，因為這個地區安裝了停車計時收費器，他無法靠那點零星的工作賺錢了。一家報紙附帶提到一條其他報紙沒有刊登的信息，令人愕然：「由於殺人嫌疑犯拒絕招供，所以無法證實他和受害者是否像坊間流傳的那樣是姻親。」

急診室的一輛重症救護車全速趕到事發地點。醫護人員對德思文實施「急救」，但是鑒於其情況極其危急，在「穩定他的狀況」之後，把他緊急送到拉魯斯醫院，然後立即進了手術室，當時他的呼吸已經停止，處於病危狀態——但是有兩三家報紙說是拉普林塞薩醫院，連這個訊息都不一致。他在生死邊緣掙扎了五個小時，意識一直未曾恢復，最終「在傍晚時分生命走到終點，醫生們宣告回天乏術」。

所有消息都是在案發之後兩天內傳出。之後這條新聞就完全從報紙上消失，就像現在所有的新聞一樣：人們不想知道事情為什麼發生，只需要知道它發生了，知道這個世界充斥著魯莽、危險、威脅和噩運，它們與我們擦肩而過，但卻觸及並殺害了我們毫無防備的同類，也許他們不是上帝的選民。我們和無數未解的謎團和睦共處，它們只會在早上占用我們十分鐘的時間，之後就被淡忘，不會給我們留下任何痛苦或痕跡。我們無需深入探究任何事情，也無需在任何事實或者故事上逗留很長時間，我們需要把注意力從一件事情轉移到另一件事情上，需要別人的不幸重複上演，似乎在每一次不幸之後我們都會想：「唉，太恐怖了。又能怎麼樣呢。我們曾經擺脫了怎樣的恐怖？我們需要每天都覺得相比之下自己是倖存者，是永生的，所以給我們講講其他暴行吧，因為昨天的那些已經不新鮮了。」

奇怪的是，那兩天關於死者說得很少，只提到他是著名電影發行公司的一位創始人之子，在家族企業工作。經過幾十年持續發展，企業組織跨足不同領域，甚至包括廉價航空公司，幾乎已經變成一個商業帝國。在後來的日子似乎沒有人刊登德文內的訃聞，或者任何朋友、同學或者同事寫任何表達悼念或者回憶的文字，也沒有任何有關其性情及個人成就的生平簡介。這很奇怪。任何一位富有的企業家，特別是和電影有關的企業家，即使名氣不大，也會在新聞媒體圈有些關係，或者也會有媒體關係良好的朋友，所以不乏會有朋友真心誠意地在某日報上發表感情深切、致意致敬和充滿溢美之詞的訃聞，似乎這樣可以稍稍彌補一下已故的人。或者說，沒有訃聞也是一種額外的侮辱（往往只有當一個人已經不在了，並且正是因為他已經不在了我們才察覺到他的存在）。

可以找到的唯一一張照片，正是某個手腳快的記者在他躺在地上還沒被送走之前接受搶救時拍的。幸好這張照片在網路上看不清楚，畫素很差，而且尺寸很小。我覺得那張照片對於一個像他這樣生前性格開朗、堪稱完美的人來說非常卑鄙。我幾乎沒有看它，我不想那麼做，我早已把當初我瞥見照片的那張報紙給扔了，那張照片比網路上的更大，我並沒有注意照片上是誰，也不想在上面多加停留。如果我那時知道那不是一個完全陌生的人，而是一個我每天帶著喜悅和某種感激看到的人，那麼仔細看的誘惑肯定會強烈到讓我無法抵制去看它的衝動，但是接著我會移開視線，我會比我沒有認出他的時候更加憤怒和恐懼。不僅因為有人在大街上以最惡劣的手段出其不意，甚至肆無忌憚殺死一個人，正因為這件事發生在大街上——「在一個公共場合」，正如這種崇敬而愚蠢的用詞所言，四周圍繞他的無恥喧嘩才得以肆無忌憚。現在，從網路上這張尺寸很小的照片上很難辨認出他來，或者說我認出他來僅僅是因為文字部分明確告訴我死者或者說將死之人是德思文。不管怎樣，看到或者知道自己這個樣子示人肯定令他驚恐：沒穿外套也沒繫領帶，連襯衫都沒穿，或者沒扣釦子（看不清楚，如果襯衫被脫掉的話，袖釦落在哪裡呢？）身上插滿管子，四周是對他進行各種急救措施的醫護人員，傷口暴露在外，躺在大街中央的血泊中，吸引行人和路過車輛的駕駛注意，他昏迷不醒，顯得十分虛弱。那種樣子肯定會把他的妻子嚇壞，如果她看到的話。但是她應該沒有時間也沒有心情去看第二天的報紙，這是最可能的情況。一個人在悲痛、守靈、埋葬死者、對意外感到不解，並且還必須向孩子解釋時，是沒有心思考慮別的事情，其他一切都顧不上。但是或許後來的她會看到新聞，可能一個星期後她有了和我同樣的好奇心，也曾上網瞭解其他人當時看到些什麼，不僅僅是親朋好友，還有像我這樣的陌生人。他的死可能對他們產生怎樣的影響。他的普通朋友大概已經知道了，透過報上那則馬德里本地新聞或者應該在某家日報上刊登的一則或者多則訃告，有錢人去世時往往慣例如此。無論如何，是因為那張照片，主要是因為照片——還有那種卑劣且荒謬，或者怎麼說呢？帶有神祕色彩的死亡方式——貝阿特里絲才會在提到他時稱他為「可憐的人」。他在世的時候，甚至在他下車前一分鐘誰都不會想到這麼稱呼他。他下車的地方是一個安靜怡人的街區，緊挨著工業工程師學校的小花園，那裡樹木蔥蘢，有一家飲料店，店裡有幾張桌椅，我曾不止一次和我的小外甥們坐在那裡。甚至在巴斯克斯．卡內亞打開他的蝴蝶刀之前，一秒鐘都不曾這麼想過。只有老手才能打開那類雙把折刀，據我所知，這種刀具屬於管制武器，很難找得到。而現在他別無選擇，只能這樣稱呼他：可憐的、不幸的米蓋爾．德文內。可憐的人。

「是的，那天是他的生日，你能相信嗎？人們來去這個世界的方式完全沒有章法，以至於有的人在同一天出生、同一天死亡，有的人中間隔了五十年，正好五十年。可是日子沒有絲毫意義，偏偏看上去好似有什麼意義。事情也可以不發生的，很少人會遇到這種意外。或者，事情也可以發生在不是生日的其他任何一天，或者永遠不發生。最好不發生。完全不發生。不要發生。」

好幾個月之後我才再次見到她，又過了一個月我才知道她的名字，那個名字，路易莎．阿爾黛，她告訴我的，還說了許多別的話。當時我不知道她經常向任何願意傾聽的人談她的經歷，還是覺得我是一個可以傾訴的對象，因為我是陌生人，不會把聽到的事情告訴她身邊的任何人，而且與之剛剛開始的這種交往，可以隨時不加解釋、不考慮後果地中斷，同時這位陌生人富有同情心、忠實又好奇，面孔對於她既新鮮又依稀熟悉，讓她聯想到那些沒有陰霾的時光，儘管許多個早晨我一度認為她從未注意過我，比她的丈夫對我的注意還要少。

夏天過後，進入九月後的一天，路易莎又在往常的時間出現了，由兩個女性友人或是女同事陪伴，戶外座還在，我看著她走過去坐下，或者更確切地說，是跌坐在一張椅子上，其中一位女性友人出於下意識的關心，抓住她的手臂，像擔心她失去平衡，似乎早料到她很虛弱。她極其消瘦，狀態很差，散發出一種由內而外的、生命的蒼白，以至於模糊了她的容貌，似乎失去顏色和光澤的不僅僅是皮膚，還有頭髮、眉毛、睫毛、眼睛、牙齒和嘴唇，一切都黯淡無光，模糊不清。她站在那裡像是被借來擺放，我的意思是借來這裡生活。她講話時已沒有和丈夫講話時的那種活力，流露出一股偽裝出來的泰然自若，談話是為了義務，她並不情願。我想也許她在服藥。她們坐得離我很近，中間只隔著一張空桌，因此我聽到她們的部分談話，主要是她朋友的談話，不是她的，因為她的嗓音很低。她們徵求她的意見，或者說詢問紀念儀式的細節，肯定是為了德思文，我不知道是要舉行一次儀式來紀念他去世三個月（我算了一下，馬上就滿三個月了）還是這是當初沒有舉行的第一次儀式，因為按照有些地方的習俗，必須在去世一兩周後舉行第一次儀式，至少在馬德里是這樣。也許她那時力不從心，或者是可怕的環境讓此舉顯得不太明智——人們從來不會節制自己在那類社交活動上打聽八卦，也不會阻止自己傳播謠言。這件事就擱置起來，假如他們是一個傳統家庭，也許某位保護她的人——比如兄長、父母，或者某位女性朋友，在葬禮之後立即將她帶離馬德里，為了讓她遠離此地慢慢適應沒有他的日子，以免那些夫妻共同生活的環境令她觸景傷情，實際上這是徒勞地推遲等待著她的恐懼。我聽到她說得最多的就是「好的，我覺得這樣可以」，或者「照你們說的辦吧，你們頭腦更清醒」，或者「讓神父簡短點，米蓋爾不太喜歡他們，他們讓他有點緊張」，或者「不，不要舒伯特，他過於迷戀死神了，我們這裡的死神已經夠多了」。

我看到咖啡館的服務生們在櫃檯處商量了一會兒，之後一起走到她桌前，他們的腳步與其說莊重不如說是僵硬，雖然他們小心翼翼地跟她說話，聲音很輕，但是我聽出他們在向她表示哀悼：「我們想對您說，我們對您先生的事情深感遺憾，他總是那麼和善。」其中一位服務生說道。另外一位又說了句老套的客氣話：「節哀順變。真不幸。」她用黯淡的微笑向他們致謝，僅此而已，我非常理解她不願多談細節、發表評論或者延長對話。我起身的時候產生了像他們那樣做的衝動，但是我沒敢再打斷她同女性友人們死氣沉沉的談話。而且，時間已經晚了，我不想上班遲到太久，我現在已經改過自新，一般來說會準時出現在我的工作崗位。

又過了一個月，我再次見到她，雖然秋葉已落，天氣漸涼，但仍有人喜歡在戶外吃早餐，所以人行道上的桌椅還沒撤走——那些即將把自己關在辦公室數小時的人，他們很趕時間，匆匆忙忙吃一頓早餐，還來不及感到冷就要去上班。大多數的客人默不出聲，昏昏欲睡，就像我這樣。路易莎．阿爾黛這次和她的兩個孩子一起，替他們每人點了一份冰淇淋。我猜——以我自己遙遠的童年回憶猜測，她先帶他們去做空腹驗血，補償他們經受的饑餓和針扎，小小地滿足他們，並且允許他們蹺掉第一個小時的課。女孩很照顧比自己小四歲左右的弟弟，我感覺她也在以自己的方式照顧路易莎，好像她們不時地交換角色，或者即使不是現在這樣，兩人也偶爾會在為數不多的場合爭搶當母親的角色。我想說的是，女孩一邊以特有的孩子氣，小心謹慎地拿著小勺子吃杯裡的冰淇淋，一邊盯著路易莎的咖啡，催她快喝不要讓咖啡放涼。她還偷偷地觀察她，似乎在暗中查看她的動作和表情，如果看到她目光失神，陷入沉思，她就馬上跟她說話，來點評論，或者問個問題，或者讓她講點事情，似乎想防止她失魂落魄。她的神思恍惚似乎令她難過。就在這時一輛汽車出現了，與路邊的車並排停下，極輕地摁了下喇叭，孩子們站起身，拿上背包，飛快地親了母親，手牽著手走向汽車，知道是來接他們的。我感覺女孩離開時對母親的擔心要多於母親對她的擔心（因為女孩飛快地撫摸了一下母親的臉，好像是要她好好的，別惹麻煩，或者是想給她留下某種觸覺的安慰，直到她們再相見）。那輛車肯定是來接他們去學校。我去看開車的是誰，我的脈搏不由地瞬間加速，雖然我不懂車，覺得所有的車都一樣，但是那輛車我第一眼就認出來了：正是德文內把妻子單獨留下或者和某個女性友人一起待在咖啡館，自己去上班時常坐的那輛車。很可能也是生日那天他親自駕駛，然後停在工業工程師學校旁邊的那輛車，並且在一個極其倒楣的時刻走出車子。駕駛座上有個人，我想可能是那個和他交替開車的司機。他原本可能在那個不幸的日子替代他，可能代替他死。又也許那個人真正想殺的人是他，或者說刀子是衝著他來。因此他算是死裡逃生——或許因為某個偶然因素，誰知道呢，也許他那天需要看醫生。如果那個人是司機的話，他並沒有穿制服。我看不清他，因為被第一排的其他汽車擋住了一部分：不過，我感覺那是一個很有魅力的男人。他長得並不像米蓋爾・德思文，但是他們有共同之處，至少不是相反類型的人，把他倆看錯是可以理解的，特別是對於一個精神失常的人來說。路易莎從她坐的餐桌那裡向他揮手告別，或者說把問候和告別連在一起，從他來到他離開。沒錯，當汽車停在那裡，她的手起起落落三四次，有點荒唐。她重複這個動作的時候眼睛呆呆的，或許只能看見鬼魂。可能她是在跟孩子們告別。我沒看到司機是否向她回了禮。

我就是在那時決定走近她。孩子們已經坐著父親原來的汽車消失了，只剩下她一個人，身邊沒有任何同事、孩子同學的母親或者朋友。她正在用那把長長的、黏黏的小勺子攪著小兒子杯子裡剩下的冰淇淋，似乎心不在焉地想馬上把冰淇淋攪到全融，加快冰淇淋不可避免的命運。「她得經過多少漫長的時刻，不知道怎樣才能讓時間前行啊，」我想，「如果真有方法能做到的話，但是我不相信。」在另一半，丈夫，情人——暫時或者無限期缺席的時候，人們都期待時間快點流逝，在缺席理由不可知的時候也一樣，儘管看起來一切事情都有原由。儘管我們的直覺不停地向我們低聲耳語，我們卻對它說：「閉嘴，閉嘴，小聲，我現在還不想聽你講話，我還缺乏力量，還沒做好準備。」當一個人被拋棄後，會幻想再回去，幻想拋棄我們的人某一天會突然清醒，回到我們枕邊，即使我們知道自己已被替代，他正為別的女人沉迷，別的戀情，他只有在新戀情突然出狀況時才會想起我們，或者我們堅持不懈，違背他的意願出現，努力引起關注，打動他，讓他憐憫，或者報復他，讓他感到永遠無法擺脫，我們不想成為一段褪色的回憶，而是要成為一個揮之不去的影子一直縈繞著他，窺探著他；讓他的生活無法進行，實際上是讓他恨我們。可是我們怎麼能去幻想一個死者有一天會回來，除非我們失去理智，有人選擇這樣做，雖然只是暫時性的，他們一邊幻想，一邊卻又說服自己發生的事情確實已經發生，那些難以置信的、完全不可能的事，那些甚至計算機率也不可能發生的事，確實已經發生。我們信奉機率過生活，這樣我們每天起床，才不會因為一片不祥的烏雲飄過而無法開始新的一天。最後他們只好這樣想：「算了，反正我們所有人的命運都已經註定。實際上根本就不值得。無論我們做什麼，我們都只是在等死亡到來；像是休假的死人等著開工，有人曾經這麼形容。」然而，我不認為路易莎失去理智，這只是一種直覺，我並不瞭解她。如果她沒有失去理智的話，那麼她在等待什麼，她如何度過每一小時，每一天，每一個星期，每一個月。她必須催促時間前進，或者她正逃離、躲避時間，她的目的是什麼，現在，此時此刻，她正以何種方式讓自己遠離時間呢？她不知道我馬上要走過去跟她說話，就像上次我在這個地方看到那些服務生向她致哀——我從未在其他地方見到她。她不知道我將向她伸出援手，說幾句客套話幫她抹去兩分鐘，可能至多三四分鐘，如果她除了「謝謝」還說點別的的話。也要等幾百分鐘之後，睡眠才會來救她，攪亂她計時的意識，意識總是在計算：1，2，3，4；5，6，7，8，就這樣無休無止直至失去理智。

「請原諒我的冒昧。」我站在那兒對她說道。她沒有馬上站起來。「我叫瑪麗亞·多茲，您不認識我。有好幾年了，早餐時我常在這裡遇見您和您先生。我只想告訴您，我對所發生的一切，對於他的遭遇，以及事後可能承受的一切深表難過。我後來才從報上看到噩耗，之前好幾個早晨我都非常想念您。雖然我跟你們只打過幾次照面，但是看得出來你們關係很好，你們讓我覺得很親切。我真的感到很難過。」

我注意到我的倒數第二句話刺痛了她，因為不僅在提到死者時，提到他們兩人的相處時，我也用了過去式時態。我想設法彌補，但是沒有哪種方式不是徒然添亂就是笨拙得要命。我猜她已經聽懂我的意思：他們作為一對夫妻曾讓我如沐春風，但是這對夫妻已經不存在了。我想，也許我向她強調了她無時無刻都盡力不去想的事，或者再次勾起她想放逐到某處的回憶。因為她不可能忘掉或者否定：在任何情況下他們都不再是兩個人，她不再是某對夫妻的一部分。我剛想補一句：「沒別的事了，不耽誤您，我只想告訴您這些。」然後轉身離開，路易莎．阿爾黛卻微笑站了起來——那是一個情不自禁的大笑容，那個女人既不偽善，也沒有惡意，甚至有些天真。她親切地摟住我的肩膀對我說：

「是呀，我們也覺得**你**很面熟。」她對我毫不猶豫地稱呼「你」，儘管我一開始稱呼她「您」，我們年紀相仿，她可能長我幾歲；她話中提到我們，並且使用現在式時態，她好像還沒有習慣一個人的生活，也可能她認為自己已經在另一個世界，和她丈夫一樣死去，因此和他處於同一時空；就好像在任何情況下她都還沒和他分開，因此，她沒有理由不用「我們」的稱謂，在將近十年的時間裡她肯定習以為常，不會僅僅三個月就捨棄。不過接下來她改用過去未完成式，也許是因為動詞的文法要求。

「我們那時候稱呼你『謹慎的年輕女子』。你看，你對我們來說甚至是有名字的。謝謝你對我說的那些話。你想坐一下嗎？」她指了指她的孩子們坐過的其中一張椅子，同時她的手仍然放在我肩上，現在我感覺自己對她而言是一個支撐點或者扶手。我敢肯定如果我再稍微靠近，她可能已經自然而然地擁抱我。她看上去很虛弱，像一個搖搖晃晃還不相信自己是鬼魂的新生鬼魂。

我看了下錶，時候不早了。我想問她我的綽號怎麼來的，我既驚訝，又有點沾沾自喜。他們注意到我，談論過我，認得出我。我不由自主地笑了，我們都笑了，有一種淡淡的喜悅，那種兩個人在極度悲痛的環境中認出對方的喜悅。

「謹慎的年輕女子？」我說。

「是的，這就是你給我們的感覺。」她又回到現在式，彷彿德文內正在家裡，仍然活著，又好像她只能在有限的幾句話裡不提他。「但願，我希望，沒有讓你不高興吧？你坐呀。」

「沒，我怎麼會不高興，我也在心裡給兩位取了特別的稱呼呢。」不是我不想對她以「你」相稱，而是那句話裡我又提到了她的丈夫，我不敢這樣稱呼他。我們也不能對一位素不相識的死者直呼其名。不應該這樣，雖然現在已經沒有人在意這些細節，大家都不拘小節。「我不能再待了，真抱歉，我得去上班。」我又下意識地看了看錶，或者是為了證實我趕時間，我很清楚幾點了。

「當然。如果你願意，我們晚點再約，你來我家吧，你幾點下班？你做什麼工作？你那時怎麼稱呼我們？」她的手仍放在我肩上，我感覺不是威脅，更像是請求。一時的表面請求，這倒是真的。如果我對她說不，她可能到下午就會忘記我們見過。

我沒有回答她的倒數第二個問題——沒時間了，我更沒有回答最後一個問題：告訴她我覺得他們是「完美夫婦」可能會增加她的傷心難過，畢竟等我走後她又要一個人了。但是我答應她，如果她方便我下班會過去，下午六點半或七點。我問了她的地址，她告訴我，很近。告別時我將手放在她放在我肩上的那隻手上片刻，趁機握了握，然後把她的手從我肩膀上拿下來。這兩個動作都很輕，她似乎很感激，這種肢體接觸。我正準備過馬路時又想到了什麼，只好又折回去。

「我真笨，竟然忘了。」我對她說，「我還不知道你的名字。」直到那時我才發現她的名字不曾出現在任何報紙上，我也沒看那些訃聞。「路易莎・阿爾黛。」她答道。「路易莎・德思文。」她又更正了一次。

在西班牙，女性婚後並不去掉單身時的姓氏，我心想此刻她決定這麼自稱是否是為了表示忠誠或敬意。「哦，不，路易莎・阿爾黛。」她再次更正。她肯定一直都這樣自稱。「幸好你想起來要問，因為大門上沒有米蓋爾的名字，只有我的名字。」她陷入沉思，又說道：「這是他的預防措施，他的姓氏離不開他的企業。結果你看看我現在。」

「最奇怪的是它改變了我的思維。」同天下午，當夜幕降臨後，路易莎在她家客廳對我說。她坐在沙發上，我坐在旁邊一把扶手椅上，她給了我一杯波爾多葡萄酒，是她決定喝的；她小口但頻繁地啜飲著，不斷地給自己加酒，如果我沒弄錯，她已經喝三杯了；她非常自然地蹺著腿——那雙腿永遠保持優雅，不時交換位置，一會兒右腿在上，一會兒左腿在上，那天她穿裙子，腳穿黑色漆皮低跟船鞋，鞋跟很細，看上去像是知性的美國婦女，但是鞋底顏色很淺，幾乎是白色的，好像從未穿過，與鞋面形成鮮明的對比；兩個孩子，特別是其中一個，時不時進屋說點什麼、問點什麼或者調解爭端，他們在隔壁房間看電視，那個房間沒有門，像是客廳的延伸。路易莎跟我解釋過女孩的臥室還有一臺電視，但是她希望他們不要離得太遠，讓她能夠聽見他們，以防發生什麼情況或者打架什麼的，也能互相陪伴，也就是說，是她強迫他們待在旁邊，即使看不見也聽得到他們，畢竟他們不會影響她的注意力，因為她根本無法將注意力集中於任何事情，她對此已經放棄，我以為會永遠放棄，無論是完整地讀一本書，看一部電影，還是認真備課。她只能胡亂準備，或是在去系上的計程車上備課。只能偶爾聽點音樂，並且只能是短曲目或者歌曲，或者奏鳴曲的一個樂章，任何漫長的事情都令她疲倦，讓她失去耐心。她也看電視劇，因為每集時間不長，現在她都買ＤＶＤ以便跟不上情節的時候可以回放影片，她很難保持注意力，她的思緒總是飄向其他地方，或者說總是飄向同一個地方，飄向米蓋爾，飄向她最後一次見到他的時候，也是我最後一次見到他的時候，飄向卡斯提亞那工程師學校那個平靜的小公園，他就是在那個小公園的旁邊，被一把看似管制武器的蝴蝶刀一刀又一刀地捅傷。「我不知道，就好像我換了個腦袋，不停地想一些以前從未想過的事情。」她說，她真的很驚訝，眼睛睜得大大的，一邊用指尖摩挲著一個膝蓋，好像有點癢，很可能只是因為情緒不安。「從那以後我好像變成另外一個人，或另外一種人，大腦的構造變得陌生、格格不入，愛想東想西，然後又對這些想法感到恐懼。一聽到救護車、警車或消防車的警報聲我就會想誰要死了，誰被火燒，誰不能呼吸，馬上會痛苦地聯想到那天的警笛聲趕往那裡抓那個收停車費的傢伙，或者是救護車的鳴笛聲趕去接躺在大街上的米蓋爾去醫院，所有人聽到這些聲音時都心不在焉，甚至很反感，嫌鳴笛聲太刺耳，你知道的，就像我們常說，太誇張了，太吵了，肯定沒這麼嚴重。我們幾乎從未想過背後有怎樣的不幸，它們只是城市中司空見慣的聲音，沒有特定含義，只會給人空洞或抽象的不愉快。以前警報聲不多，聲音也沒這麼大，大家也不會懷疑司機是否毫無緣由地鳴笛，只為了開得更快，要別人讓道。人們從陽臺上張望發生了什麼事，甚至相信第二天的報紙會告訴他們。現在已經沒人張望，我們都期待這些聲音快點離開，把病人、事故受害者、傷者、垂死者帶離我們的聽覺範圍，不再打擾我們，不再讓我們神經緊張。現在我又像以前一樣不張望了，不過在米蓋爾死後的最初幾個星期裡，我總是情不自禁衝向陽臺或窗戶，試圖找尋警車或救護車，目光一路追隨它們直到消失，不過大多數情況，我從家裡看不到它們，只是聽到聲音，因此很快我恢復正常，但是每當有警報聲響，我還是會停下手上的事情，伸長脖子一直聽，直到聲音消失，那些聲音在我聽來像是歎息和哀求，似乎每一個聲音都在說：『求求你們，我是一個傷勢嚴重的人，正在生死邊緣掙扎，我沒有錯，我沒做過任何會讓別人對我動刀子的事情，我和往常一樣從我的車上下來，突然發現背上被刺了一刀，接著身體其他部位挨了一刀又一刀，我甚至不知道一共挨了多少刀，我發現我渾身都在流血，發現自己還沒有接受這事實，現在卻要死了。請讓我過去，求求你們，你們遠不如我著急，如果能及時趕到醫院，還有救活我的一線希望。今天是我的生日，我妻子什麼都不知道，她可能正坐在一家餐廳等我，準備為我慶祝生日，她應該為我準備了禮物，一個驚喜，不能讓她看到我死了。』」

路易莎停頓下來，又喝了一口她杯裡的酒，這只是一個無意識的動作，事實上杯子裡只剩下一滴酒。她的眼睛沒有失神，眼神很熾烈，似乎那些想像不僅沒有讓她分神，反而讓她專注起來，給予她瞬間的力量，加強現實世界的感覺，儘管那個世界已成過去。我幾乎不認識她，但是我漸漸感覺到她的現在讓她太過迷茫，她身處其中要比剛剛那樣置身於過去，更脆弱、更消沉，即便過去那刻是最痛苦的時刻。她那雙栗色的杏眼熠熠生輝，雖然一隻眼睛明顯比另一隻大，卻絲毫無損其美麗，在她設身處地地想像臨終前的德思文時，她的眼睛充滿熱切和神采。毫無疑問，她幾乎可以說是一個漂亮的女人，即使身處悲痛之中亦然；她開心的時候更美，就像之前無數個早晨我所見到的那樣。

「但是他不可能想到這些，如果報紙寫的沒錯的話。」我大膽地指出。我不知道該說什麼，或者什麼都不必說。總之，我覺得此刻保持沉默也不合適。

「是的，當然不可能。」她馬上回答，帶著一絲反駁的味道，「在送往醫院途中他不可能想這些，因為那時他已經失去意識，並且再也沒有恢復。但是在那之前，當他被刀捅的時候，可能有類似的想法。我不停地想像那個時刻，那幾秒鐘，襲擊持續的那幾秒鐘，直到他停止自衛，失去意識，失去知覺，什麼都感覺不到，連絕望和疼痛都感覺不到的時候……」她尋思了一會兒他在倒下昏死之前還可能有什麼感受。「也沒有告別。我以前從未考慮過別人的想法，從未考慮別人會想什麼，甚至連他想什麼都沒想過，那不是我的風格，我缺乏想像力，我的腦袋做不了這個。但是現在，我幾乎無時無刻都在想。我告訴過你，我的大腦變了，好像都不認識自己；或者說，我還萌生了這樣的念頭，或許我在前半段人生都還不太瞭解自己，米蓋爾那時好像也不瞭解我：實際上他大概無法瞭解我，這可能在他的能力範圍之外，不奇怪嗎？如果真實的我是現在這個胡思亂想的我，聯想的是幾個月前我覺得完全不同、毫無關聯的事情。如果說他去世後的我是我本來的樣子，在他眼裡我一直是另外的樣子，要是他還繼續活著，我就會永遠做那個和現在不同的我。不知道你是否聽懂了？」似乎意識到她說的話很晦澀難解，她最後又加上一句。

我覺得那些話簡直像是繞口令，但是我大致聽懂了。我想：「這個女人的狀態很差，真的很差。她的悲傷太龐大，無邊無際，她一定日日夜夜都在反覆回想，所有發生的一切，想像她的丈夫意識清醒的最後瞬間，想他想到了什麼，當時他除了努力躲避最初的幾刀試圖逃脫以外肯定沒時間做別的，我覺得他不大可能分心思想她，半點兒都不可能，他的精力應該全都集中於幾乎可以預見的死亡，盡最大的努力逃過死亡，如果還有別的事情閃過他腦海，也應該是極大的驚訝、無法相信和不解。發生了什麼事？怎麼可能？這個人在做什麼？為什麼拿刀子捅我？為什麼在成千上萬人中獨獨選中我？他把我錯當成哪個混帳？他沒發現不是我造成他的不幸？這樣死真是太滑稽，太痛苦，太愚蠢了，因為別人的錯誤或糊塗，以這樣暴力的方式死在一個陌生人的手裡，或者說是一個在我生活中無關緊要的人，我以前幾乎從未注意過他，現在注意到只是因為他無理取鬧，因為他的干擾和惡劣行為，因為他找我們麻煩。那一天他先襲擊了巴勃羅。他是一個比街角藥劑師，比我用早餐的那間咖啡館服務生更不起眼的傢伙。一個毫不重要、無足輕重的人，就像那個每天早上也在那間咖啡館用餐但我從未和她說過一句話的『謹慎的年輕女子』突然殺我一樣，他們只是一些臉孔模糊的無名角色或社會邊緣人，位於畫面的角落或灰暗的背景中，一旦消失，我們不會想念甚至不會察覺，這種事情不可能發生，因為太荒謬了，是一種難以置信的噩運，而且我將無法告訴任何人，這是我們在大難中得到的唯一的、微不足道的補償，你永遠不知道什麼人或者誰會披上你唯一一次死亡的外衣或者以其樣子出現，死亡永遠都是獨一無二，即使你和其他許多人一起在一場大災難中死去，儘管會有一些預兆，比如家族遺傳病、流行疾病、車禍、空難、器官衰竭、恐怖攻擊、建築坍塌、火車出軌、心肌梗塞、火災，一群在密謀之後深夜闖入家中的強盜，甚至是你剛到某個尚未開發的城市時不經意地進入某個危險的街區偶然碰到的某個人，這種地方我在旅行中見過，特別是我年輕時，那時我經常旅行、冒險，我發現因為冒失和無知我可能會在卡拉卡斯、布宜諾斯艾利斯、墨西哥城、紐約、莫斯科、漢堡出事，甚至就在馬德里，但是不會在這裡，而是在其他常見打架鬥毆的街道，或是貧民窟、陰暗的小路，不是在這個安靜明亮的富人社區，因為這裡差不多是我的地盤，我瞭若指掌，也不是在我像往常一樣下車的時候，為什麼是今天，而不是昨天或明天，為什麼是今天，為什麼是我，原本這種事應該更可能發生在其他人身上，甚至在巴勃羅身上，他曾和他有過更嚴重的衝突，要是他在這個畜生揍他一拳後告發他就好了，是我勸他別這麼做，我真是太蠢了，若非我當時同情這個我連名字都不知道的人，我們早就擺脫他了。我現在一想，這件事昨天就有了苗頭，昨天他罵了我，我沒當回事，很快就忘了，我本該擔心，本該更小心，幾天之內或在我不再是他的目標之前我不該在他的地盤上出現，今天我不該出現在這個怒氣衝衝的瘋子面前，他竟突然用他的折刀一次次地捅我，而且那把折刀應該極髒，不過這是次要的了，我就算不感染也會死，刀尖和刀刃在我身體裡的攪動和翻轉讓我死得更快，這個人渾身都發出難聞的氣味，他離我這麼近，肯定很久沒洗澡，可能沒地方洗，總是窩在他那輛廢棄的汽車裡，我不想聞著這種味道死去，可我選擇不了，為什麼在我辭世之前最後圍繞我的東西竟然是它，還有撲面襲來的血腥味，那是來自童年的鐵的味道，童年是流血最多的時候，是我的血，不可能是別人的，不可能是他的，我沒有傷到這個瘋子，他很壯，又很激動，我對付不了他，我沒有東西砍他，而他已經讓我皮開肉綻，我的生命、我的血正從這些傷口流走，流走了好多，什麼都不必做了，流走了好多，都流光了。」接著我又想：「可是他不可能想到這些。或者可能想到，一鼓作氣地想到。」

「我不太會勸人，」在漫長的沉默之後我對路易莎說，「但是我覺得你腦子裡不應該老想著那時發生的事。畢竟那段時間很短，在他一生中幾乎可以忽略不計，他可能什麼都來不及想。你這幾個月甚至更長時間一直想這些沒有意義，對你有什麼好處？對他也沒好處。你想得再多，也無法在事發當時陪他，和他一起死，代替他，或者救他。你當時不在，也不知道，再努力也改變不了。」倒是我沉浸在那些假想中的時間更長，看來我是受到她影響，假想自己進入別人的大腦非常危險，有時很難脫身，因此很少有人這麼做，幾乎所有人都會避免，寧願想：「在那裡的人不是我，我不必經歷這個人所發生的事，我幹嘛要把他的痛苦加在自己身上？」那種不幸不屬於我，各人有各人的命運。「不管怎樣，事情已經過去，已經事過境遷，不重要了。他已經不想了，事情也沒有再發生。」

路易莎再次把酒杯斟滿，酒杯很小，她用雙手托住臉頰，這是一個半沉思半害怕的動作。她的手修長有力，除了婚戒沒有其他飾品。她的雙肘靠在腿上，整個人像畏縮或變小了。她自言自語一會兒，像是在大聲地思考。

「是的，人們常常有這種想法。已經停止的事情沒有正在發生的事情嚴重，停止應該讓我們感到寬慰。已經發生的事情應該比正在發生的事情帶給我們的痛苦要小，或者說事情在結束以後更容易忍受，不管它們曾經多麼可怕。但是這就等於相信已經死的人沒有正在死的人重要，這沒有多大意義，你不覺得嗎？無可奈何又最痛苦的是人已經死了；臨終時刻結束並不意味著那個人沒有經歷這一切過程。誰能不去想那個臨終時刻呢？那可是他和我們這些繼續活著的人最後分享的東西。那個時刻之後的事情就不在我們的感知範圍內，但是事情發生時，我們都還在這裡，他和我們還在同一個時空裡，呼吸同樣的空氣。我們仍處於同一個時間，同一個世界。我不知道，我不知道怎麼解釋。」她停頓了一下，點了一支菸，這是第一支；那些菸從一開始就放在她手邊，但直到那時她才點一支，好像已經戒菸，也許戒了一陣子，現在又吸了，或者沒有完全戒掉：她買菸，但是儘量不吸。「而且，沒有什麼事情能完全成為過去，夢在那裡，死了的人在夢裡活著，而活著的人有時卻在夢裡死去。許多個夜晚我都會夢見那個時刻，於是我就真的在場了，真的在那裡，真的知道他的感受，我和他一起在車裡，兩人一起下車，我提醒他注意，因為我知道要發生什麼事，即使這樣他仍無法逃脫。好吧，你知道的，夢既混亂又清晰。我一醒來就把它們甩掉，沒幾分鐘就煙消雲散，細節我也忘了；但是我馬上就意識到事實還在那裡，那是真的，已經發生，米蓋爾死了，他被殺的方式和我夢到的相似，即使夢中的情景醒來就淡化了。」她停了一下，熄滅吸了一半的菸，好像看到自己手裡拿菸很奇怪。「你知道最糟糕的事情是什麼嗎？是我無法生氣，也不能怪任何人。我無法怨恨任何人，儘管米蓋爾死得那麼慘，被害地點就在大街上。哪怕殺他有個理由也好，比如就是衝他而來的，知道他是誰，比如有人覺得他礙事或者想要報復他，我怎會知道，至少是想搶劫他。倘若他是埃塔恐怖攻擊*的受害者，我還可以和其他受害者親屬聯合起來一起仇恨恐怖主義者甚至所有的巴斯克人，同仇敵愾的人越多越好，不是嗎？仇恨的範圍越廣越好。記得年輕時，我的男朋友為了一個加那利女孩拋棄我，結果我不僅討厭她，而且決定討厭所有的加那利人。真是荒唐，真是偏執。如果電視上有特內裡菲隊或者帕爾瑪隊參加的足球比賽，無論對手是誰我都希望他們輸，儘管我不關心足球，也沒看球賽，是我的弟弟或父親在看。如果有那種愚蠢的選美比賽，我就希望加那利的代表不要獲勝，我氣她們常常獲勝，因為她們大多非常漂亮。」她不禁愉快地嘲笑起自己來。那些令她發笑的事情讓她即使在悲痛之中也覺得好笑。「我甚至發誓不再讀加爾多士*；無論他變得多像馬德里人，他都是在加那利出生，很長一段時間我拒絕讀他任何作品。」她又笑了，這次她笑得那麼開懷，散發感染力，我也被這種宗教法庭式的想法逗笑了。「那些反應很荒謬、很幼稚，當時卻發揮作用，改變我的情緒。現在的我已經不年輕了，我不想一直傷心，可是我無法再用那種方法義憤填膺地度過一天中的每分每刻。」

「那名殺了米蓋爾的人呢？」我說，「你無法恨他？或者說你無法恨所有的流浪漢？」

「是的。」她不假思索地回答，也就是說，她似乎已經思考過這個了。「我不想再知道那個人的消息，我認為他不肯招供，他從一開始就保持沉默，並且一直這樣，但是很明顯他錯了，他腦子有問題。他好像有兩個女兒是妓女，都很年輕，他理所當然地認為米蓋爾和司機巴勃羅與這事有關。真是胡說八道。他殺了米蓋爾就像他可能殺害巴勃羅或是他厭惡的任何一位街坊鄰居。我猜**他**也需要敵人，好將自己的不幸歸咎對方。另一方面，所有人都這樣做，無論是社會底層、中產階級，還是上層社會、社會邊緣分子：沒有人承認有時事情發生並非誰的錯，可能是因為噩運，或者是人們自己走上邪路，變得墮落，自尋不幸或者毀滅。」「你的命運是你自己打造的。」我想起了賽凡提斯的話，他的話實際上已經沒人理會了。「是的，我無法跟一個莫名其妙殺了他的人生氣，或跟一個也許偶然選定他的人生氣，這一點很討厭；我無法跟一個瘋子，一個神經病生氣，實際上他並非對米蓋爾本人懷有惡意，他甚至連米蓋爾的名字都不知道，而是把米蓋爾看成了自身不幸的化身或者痛苦處境的誘因。算了，我怎麼知道他把他看成了什麼，我不關心這個，我不在他腦中，也不想在那裡。有時我弟弟、律師，或米蓋爾的好朋友哈威爾有意和我說起這件事，我會攔住他們，告訴他們我不想聽那些多少基於假設的解釋或並不可靠的調查結果，發生的事情那麼嚴重，原因對於我來說已經無所謂了，特別是如果原因讓人費解，只有精神恍惚或者大腦生病的人才可能做出這種事的話，我沒必要深入他們的內心。」路易莎說話很有水準，辭彙很豐富，還使用了日常對話中不常使用的動詞，如「懷有惡意」、「深入」；畢竟她是大學講師，主攻英國文學，教語言。她跟我說過，她必須讀很多書，翻譯很多東西。「說得誇張一點，對我而言，那個人的價值無異於一塊牆上掉下的壁帶，恰好在你從下面經過的時候掉在你頭上，你也可能不是在那一刻經過：如果早一分鐘經過，你根本不會知道它存在。

＊埃塔恐怖組織，又稱為「巴斯克祖國與自由」，簡稱ETA，一九五九年成立，位於法國與西班牙邊境的巴斯克自治區，原為西班牙佛朗哥獨裁統治時期的地下反抗組織，後來發展為武裝反政府組織，於二〇一八年五月宣布徹底解散。

＊貝雷茲·加爾多士（Benito Perez Caldos, 1843-1920），西班牙現實主義小說家，著作豐富；電影導演布紐爾和阿莫多瓦都深受其作品影響。

或者是打獵時一名新手或笨蛋射出的流彈，你也可能那天沒去野外。或者是你在某次旅行中碰上地震，你也可能沒去那個地方。不，恨他沒有用，既不會減輕痛苦也不會增加力量，等待他被判決或者希望他把牢底坐穿都不能使我安慰。並非我可憐他，當然，我不可能可憐他。他怎樣我不感興趣，沒有任何方法、也沒有人能把米蓋爾還給我。我猜他會被送去精神病院，如果還有這種機構的話，我不知道怎麼處理那些暴力犯罪的精神失常者。我想，因為他是危險分子，他們會讓他從社會上消失以避免他再次犯罪。不過我不會想方設法讓他受到懲罰，那就像古代軍隊一樣愚蠢，他們會關押甚至處死把軍官摔到地上致死的戰馬，那時的世界更天真。我也不能跟所有的乞丐和無家可歸的人過不去。他們現在讓我感到害怕，這是真的。每每看到他們我都盡量走開或者到人行道另一邊去。這是一種理所當然的本能反應。不過那是另一回事。我無法做到主動恨他們，就像不會仇恨買凶殺他的企業競爭對手那樣。這種事情現在越來越多了，在西班牙也有，有人從國外找殺手——哥倫比亞人、塞爾維亞人、墨西哥人等，除掉競爭力過強、妨礙他們擴張或者只是影響他們某一樁生意的人。他們弄來一個傢伙，幹完就付錢走人，只要一兩天的時間，警察永遠找不到，他們謹慎、專業、冷靜，不留痕跡，等到屍體發現時，他們已經在機場或者在回去的航班上了。幾乎永遠無法找到證據，更找不到誰雇用他，誰唆使或下令。如果這樣，我甚至無法太恨那個殺手，是他自己不走運，就像不走運的也可能是別人，任何一個有空閒的人一樣；他大概並不認識米蓋爾，自己也不曾和他結怨。但是我恨那些唆使者，我可能會懷疑這個、懷疑那個，懷疑任何一個競爭對手、懷恨在心的人或受過傷害的人，所有企業家都會有意無意地傷害別人；甚至是同行的朋友，就像某天我在科瓦魯維亞斯那本書裡再次讀到的一樣。」路易莎看我臉上一片茫然。「你不知道那本書？《卡斯提亞語／西班牙語辭典》，是第一本西班牙語辭典，一六一一年出版，塞巴斯蒂安・科瓦魯維亞斯寫的。」她站起身，把旁邊一本厚厚的綠皮書拿過來，開始翻找。「那次我需要查『嫉妒』一詞，好跟英文定義作比較，你看它最後怎麼說的。」她大聲地讀給我聽，「『最糟糕的是這種惡毒的情感往往在最好的朋友心中滋生，我們卻當他們是最好的朋友，信任他們；他們比公開的敵人危害更大。』因為你看後面又說：『這個問題是老生常談，很多人都談論過；我無意借花獻佛。就說到這裡吧。』」她闔上書，重新坐下，書放在腿上，露出書頁裡面夾的不少紙片。「我的腦子最好填充點其他東西，而不僅僅是悲痛和想念。我不停地想他，你知道嗎？我醒來時想他，入睡前想他，做夢時想他，整個白天都在想他，好像我一直隨身帶著他似的，成了我身體的一部分。」她看著自己的手臂，好像丈夫的頭正枕在上面。「有人對我說：『留下那些美好的回憶，最後那段就別想了，想想你們曾經多麼相愛，想想那麼多其他人甚至都不曾經歷的美好時光吧。』他們都是好心人，但是無法理解所有的回憶現在都被這個結局染上了悲傷的、血淋淋的色彩。每次我一回想起美好的事情，眼前馬上就會浮現他最後的模樣，他無緣無故慘死的模樣，那種輕易就可以避免的、如此愚蠢的死亡。是的，這是我最難以忍受的：沒有罪人，如此愚蠢。回憶因而變得混濁不堪。實際上我已經不剩任何美好的回憶了。所有的回憶都成了幻想。都被玷污了。」

她沉默下來，望向孩子們所在的隔壁房間。電視的背景聲音傳出來，一切應該都很正常。據我所見，孩子們很有教養，比時下一般的孩子好得多。奇怪的是路易莎這麼隨意地和我聊天，彷彿我是她的朋友，並沒有讓我感到驚訝或尷尬。或許她不可能說別的，在德文內去世後這幾個月裡，她所受的打擊和悲傷已經讓所有親友精疲力竭，或者她不好意思老跟他們談同一個話題，於是借著剛認識的我宣洩一下。或許我是誰無關緊要，對她而言有個新的交談者可以從頭說起就足夠了。這是遭遇不幸後的又一個問題：那些影響在遭受不幸者身上持續的時間，遠遠長於那些願意傾聽和陪伴的人的耐心所持續的時間，一切一旦變得單調，無條件的付出永遠不會長久。因此，悲傷的人遲早會落得孤單，那時他的悲痛還沒有消失，或者已經不允許他再談仍然占據他全部世界的那點事了，因為那個痛苦的世界讓人難以忍受，無法靠近。他發現對於他人來說任何不幸都有期限，沒有人習慣凝視痛苦，那種場景僅在短時間內可以容忍，也就是震驚和心碎尚存，那些旁觀、前來的人有可能是主角，覺得自己不可或缺，是拯救者，在幫得上忙的那段時間。但是一旦證實什麼都沒改變，傷心的人既沒好轉也沒有走出痛苦，他們就感覺自己被貶低，是多餘的，幾乎將此視為一種侮辱，於是離開：「難道有我還不夠嗎？有我在身邊，她怎麼走不出痛苦的深淵呢？既然已經過去一段時間，我多少分散她的注意力，給她安慰，為何她還是陷在自己的痛苦中呢？如果她無法走出來，就讓她陷進去或消失吧。」於是那個沮喪的人選擇了後者，隱退，消失，隱藏起來。也許那個下午路易莎抓住我是因為和我在一起她可以做自己，不需要掩飾：俗話說，傷心欲絕的寡婦。執迷，厭倦，痛苦。

我看向孩子們的房間，用頭指了那個方向。

「在這種情況下，他們應該幫了不少忙。」我說，「我想，你必須照顧他們，這會強迫你每天早上打起精神起床，強迫你堅強、冷靜。要知道他們現在完全依賴你了，比以前更依賴。他們可能是負擔，但也是你必不可少的救生圈，是你開始每一天的理由。是嗎？或者不是？」我又加了一句，因為看到她的臉色更加陰沉，那隻比較大的眼睛瞇到和那隻小的一樣大了。

「不，完全相反。」她回答道，深吸了一口氣，似乎她必須卯足全力冷靜回答。「要是能讓他們現在消失，能讓我離開他們，我願意付出任何代價。你要理解：不是我突然後悔生了他們，他們的存在對我來說非常重要，他們是我的摯愛，可能超過我對米蓋爾的愛，或至少我知道，失去他們之中任何一個只會更糟，會要了我的命。但是現在我無法應付他們，他們對我來說太沉重。但願我能把他們藏起來，或者讓他們冬眠，我不知道，讓他們長睡不醒直到有新的消息。我希望他們讓我安安靜靜的，不要問我問題，不要提任何要求，不要像現在這樣拖著我，纏著我，可憐的孩子。我需要一個人，不用負責任，也不用力不從心地做我做不到的事，不用想他們吃飯了沒有、穿得暖不暖和、是不是感冒了、發不發燒。我希望可以整天躺在床上，自由自在，不用操心任何事情或只操心自己，這樣慢慢調整自己，沒人打擾，沒有責任。倘若我能調整好的話，希望如此，儘管我不知道如何做到。但我現在這麼虛弱，最不需要的就是兩個比我更弱小的人在身邊，他們生活不能自理，比我更不理解所發生的事情。而且他們讓我感到難過，一種超越當下環境的、揮之不去的恆久難過。這種難過一直都存在，環境加重了它的程度。」

「為什麼說『恆久』？為什麼說『超越環境』？為什麼說『一直存在』？」

「你沒有孩子嗎？」她問我。我搖了搖頭。「人們都說孩子帶來很多歡樂，但是他們也總是帶來痛苦，我認為即使他們長大了也不會改變，人們卻很少提起。你看到他們在事物面前的困惑會難過。看到他們好心地想要幫助別人、想要出力卻做不到時也會難過。他們的嚴肅讓你難過，那些初級的笑話和透明的謊言讓你難過，他們的幻想和幻想的破滅讓你難過，他們的期待和小小的失望，他們的天真無邪，不諳世事，那些包含邏輯的問題，甚至偶爾冒出來的壞主意都會讓你難過。想到他們有那麼多東西要學，有漫長的路要走，卻沒人能替他們走，這也讓人難過，儘管數個世紀以來人類都是這樣走過的，儘管我們覺得沒必要讓孩子經歷我們經歷過的。生命不曾停止讓每個人經歷大致同樣的失意，然後發現生命有什麼意義。當然，這兩個孩子遇上了原本可以避免的不尋常的事情，一場意料之外的巨大不幸。在我們這個社會，一個人的父親被殺並非常見的事，他們所感到的悲傷對我而言是雪上加霜。不是只有我一個人喪失親人，要是這樣倒好。我得跟他們解釋，可惜還不知道怎麼做。一切都超出我的能力。我不能說那個人恨他們的父親，也不能說他是父親的敵人，如果我說他瘋了，他們很難理解。卡羅麗娜稍微能瞭解，但是尼古拉斯什麼都不懂。」

「沒錯。那麼你怎麼說？他們有什麼反應？」

「我把事實改編了一下。我曾猶豫是否告訴兒子，他還小，但是他們說如果是從學校同學口中說出來只會更糟。因為報紙上登了，所有認識我們的人馬上就知道了，你想像一下四歲的小孩會怎麼說，他們的說法可能比實際情況更可怕、更離譜。因此我對姊弟倆說那個人特別生氣，因為他的女兒被人搶走，他弄錯人，攻擊了爸爸，而不是那個搶走他女兒的人。他們問我誰搶走她們，我回答我不知道，那個人肯定也不知道，因此他才這樣，到處找人發火。他分辨不清，就懷疑所有人，所以有天他打了巴勃羅，認為是他幹的。奇怪的是這些他們倒馬上聽懂了，某人生氣是因為別人搶走他的女兒，甚至現在他們有時還問我有沒有那個人的女兒的消息或找到她們沒有，好像這是一個懸疑故事，她們還是小孩子。我告訴他們這一切都是噩運。就像一起事故，就像一輛汽車撞了一個行人或一個在樓上幹活的泥瓦工摔下來。他們的父親沒有任何過錯，也沒對任何人做過什麼。兒子問我爸爸是不是不會回來了。我回答說是，現在他在很遠的地方，就像出差那麼遠或者更遠，太遠了，所以不可能回來了，但是他仍然在那裡看著他們，關心他們。為了不讓一切結束得那麼徹底、突然，我還突發奇想告訴他們我偶爾可以和他通話，如果他們對他有什麼請求，重要的請求，就告訴我，我會轉告他。我感覺女兒不相信這個，因為她從不要我傳遞任何資訊，但是兒子相信，所以現在他有時要我告訴他父親某某事情，不過是他在學校裡發生的雞毛蒜皮的小事，他卻當作大事，第二天他會問我跟父親說了沒有，他怎麼回答，或者知道他已經會踢足球以後是不是很高興。我回答說我還沒講，還得等等，建立聯繫不容易，我等時間過去幾天後，如果他還記得並且又問起來的話，我就編點什麼。我讓他等待的時間一次比一次長，直到他不再問我，忘了此事，終於他幾乎不記得了。重要的是他會認為自己將會記住我和他姐姐告訴他的事。卡羅麗娜更讓人擔心。她幾乎絕口不提，人更嚴肅，話更少了，比如當我告訴她弟弟父親聽了他的事情後笑了，或父親托我告訴他不要踢其他小朋友只能踢球時，她看我的眼神裡就會帶著一絲難過，類似他們讓我產生的那種難過，似乎我的謊言令她難過。有些時候我們只是讓彼此難過，他們令我難過，我也令他們難過，至少是令女兒難過。他們看到我很傷心，看到我處於一種他們從未見過的狀態，儘管我和他們在一起時已經努力不讓自己哭，不讓他們看出來，真的。但是我肯定他們一定看出來了。我只當著他們的面哭過一次。」我想起當天早上我在戶外座觀察他們三人的時候，那個女孩留給我的印象：她如何注意母親，幾乎是盡其所能地關心她，還有告別時她飛快地撫摸了一下母親的臉。「而且他們還為我擔心。」路易莎補充道，她歎了口氣又倒了一杯酒。她已經有一會兒沒喝了，她控制住了，也許她就是那種懂得及時停止的人，或者會過量飲酒到接近危險的地步但永遠不會真的陷進去。即使覺得已經沒有什麼可失去，一切都無所謂的時候，她也會懸崖勒馬不沉淪。毫無疑問，她極其絕望，但是我想像不出來她會完全自暴自棄，任何方式都不可能：既不會喝得爛醉，也不會不管孩子，或者吸毒、不上班、接二連三地找男人（這個要再過些日子）來忘記那個她在乎的人；就好像她還有最後一絲理智，或是責任感，或是冷靜，抑或自我保護，甚或者是實際，我不清楚到底是什麼。當時我看得很清楚：「她會走出來的。」我想，她會比自己認為的恢復得更快，她會覺得這幾個月她所經歷的一切都不真實，她甚至會再婚，也許是和某個和德思文一樣完美的男人，或至少是一個能與她重新結合的男人，兩人再度成為一對接近完美的夫妻。「他們已經發現人都會死，父母也會死——他們曾經覺得最堅不可摧的人都不免一死。這不是噩夢，卡羅麗娜已經開始做噩夢了，她到了這個年齡：在事情發生前，她有天晚上夢見我死了或是她的父親死了。她半夜從她的房間喊我們，她非常難過，我們說服她相信那是不可能的事。現在她看到我們錯了或我們可能撒謊；她有理由害怕，因為她夢到的事情真的發生了。她沒有直接責備我，但是在米蓋爾下葬的第二天，當一切已經無可挽回，我們只能在沒有他的情況下繼續生活時，她像是懷著充足理由對我說了兩次：『你看到了吧？你看到了吧？』我不解地問她：『看到什麼呢？寶貝？』我當時腦子很亂，沒聽懂她的話。然後她就把自己封閉起來，之後一直這樣：『沒什麼，沒什麼。家裡再也沒有爸爸了，你沒看到嗎？』她回答我說。我一下子失去所有力量坐在床沿，當時正在我的房間。『我當然看到了，親愛的。』我對她說，然後眼淚就湧了出來。她從沒見過我哭，所以為我難過，從那以後她一直為我難過。她走到我身邊，開始用她的裙子為我擦眼淚。而對於尼古拉斯來說，這一切來得太快，他甚至沒有事先夢到、感到害怕，他還沒有意識到死亡，我認為他現在還不太明白死亡是什麼，但是他慢慢會知道死亡意味著人不在了，再也見不到他們。既然他們的父親在一夕之間突然去世、消失了；甚至更壞，既然他們的父親毫無徵兆地突然被殺、離開人世，既然他是那麼脆弱，被那個可惡的傢伙一下子殺死了，他們怎能不去想看上去比他更脆弱的我，哪天可能也會發生同樣的事情？是的，他們為我擔心，擔心我將遭遇不測，徹底丟下孤獨無助的他們，他們擔心地看著我，好像是我身處危險，無人保護，而不是他們。男孩是出於本能，女孩卻是真的意識到了。我注意到我們在外面時她總是看我的周圍，警惕任何陌生人，或者更確切地說是任何陌生的男性。如果我有朋友尤其是女性陪著她會安心。現在這麼半天她都不擔心，因為我在家裡，和你在一起，你看到了，她沒找藉口進來看看或煩我。儘管我剛剛認識你，你卻給她信任感，你是女人，她不覺得你危險。相反，她把你視為盾牌，視為保護。這讓我有點擔憂，她害怕男人，在他們面前，在那些她不認識的男人面前她很警覺、很緊張。我希望這種情況很快過去，因為總不能生活在對世界一半人的害怕中吧。」

「他們知道父親具體是怎麼死的嗎？我的意思是，」我猶豫了一下，不知道是否應該重提此事，「折刀。」

「不知道，我從沒說過細節，只告訴他們那個傢伙襲擊他，從未告訴他們遇襲的過程。但是卡羅麗娜應該知道，我敢肯定她看過報紙，她的同學們也一定非常震驚地議論過。這肯定讓她非常恐懼，以至於她從沒問過我，也從沒有提過。我們倆很有默契地不談它，不想它，把那一部分（導致他死亡的關鍵部分）從米蓋爾的死亡中抹去，讓他的去世成為一個獨立的、冷漠的事實。另外，所有人對自己亡故的親友都是這樣。我們都努力忘記他們怎麼去世，僅僅記住他們在世時的樣子，最多還有去世後的樣子，但是避免去想生死之交，過渡階段，彌留之際，去世的原因。某人現在活著，將來死去，中間什麼都沒有，就好像沒有過渡、沒有緣由地從一個狀態到另一個狀態。但我還是無法避免想它，正是它讓我無法繼續生活，無法開始恢復，假如可以從這種事情恢復的話。」「會恢復的，會恢復的。」我又一次想，「比你認為的時間還要快。我希望你這樣，可憐的路易莎，真心希望。」「和卡羅麗娜在一起時我確實能做到，這樣對她好，這個理由對我就足夠了。但是當我一個人的時候，我就無法做到了，特別是現在，白天已經過去，黑夜還沒到來的時候。我想著那把折刀往身體裡刺，想著米蓋爾的感覺，想著他是否有時間想什麼，是否想到他要死了。於是我感到絕望，就病了。這不是誇張：我真的病了。我全身都痛。」

門鈴突然響了，我想不出會是誰，但是我知道這次談話以及我的探訪結束了。路易莎沒有打聽關於我的任何事情，甚至沒有再問早上在戶外座問我的問題，我做什麼工作，在和他們一起吃早餐期間，觀察他們時，我在心裡給她和德文內起了什麼名字。她還沒有心情好奇，沒有心情對別人感興趣或者打探別人的生活，她自己的生活已經拖垮她，奪走她全部力量包括注意力，可能也奪走她的想像力。我只不過是她傾訴不幸和固執想法的一隻耳朵，一隻全新的但是可以替換的耳朵，或許不完全是可以替換的：路易莎可能也這麼想，我也讓她感到信任和親密，或許她不會隨便和誰都這樣傾訴衷腸，不會隨便傾訴。畢竟我見過她的丈夫很多次，因此我對她失去親人感同身受，我理解他的缺席令她傷心，明白他的身影已經從她的視野裡消失，一天又一天，就這樣單調、無可補救地直到生命盡頭。從某種意義上說，我是「故人」，所以也會以我自己的方式懷念已故者，儘管他倆不曾在意過我，德思文永遠都只能這樣了，對他來說我來得太遲了，我永遠只能是那個他很少注意、只是一瞥而過的「謹慎的年輕女子」。「正是因為他的去世我才會在這裡，」我突然又想，「如果他沒有去世，我現在也不會在他家，因為這是他的家，他曾經在這裡生活，這是他的客廳，也許我現在所在的位置他坐過，我看見他的那個早上，也是他妻子看見他的最後那個早上，他就從這裡離開。」她對我的印象肯定很好，感覺我是為她著想，同情她，替她難過；她依稀覺得若是在其他環境下我們可能已經成了朋友。但是現在她像在一顆球裡面，雖然話很多，內心深處卻與世隔絕，對外面的一切漠不關心，這顆球要過很長時間才會被刺破。只有到那時她才會真正看清我，我才會不再是咖啡館那個「謹慎的年輕女子」。如果那時我問她我叫什麼，她可能已經不記得，或者可能只記得名字而不記得姓。我也不知道我們是否會再見面，是否還有機會見面：一旦走出那裡，我就會消失得無影無蹤。

她沒等傭人回答，家裡至少有一個傭人，我來的時候就是傭人應門的。站起來走到門口，拿起對講機。我聽見她說「喂？」然後是「嗨。我替你開門。」那人她非常熟悉，她正在等他，或者他每天那個時間都會去她家，因為她的聲音裡沒有絲毫驚喜或激動，甚至可能是來送貨的食品店小夥子。她打開門等著來訪者穿過大門和房子之間的花園；她住的是獨棟別墅，在馬德里市中心有好幾個這樣的社區，不僅在埃爾維索有，在卡斯提亞那大道後面、貝洛公園和其他地方都有，它們都奇跡般地避開了可惡的交通和長年不斷、無處不在的喧囂。那時我突然發現實際上她並沒有和我談過德文內。她沒有回憶他，沒有描述他的性格或為人，沒有說她多麼想念他的某個特點或某個共同的習慣，或者他離開人世讓她多麼受折磨，一個如此享受生活的人，這是我對他的印象。我發現我對那個男人的瞭解並不比進門之前多。從某種程度上來說，好像他的異常死亡讓其餘的一切黯然失色，這種事情時有發生：一個人生命的結束如此出人意料，或者令人痛苦，如此惹人注目，如此提前到來，或者如此悲慘——有時如此奇怪，荒唐或不幸——以至於人們一提到他，那個結局就會立即吞噬，或者玷污他的形象，他那惹人注目的死亡方式會抹去他先前全部的存在，甚至在一定程度上將他剝奪，這是最不公平的。這種刺人耳目的死亡在受難者的整體形象中占據主導地位，因此回憶他的時候，最後那個抹殺一切的細節難免會馬上縈繞，或者說人們在漫長的時光裡再想起他時，沒有人會想到如此粗暴、沉重的一幕會落在他身上。一切都比照那個結局，或者更確切地說，那個結局的光芒如此強烈、耀眼，阻止了人們找回從前，阻止了人們在回憶或幻想中微笑，可以說，這樣死去的人死得更完全、更徹底，或許可說是既在現實中又在他人記憶裡的雙重死亡，這一記憶因那個結束一切的愚蠢事實而永遠迷惑、痛苦、被扭曲，並且可能有毒。

同樣，路易莎可能仍處於極度自我的階段，也就是說，她只能看到自己的不幸，卻沒有看到德思文的不幸，儘管她表達了對他臨終的關心，那個他理解為永別的時刻。這個世界屬於活著的人，與死去的人關係不大——儘管他們都在地球上，並且無疑比活著的人還多——所以活著的人往往認為某個親友的死亡與其說發生在死者身上，不如說發生在他們身上，雖然真正死去的人是死者。是他不得不說再見，雖然他們幾乎都不情願，是他失去了未來的一切（已經看不到兒女的成長和變化，比如德文內），不得不放棄知曉一切的努力或好奇心，丟棄未完成的計畫和未說出的話，他一直以為以後會有時間，但他已經沒有機會；如果他是作者，他已無法完成一本書、一部電影、一幅畫或一首樂曲，如果他是觀眾，他已無法讀完第一部分、看完第二部分，或者聽完第四部分。只需看一眼已故者的房間就可以發現有多少事情被中斷，被擱置，有多少東西頃刻之間沒了用處，失去作用；是的，他做了標記的小說將不再往下翻頁，藥物也突然變成最多餘的東西，很快就得扔掉，還有專用的枕頭和床墊，他的頭和身體不會在上面休息；那個水杯不會再用，菸盒裡被禁的香菸只剩三支，為他買的夾心糖沒人敢去吃完，彷彿這樣做如同搶劫或褻瀆；那副眼鏡也用不到，那些充滿期待的衣服將日復一日，甚至年復一年地留在衣櫃裡，直到有人鼓足勇氣取下；已故者生前精心照顧和澆灌的植物，可能沒人願意去管，晚霜的玻璃瓶裡仍會看見那人柔軟的手指所留下的痕跡；那副望遠鏡，曾用來觀察在遠處高塔上築巢的白鸛以打發時間。肯定有人願意拿走它，不過誰知道會用來做什麼；那扇窗戶，曾經有人在工作中停下休息，透過窗子眺望遠方。此後這扇窗將不再有欣賞風景的人，或者風景將不再；那本記錄約會和例行事務的備忘錄，一頁也不會再往下翻了，最後一天將不再出現「今天的事我已做完」的附註。所有那些曾經表情達意的物品現在都沉默了，失去了意義，就像有一條毯子落下，令它們安靜不語，讓它們相信夜晚已至，或者它們似乎也在為失去主人而悲痛不已，似乎神奇地意識到自己失業了，再無用武之地後瞬間引退了，然後這些物品一致想：「現在我們在這裡做什麼？我們該撤退了。我們已經沒有主人。等待我們的是被迫流亡或丟進垃圾堆。我們的使命結束了。」也許德思文所有的東西在幾個月前都有過這樣的感覺。路易莎不是一件東西。因此，路易莎沒有這麼想。

來了兩個人，雖然她之前說「我替你開門」，用的你是單數。我聽到第一個人的聲音——她已經和他打過招呼，他告訴她還有一個人要來，顯然是預料之外的人：「嗨，我把里克教授帶來你這裡，免得他在大街上束手無策。他需要打發晚餐之前的時間。他在這附近約了人，沒時間回他住的飯店再回來。你不介意吧？」接著他為他們彼此引介：「法蘭西斯科·里克教授，路易莎·阿爾黛。」「當然不會，很榮幸。」我聽到路易莎的聲音，「我有客人，請進，請進。你們想喝點什麼？」

里克教授的臉我很熟悉，他經常出現在電視和報紙上，他的嘴唇很肉感，禿頂乾淨整潔，戴著一副略大的眼鏡，透著隨性的優雅——略帶英式和義大利式風範，他的語氣目空一切，態度半慵散半尖銳，也許是為了掩飾目光中不時流露內心深處的憂鬱，他似乎感覺自己屬於過去的時代，很遺憾不得不和無知的平庸同輩打交道。同時他也明白，某一天當他的感覺最終和現實一致時，他將不得不停止和他們打交道，他只是提前為此感到遺憾而已。他首先對同伴的說法進行反駁：

「喂，迪亞斯·巴雷拉，我從來不會在大街上束手無策，雖然我確實不知在大街上該做什麼，而且，這種事情還常常發生。在我生活的聖庫加特我經常出門，」這個解釋他是對著我和路易莎說，目光分別斜覷我倆，那時路易莎還沒介紹我，「然後我突然意識到我不知道自己為什麼出門。或是我到了巴塞隆納，卻想不起來去那裡的目的。於是我一動不動地待了好長時間，既沒有到處閒逛也沒有原地踱步，直到我突然想起我的目的。即使在那種情況下，我也不會在大街上感到尷尬，我屬於那種知道自己正在大街上無所事事、茫然無措，卻不會讓人察覺的極少數人。我非常清楚我給別人的印象完全相反，是全神貫注；好像隨時都有重大發現，或腦中正完成一首高水準的十四行詩。如果有哪個熟人遠遠地看見我，都不敢跟我打招呼，哪怕是看見我一個人靜靜地站在人行道上（我從不靠牆，這種姿勢會讓人覺得我被放鴿子），因為害怕打斷我的深思或冥想。我也從來不會受到欺負，因為我嚴肅專心的樣子會讓壞人止步。他們感覺我是一個保持心智警惕、全力運轉的人（直白地說就是達到極限），所以不敢找我麻煩。他們覺得我可能很危險，會快速做出異常暴力的反應。我說完了。」

路易莎不由自主地笑了，我也一樣。她居然這麼快就走出之前向我訴說的苦悶，被一個剛剛認識的人逗笑，這讓我重新認為她很會享受生活，怎麼說呢？很容易在日常生活中或頃刻之間找到快樂。雖然為數不多，但是有這樣的人，他們在不幸中失去耐心，感到厭倦，不幸在他們那裡不會持續太久。雖然客觀地說，他們確實有一段時間明顯沉浸在不幸中。據我已有的觀察，德思文應該也是這樣，於是我突然想到假如是路易莎死了，他還繼續活著，他很可能會和他妻子現在一樣。（「假如他還活著，成了鰥夫，我就不會在這裡了。」我想。）是的，有的人承受不了不幸。不是因為輕浮或沒有頭腦。不幸來臨的時候，他們當然也深受其苦，和任何人一樣。但是他們註定很快擺脫，而且不須太費力，因為他們和不幸不相容。和大多數乏味的人不同，他們天性輕鬆、快樂，不覺得受苦高尚，我們的天性總會影響我們，因為幾乎沒什麼能扭曲或折斷它。也許路易莎是一個非常簡單的人：該哭的時候就哭，該笑的時候就笑，也可以又哭又笑，她受到什麼刺激就會有什麼反應。而且，簡單和聰慧並不矛盾。我毫不懷疑她很聰慧。她沒有心機，愛笑絲毫無損她的智慧，這些並不取決於智慧，而是取決於性格，屬於另外一個類別和層面。

里克教授穿著一件漂亮的軍綠色上衣，乳白色的襯衫上鬆鬆垮垮地隨便繫著一條領帶，顏色比上衣更鮮豔、更亮麗——可能是西瓜綠色。他的衣著很協調，得體的搭配並不做作，儘管他胸前口袋露出三葉草色手帕，像是一抹多餘的綠。

「但是你在這裡，在馬德里被搶過一次，教授，」那個被稱作迪亞斯・巴雷拉的人反駁道，「很多年以前，但是我記得很清楚。就在格蘭維亞大道，你剛從一臺自動提款機領了錢，是這樣吧？」

這個提醒讓教授不太高興。他掏出一支菸點上，好像如今不徵求別人意見就吸菸和四十年前一樣正常。路易莎馬上遞給他一個菸灰缸，他用另一隻手接。兩隻手都拿著東西，他把兩隻胳膊攤開成十字狀，像一個被欺騙或被愚蠢壓垮的演說家似的說道：

「那完全不一樣。沒有絲毫關係。」

「為什麼？那時你就在大街上，而且那個壞蛋並沒有尊重你。」

教授用拿著香菸的那隻手做了個遷就的手勢，做手勢的時候菸掉了。他不悅又好奇地看著地上的香菸，好像那是一隻不在他責任範圍內爬行的蟑螂，他在等著有人把它撿起來或一腳踩死，然後一腳踢走。沒人彎腰，他便伸手去拿菸盒，又取出一支菸。好像他並不在乎掉下的菸頭可能會燒了木地板，他應該是那種覺得什麼事情都不嚴重的人，總是認定其他人會讓一切就位，處理所有的問題。他們等待別人去做並不是因為少爺派頭或思慮不周，只因為他們的頭腦裡沒有這些現實事物和周圍世界。路易莎的孩子們聽到門鈴聲早探出頭，他們溜進客廳觀察客人。那個男孩跑過去要撿地上的菸頭，但他母親在他碰到前搶先一步撿起來，在她之前用過的菸灰缸裡把菸熄滅，她的菸也沒吸完。里克點著第二支菸然後回答。無論是他還是迪亞斯．巴雷拉都沒打算中斷他們的討論，看著他們倆就像看一場戲劇演出，好像兩位演員一邊說著一邊走進舞臺，絲毫沒有理會大廳裡的觀眾，從另一方面來說，好像這是他們的職責。

「首先，我當時背對大街，也就是說，提款機迫使我不得不採取那種不雅的姿勢，就是臉朝牆壁的姿勢，所以那個搶劫者看不到我威懾的目光。第二，我忙著按各種鍵回答那些無用的問題。第三，對於我想用什麼語言進行人機交流這個問題，我使用的是義大利語（這是我經常去義大利養成的習慣，我半生的時間是在那裡度過），我當時正出神地記著螢幕上出現的嚴重書寫和語法錯誤，那個程式肯定是某個騙子模仿義大利語編的。第四，我一整天都在忙著和人打交道，每隔一段時間就得換地方喝上幾杯，很無奈；疲勞再加上有一點醉，在那種情況下我的警覺心下降，誰不是這樣呢？第五，我在赴一個本來就很晚的約會，我遲到了，所以做什麼精神都不集中，有些慌亂，擔心正焦急地等我的人失去耐心，離開我們約好見面的地方，我之前費了很大周折才說服她晚歸和我單獨見面；注意，只是聊聊天。第六，鑒於以上種種原因，當我感到一把折刀的刀尖抵在我腰部時，我才發覺有人要搶劫，當時我手裡已經拿著錢但是還沒裝進口袋，持刀的人稍微使力，刀子真的刺進去了一點：晚上臨睡前我在飯店脫下衣服後，發現這裡有點出血。這裡。」然後他撩開外套下襬，迅速摸了下腰上方的某個部位，他動作太快，在場的人肯定沒有誰能看清楚在哪兒。「沒有經歷過那種輕微的刺痛，身體沒有在這裡或任何其他重要部位被刺一刀，沒有意識到只需推一下刀尖就會直接深入肉體的人，就不可能知道當時唯一能做的事就是把東西交出來，不管是什麼，那個傢伙只說了句：『把你的錢拿來。』你就會感到鼠蹊部好像有千萬隻螞蟻在爬，很難受，說也奇怪，不舒服的感覺從那裡一直蔓延到全身。但是源頭並不在受威脅的部位，而是這裡。這裡。」他用兩個中指同時指了鼠蹊部。幸好他沒有去摸。「注意：不是在蛋蛋那裡，是在鼠蹊部，好像沒有任何關係的地方，所以人們常常弄混。我們會指著脖子說『他們指著我這兒』。」他用食指和拇指摸了摸脖子，「因為蟻走感一直蔓延到頭部。好了，自從人類社會虛弱的車輪開始轉動以來，世人都知道，埋伏或偷襲，無法預防，甚至難以自衛。我說完了。你想讓我繼續列舉下去嗎？繼續下去很容易，至少能舉十個例子。」看到迪亞斯·巴雷拉沒有回答，他以為爭論在對方的無言以對中結束了，他這才第一次看了看四周，注意到我，注意到孩子們，也幾乎注意到路易莎，儘管她已經和他打過招呼。實際上他之前大概並沒有看清楚我們每一個人，否則，我認為，他就不會使用「蛋蛋」這個詞，特別是考慮到有未成年人在場。「來看看，這裡都有誰該認識？」他自在隨意地說。

我注意到迪亞斯·巴雷拉已經不再說話，變得嚴肅起來，原因是路易莎走了幾步到沙發跟前，沒有邀請兩位男士就自己先坐下，好像雙腿沒力氣，確實站不住。剛剛不由自主的笑容變為痛苦的表情，目光黯然，臉色蒼白。是的，她應該是個非常簡單的人。她用手扶住額頭，垂下目光，我擔心她要哭了。里克教授沒理由知道幾個月前她發生了什麼，那把反覆刺下的折刀如何毀了她的生活，也許他的朋友沒有告訴過他——不過很奇怪，別人的不幸往往無意間就會流傳開來——或者他聽過，但是他忘了：這方面他聲名在外（非常出名），他只記得很久以前他還是世界權威時的資訊，對於新近的事件他只是漫不經心地聽聽而已。中世紀或黃金世紀的任何罪行、任何事件對他而言，都比幾天前發生的事情重要。

迪亞斯・巴雷拉關切地走到路易莎身邊，將她的雙手握在自己手中，低聲說道：

「好了，好了，沒事的。我真的很抱歉。我沒注意我們胡說八道會扯到那裡。」我發覺他似乎有撫摸她臉龐的衝動，像在安慰一個孩子，他願意付出生命以待的孩子；然而他克制住了。

但是就像我聽到他的竊竊私語一樣，教授也聽到了。

「怎麼？我說什麼了？是因為『蛋蛋』那個詞嗎？你們這裡顧忌真多。我本來可以用一個更低俗的辭彙，畢竟『蛋蛋』還算是委婉的說法。這個詞很粗俗，形象不佳，不過到處都用，這我承認，但是它仍不失為一個委婉的說法。」

「顧忌是什麼意思？蛋蛋是什麼意思？」男孩問道，他可沒有忽視教授指腹股溝的動作。幸好沒人理會，也沒人回答他。

路易莎馬上就恢復了，她發現還沒有介紹我。實際上她已經不記得我的姓，因為她說了那兩個男人的全名（「法蘭西斯科・里克教授、哈威爾・迪亞斯・巴雷拉」），但是對於我，就像對待孩子們一樣，只說了我的教名，加上我的綽號作為彌補（「我的新朋友瑪麗亞；我和米蓋爾都稱呼她『謹慎的年輕女子』，那時幾乎每天早餐時間我們都會看見她，但是之前沒說過話」）。我覺得正好可以補充一下（「瑪麗亞．多茲。」我再次確認）。那個哈威爾應該就是她之前向我提到的那位，她稱他是「米蓋爾的好朋友」。不管怎樣，他就是我上午看到的那個男人，坐在德文內生前所開的汽車的駕駛座。那個去咖啡館接孩子，送他們上學的男人。他比平常的時間晚了一點。因此，他不像我以為的那樣是司機。也許路易莎覺得必須辭掉司機，一個人喪偶後首先要做的往往是減少開支，像是因為害怕或無依無靠而產生的反射動作，儘管她繼承一大筆財產。我不知道她經濟狀況如何，我猜很好，但是她可能覺得不穩定，儘管絕對不是這樣，一個重要的人去世後，好像整個世界都搖搖欲墜，沒有什麼是堅實的、牢固的，受打擊最大的親屬往往會這麼想：「這有什麼用呢？那有什麼用呢？錢或生意、陰謀有什麼用呢？房子、圖書室有什麼用呢？出門工作、制定計畫有什麼用呢？生孩子有什麼用呢？一切都有什麼用呢？什麼都不會長久，因為一切都會結束，一旦結束就會覺得即使存在一百年也不夠長。我和米蓋爾在一起的時間只有短短幾年，他死後留下的一切為什麼一定能長久呢？金錢、房子、我或是孩子都不會。我們都懸在空中，面臨威脅。」她也有結束生命的衝動：「我想去他在的地方，我很清楚我們唯一能夠相逢的地方是過去，那個曾經存在，但是現在不復存在的過去。他已經成為過去，而我仍然屬於現在。如果我也成為過去，那麼至少我在這個方面和他一樣了，有相同之處總比沒有強，那麼我就不具備想念他或回憶他的條件。從這個意義上來說，我將和他處於同一層面，或者我處於他的空間或時間中，我將不再留在這個讓我們的習慣慢慢消失的脆弱的世界。如果我們的生命被奪走，就再也沒有什麼可以被奪走了。如果一個人的生命已經結束，那麼就再也沒有什麼可結束了。」

那個哈威爾・迪亞斯・巴雷拉很有男人味，性格沉穩，也很帥氣。雖然精心刮過，仍能隱約看到鬍碴淡淡的青色，特別是在充滿活力的下巴，很像連環漫畫裡的男主角（隨著角度和光線不同，下頜中間的凹痕若隱若現）。他有胸毛，從頂扣敞開的襯衫中露出一點。他沒繫領帶，德思文總是繫著領帶，他的朋友比他略為年輕。他五官精緻，細長的眼睛給人近視或者說夢幻般的感覺，睫毛很長，嘴巴豐滿堅實，線條分明，嘴唇像是移植到男人臉上的女人的嘴唇，很難不注意，我的意思是讓人很難移開視線，它們就像磁石一樣吸引目光，無論是講話的時候還是沉默的時候。讓人想親吻、想觸摸、想用手指描摹，像用細毛筆勾勒出的精美線條，想用指尖觸摸那緊實又鬆軟的紅潤。而且他似乎很謹慎，任由里克教授無拘無束地慷慨陳詞，無意遮掩他的光芒（想遮掩他的光芒大概也做不到）。他無疑很有幽默感，因為他之前有意附和他，還很有技巧地故意跟他唱反調，為他在陌生人面前提供機會，更確切地說是在陌生女人面前出風頭，教授喜歡調情，這點馬上暴露無遺，他是那種幾乎在任何情況下都會意淫女人的男人。「意淫」的意思是他們沒有真正的企圖，他們的目的不是真正地或認真地征服誰（無論如何不是我，也不是路易莎），而是想引起別人對他的興趣，或者如果可能的話，令他人為之傾倒，即使以後不會再見到那些傾慕者。迪亞斯・巴雷拉饒有興致地聽他幼稚的自我炫耀，任由他長篇大論，或者對其煽風點火，他似乎並不畏懼競爭，又或者他對目標如此明確，如此渴望，因而毫不懷疑自己遲早會如願以償，無論發生什麼意外或威脅。

我沒有再待多久，在那樣的聚會裡我純屬多餘，那個聚會對里克來說是臨時起意，但對於迪亞斯．巴雷拉來說很可能習以為常，看來他是那個家或者說遺孀路易莎生活中的熟客或者幾乎是常客。據我所知，這是他一天中第二次出現，大概每天都是這樣，因為他和里克進門時，孩子們和他打招呼時態度自然得近乎冷淡，似乎他下午的到訪（一次「不期而至」）是理所當然的事。當然也是因為那天早上他們見過他了，他們三個還一起坐車走了一小段路。似乎他比任何人都關心路易莎，比她的家人更關心，我知道她至少有一個哥哥，她曾在同一句話裡提到他，哈威爾以及一位律師。我感覺路易莎把他視作兄弟，視作一個從天而降的兄弟或乾哥，他來來去去，進進出出，在發生意外時幫忙照顧孩子任勞任怨，無時無刻都能指望他，無需事先詢問他能不能幫忙，猶豫不決的時候可以出自本能反應一樣徵求他的意見，他陪在身邊卻讓人難以覺察，既覺察不到他也覺察不到他的陪伴，他心甘情願、自告奮勇地付出，總是自發而至，不求回報，他不請自來，最終漸漸不知不覺地與她分享一切，讓自己不可或缺。他在那裡，你不會多注意他，但是如果他離開或消失，你又會有無以名狀的想念。迪亞斯．巴雷拉隨時都會離開或消失，因為他不是一個無條件付出，永遠不會徹底離開的忠誠的兄弟，而是已故丈夫的一位朋友，友誼是無法轉讓的。最多可以侵占。也許他屬於那種至交，在你脆弱或者有不良預感時，是可以託付事情的對象。

「如果哪天我發生什麼不幸不在了，」一天德文內可能對他說，「請你幫我照顧路易莎和孩子們。」

「你是什麼意思？你指的是什麼？你發生什麼事了嗎？怎麼說起這個？你沒發生什麼事，對吧？」

迪亞斯．巴雷拉不安又吃驚地回答。

「不，我沒預感會發生什麼事，無論是眼前還是接下來，不是什麼具體的事情，而且我身體很好。只是當我們想到死亡，認真考慮它對生者造成的影響時，我們有時難免會問自己，死後會發生什麼，那些我們很重視的人將何去何從，會受到多大的影響。我說的不是經濟狀況，這個基本已經安排好了，我指的是其他方面。我能想像孩子們會難過一陣子，對我的回憶會伴隨卡羅麗娜一生，但是會越來越模糊，也正因如此她會把我理想化，因為我們可以對模糊不清的東西為所欲為，任意操縱，可以將它變成失樂園，將一切都留在原地，沒有失去，永遠幸福快樂。但是她畢竟還太小，某一天會擺脫這一切，繼續她的生活，構思無數的幻想，那些每個年齡階段特有的幻想。她會長成一個正常的女孩，偶爾有一絲傷感。每當有什麼不開心或者不順心的事，她就會躲到對我的回憶裡，但是我們所有的人或多或少都會這麼做，都會在曾經存在但是現在已經不存在的事物中尋求庇護。無論如何，有個活在現實世界中的人盡可能地占據我的位置，能夠回應她，幫助她。身邊有個她常見的人，已經熟悉的人，如父親般的長輩，對她有好處。我覺得沒有誰比你更有資格擔當這個角色。我對尼古拉斯倒沒那麼擔心：他還小，必然會忘記我。但是如果你能幫他解決問題對他也是好的，他的性格會給他帶來問題。然而最茫然無助的人是路易莎。當然她可能會再婚，不過我覺得可能性不大，而且不會太快，年紀越大再婚就越難。我想首先要等最初的絕望和悲傷過去，這兩樣東西加在一起會持續很長時間，整個過程會讓她消沉。你知道的，認識一個新人，哪怕只是粗略地講述自己的生活，任由對方獻殷勤，或者接近自己，激勵對方，表露興趣，展現最美的一面，解釋自己是什麼樣的人，聽聽對方是什麼樣的人，克服不信任，習慣某人，那個人也習慣你，忽視令人討厭的地方。這一切會令她厭煩，認真想想，誰不會厭煩呢？邁出一步，再邁一步，再邁一步。這很累人，而且難免會有重複的、曾經嘗試過的東西，在我這個年紀我可不喜歡。雖然看起來並非如此，但其實需要很多步才能再安定下來。我很難想像她會有一絲好奇或幻想，她不是不安分或不知足的人。我的意思是，如果她是這樣，那麼在失去我一段時間後，她可能會開始看到這種失去的某種好處或補償。當然她不會承認，但是她會看到。如果一個人不得不給一段歷史畫上句號，回到起點，不管它是什麼，從長遠來看這並不是什麼痛苦的事情。即使已經結束的一切讓你很開心。我見過傷心欲絕的鰥夫、遺孀在很長一段時間裡以為自己永遠不會重新振作。但是之後當他們終於恢復，找到新的伴侶時，他們便覺得這個新伴侶是真正的最佳伴侶，暗中竊喜原來那位不在，為他們現在所建立的一切留下了空間。這就是當下現實的可怕力量，過往相隔現在越久，就會被打壓得越厲害，而且現在還會歪曲過往，過去卻無法開口、抗議、否定或者反駁。我們就不提那些不敢拋棄配偶，或不知如何拋棄，或擔心給對方造成太多傷害的丈夫或妻子了：他們暗地裡希望對方死掉，寧願他們死也不願面對問題，合理地解決。這很荒謬，但是就是這樣：實質上他們不是不希望對方發生什麼不測，他們不是試圖犧牲自我、努力保持沉默來保護對方免遭不測（因為只要能擺脫對方，他們希望對方發生不測，而且是最嚴重的、不可逆轉的不測），而是他們不願意自己造成這種惡果，不希望對任何人的不幸承擔責任，甚至包括那些僅僅因為生活在他們周圍、用關係捆綁住他們就令他們感到痛苦的人。如果他們夠勇敢，是能夠打破這種關係的。但是他們沒有勇氣，於是只好幻想，夢想一些極端的東西，比如對方的死亡。『那可能是一種簡單的解決方法，一種巨大的解脫。』他們想，『我跟它沒有絲毫關係，我沒給他造成任何痛苦或者悲傷，他，或者她，不是因為我的過失而受苦，可能是一次事故，一場突如其來的疾病，一場不幸，全都與我毫無關係；相反地，在全世界的眼裡我是受害者，在我自己的眼裡也是，卻是一個因此受益的受害者。我將獲得自由。』但是路易莎不是這種人。她已經完全安定下來，安身於我們的婚姻，不再幻想她所選擇和擁有的生活以外的其他東西。她只想要更多相同的東西，不想要變化。每一天都一模一樣，不增減任何東西。她是這麼安於現狀，腦子裡甚至從來不會思考我思考的東西，不曾想過我或者她可能會死，對她來說這不在她的考慮範圍內，不可能。當然，她的死亡對於我也一樣，我更不忍去想，幾乎沒考慮過。但是我有時會考慮到自己的死亡，我們每個人都必須與自己的脆弱抗爭，而不是別人的脆弱，不管我們多麼愛他們。我不知道，不知道怎麼跟你說，有些時候我動不動就會想像這個世界沒有我的樣子。因此如果某天我發生什麼事，哈威爾，如果我發生什麼不可改變的事情，她必須有你代替我。沒錯，這個詞很實際，不高尚，但是卻恰如其分。請你理解我，不要害怕。很明顯，我不是要求你跟她結婚之類的。你有你的單身生活，以及許多女人，你無論如何都不會拒絕她們，更不會為了幫一個朋友生前最後一個忙而這麼做，因為這個朋友已經不會再要求你解釋，也不會指責你什麼，他會一聲不響地待在無法提出抗議的過去。但是，如果我哪天不在了，求你離她近一點。你不要因為我不在而迴避，恰恰相反，陪陪她，給她依靠，和她說說話，安慰她，每天去看她一會兒，多打電話給她，不需要任何藉口，很自然的，就像她每天生活的一部分。你當一種形式上的丈夫，我的延續。我不認為路易莎能生活下去，如果沒有這種日常的聯繫，沒有誰來分享她的想法，聽她講述每天的生活，沒有什麼替代她現在和我共有的一切，至少在某個方面。她已經認識你很久了，和你一起她不需要克服對任何陌生人的抗拒心理。你甚至可以跟她講講你的那些豔遇逗她開心，讓她間接地經歷一下她覺得自己絕不可能再經歷的生活。我知道我對你的要求太過分，對你也沒有多大好處，幾乎只是負擔。但是對你來說，路易莎也可以在一定程度上替代我，成為我的一種延續。人們總是在最親近的人那裡得以延續，這些人通過已故者相互認識，聚在一起，好像與他曾經的交往讓他們成了手足或者同類。我的意思是你不會完全失去我，在她身上你會保存一些對我的回憶。你雖然被各色美女環繞，但是你的男性朋友並不多。別以為你不會想我。比如，她和我有同樣的幽默感。這麼多年來我們天天開玩笑。」

想像迪亞斯．巴雷拉很可能笑了起來，為了淡化朋友話語裡的不祥色彩，也因為對方如此荒唐和意外的請求，讓他不禁覺得有些好笑。

「你在求我代替你嗎？如果你死了的話，」他可能這樣回答，語氣半肯定半疑問，「請求我變成路易莎的假丈夫和有點距離的父親？我不知道你怎麼會有這種想法，我是說你怎麼會想到你可能很快會從他們的生活中消失，既然你的身體健康，你說的，所以真的沒有理由擔心你會發生什麼事。你確定你沒事吧？你什麼病都沒有。沒有什麼我不知道的麻煩。沒有無法還清的或者無法用金錢擺平的債務。沒有人威脅過你。你是不是在想自己鬧失蹤，一走了之？」

「不是。真的不是。我什麼都不會隱瞞你。就是我剛剛對你說的那些，有時我會想像沒有我的世界，然後會感到擔心。替孩子們擔心，替路易莎擔心，沒有其他人了，放心，我沒那麼自以為是。我只想確定你會照顧他們，至少在一開始的時候。確定他們能有最像我的人來依靠。不管你高不高興，知不知道，你是最像我的人。即使只是因為我們長期來往的緣故。」

迪亞斯．巴雷拉大概沉思了片刻，然後可能略帶誠懇地、肯定不是十分誠懇地說：

「可是，你有意識到你會把我置於何種境地嗎？你知道當一個假丈夫，永遠不會成為真的丈夫，對一個男人來說有多難嗎？在你剛才說的那種情況下，遺孀和單身漢很快就會發現他們的關係不止於此，他們完全有權利這樣。你把一個人放在另一個人的日常生活中，讓他覺得自己有責任，是保護者，讓對方離不開自己，你就看著會有什麼後果吧。只要他們還有點魅力，年齡相差不是太大。路易莎非常有魅力，我這麼說你應該不會覺得奇怪，而我在女人方面也是如魚得水。我認為我不會結婚，不會的。但是如果哪天你死了，我天天去你家，那麼很難不發生你活著時不會發生的事。知道這些你還想死嗎？甚至你想用死亡來促成它，實現它，把我倆推向那種境地嗎？」

德思文可能沉默了幾秒鐘，他冥思苦想，似乎在提出請求前並沒有考慮到那一點。然後他可能語重心長地笑了，說道：

「你的虛榮和樂觀無可救藥。所以你會是很好的靠山，很好的支柱。我認為那樣的事情不會發生。正因為你對她來說太熟悉了，就像是她的表兄，所以她不可能用其他眼光看待你，」說到這裡他可能遲疑了一下或是假裝有所遲疑，「只會用我的眼光來看待。她對你的看法都來自於我，是從我這裡得到的，沾染了我的想法。你是她丈夫的一位老友，她常常聽我提起你，那麼你能想像得到，其中既有好感也有嘲笑。在路易莎認識你之前，我已經告訴她你是什麼樣的人，我已經給她描繪了你的樣子。她一直是根據我的描繪和那些特點來看待你，她已無法改變，在介紹認識之前她對你的印象已經成形。好吧，實不相瞞，你那些亂七八糟的事，還有，怎麼說呢，你的自命不凡都讓我倆覺得好笑。我擔心她不會把你當回事。我相信告訴你這些你不會生氣。這是你的優點之一，也是你一直所追求的，就是不讓別人認真。你現在可別跟我否認。」

迪亞斯・巴雷拉很可能生氣了，但是他掩飾住了。沒人喜歡被告知自己和某人不可能，即使他對那人不感興趣，也沒打算征服對方。很多勾引都是出於怨憤或者挑戰才展開，至少是由此引發，僅此而已，只是因為一個賭注或者為了反駁某一論斷。然後才是興趣。興趣往往是那種時候產生，由計謀和自己的努力引發。但是一開始並沒有，無論如何，在勸阻或者挑戰之前並不存在。或許在那一刻迪亞斯・巴雷拉希望德文內死去以便向他證實路易莎在已經沒人隔在他們中間的情況下，會對他認真。當然了，怎樣向一位死者證實一件事呢？怎樣讓他更正自己的想法，承認自己錯了呢？我們需要的承認，他們永遠無法給予，只能想：「要是那個死者復活就好了。」但是沒有一個死者會復活。他要向路易莎證明這一點，德思文將在她身上延續或者繼續存活一段時間，這是她丈夫說的。也許真的是這樣，也許他說得對。直到他把他清除乾淨。直到他抹去對他的回憶和他留下的痕跡，取代他。

「不，我沒打算否認，我當然沒有生氣。但是看法經常會變，特別是繪製畫像的人已經不能再繼續替畫像潤色，畫像落在被畫者手中的時候。他可以一條一條地修改、抹去所有線條，讓先前的肖像畫家淪落為說謊者，或是犯錯者，又或是膚淺的、缺乏慧眼的拙劣藝術家。『他們讓我產生多麼錯誤的看法。』欣賞畫作的人可能會想。『這個人並不像他們給我描繪的那樣，而是很有影響力，很激情、很重要、很正派。』米蓋爾，這種情況每天都會發生，不斷地發生。人們開始看到的和最終看到的完全相反。以愛始，以恨終，或者開始時冷淡後來卻愛慕。我們永遠無法肯定什麼將對我們至關重要，或者我們將會青睞誰。我們的信念，甚至那些我們認為最牢固的信念，都是短暫且脆弱的。我們的感情也是如此。我們不應該太自信。」

德文內應該意識到他的自尊心有點受傷，但是他沒有理會。

「即使是這樣，」他可能說，「如果我不相信那種事情會發生，那麼即使在我死後最終發生了又有什麼關係呢。我不會知道。我早已死了，死的時候相信你和她之間不可能產生這種關係，重要的是一個人的預見，一個人最後所看到的和經歷的就是故事的結局，他自己的故事的結局。我知道沒有我一切仍將繼續，任何事情都不會因為我的消失而停止。但是以後發生的事情跟我就沒有關係了。關鍵是一個人的生命終止，一切就都終止了，世界永遠都是死去之人去世時的樣子，儘管事實上並非如此。但是這種『事實上』已經不重要了。那是唯一沒有未來的時刻，在那個時刻『現在』對我們而言似乎是不可改變的、永恆的，因為我們將不再見證任何事實或變化。有人曾努力讓一本書提早出版，好讓他的父親能夠看到書印刷成冊，帶著兒子是既成作家的想法辭世，即使之後他不再寫一行文字又有什麼關係呢。有人曾孤注一擲地嘗試暫時調解兩個人的關係好讓臨終之人以為他們已經言歸於好，一切都解決了，理順了，即使敵對雙方在他去世後兩天又吵翻了又有什麼關係呢，重要的是他去世前夕呈現的或者存在的事實。有人曾假裝原諒一個奄奄一息的人好讓他平靜地，或者較為安心地離去，即使第二天早上原諒者在內心希望他在地獄裡腐爛又有什麼關係呢。有人曾在妻子或丈夫的病榻前撒下彌天大謊，讓對方深信自己從未背叛過他們，對他們的愛完美無瑕，始終如一，即使一個月後他們就和舊情人同居又有什麼關係呢？唯一真實且具有決定性意義的是，將死之人在臨終之前所看到的和所相信的，因為之後一切盡歸虛無。無論現在那些偽君子們怎麼說，被敵人處死的墨索里尼，和躺在床上、被親人圍繞、被同胞所崇拜的佛朗哥，兩人的想法是天壤之別。我聽我的父親講，佛朗哥辦公室裡有一張墨索里尼像一頭豬一樣被倒吊在米蘭加油站的照片，他和情人克拉拉．貝塔希的屍體被帶到那裡示眾、受辱，佛朗哥對看到照片感到震驚或驚慌的訪客說：『沒錯，您看，我永遠不會落得如此下場。』他說得很對，他達成了他的願望。毋庸置疑，在當時那樣的情況下，他死得很幸福，相信一切都將按照他的主張繼續。對於這種極大的不公，對於自己的憤怒，許多人用這樣的想法安慰自己：『假如他復活』，或者『事情發展到現在這個樣子，他應該在墳墓裡輾轉反側了』，他們不能完全接受沒有人復活，沒有人在墳墓裡輾轉反側，或者在斷氣後還能知道正在發生的事情。這就像是認為世上所發生的事和尚未出生的人也有或多或少的關係。必須得說，尚未出生的人和已經死去的人一樣，一切對於他們都是無所謂的。他們什麼都不是，都沒有意識，前者甚至無法預知自己的生活，後者則無法回憶自己的生活，就像不曾活過一樣。他們處境一致，也就是說，他們不存在，也不知道，儘管我們很難接受。一旦我走了，世上發生的事和我還有什麼關係呢？我只看重現在我所相信的，所預見到的。我相信我不在時，如果你在我兒女身邊，對他們會比較好。我預料有你這個朋友在身邊，路易莎會恢復得快，痛苦會少一些。我無法深入別人的想法，即便是你的或路易莎的想法。我只能顧及自己，無法想像其他。因此我仍然請求你，如果我發生什麼不測，請答應我照顧他們。」

迪亞斯・巴雷拉也許仍然不認同他的某些想法。

「對，你說的有一定道理。但是有一個看法不對：尚未出生和已經去世是不同的，因為死去的人會留下痕跡，並且自己知道。他知道自己將一無所知，但是他會留下痕跡和回憶。他知道自己將被懷念，就像你說的，認識他的人不會表現得像他不曾存在過一樣。有人會對他愧疚，有人會希望在他活著時對他更好，有人會為他傷心，不理解他為什麼毫無反應，有人會因為他不在而絕望。沒有人因為失去一個尚未出生的人而難以恢復，最多流產的母親會這樣，她很難放棄希望，不時會想起那個原本可能出生的孩子。但實際上這不算失去，沒有空白，也沒有往事。可是曾經生活過的人，雖然已經去世，卻不會完全消失，至少會留在幾代人的心中：他留下存在的證據，他去世時知道這個。他知道自己馬上就什麼都看不到，什麼都弄不清楚，從那一刻起他將陷入無知狀態，那個時刻的終結就是故事的終結。而你卻正在擔心你妻子和孩子的未來，想著財務問題，你意識到你將留下的空白，現在請求我把它填上，請求我在你不在的時候替代你。一個未出生的人絕不可能做這些事。」

「當然不會，」德思文可能答道，「但是所有這些都是我活著時做的，是一個活人做的，活人和死人沒有任何關係，儘管我們一般認為他們是同一個人。等我死了，我連人都不算，我無法再安排什麼或者請求什麼，也不會意識到什麼或者擔心什麼。這些事情也不會由一個死人來支配，在這個意義上，死人近似尚未出生的人。我現在說的不是其他人，不是那些在我們死後回憶我們、仍然留在時間裡的人，也不是此刻的我，尚未離去的我。這個我當然在做事情，在想事情，這是當然的；他策劃，採取行動，做出決定，努力施加影響，他有欲望，很敏感，也會傷害別人。此刻我說的是死去的我，我發現你比我自己更難想像死去的我。你可不要把我倆弄混了，活著的我和死去的我。前者對你提出後者無法提出的請求，後者也不會提醒你，不知道你是否會履行諾言。那麼答應我對你又有什麼困難。沒有什麼阻止你失信，你不必付出任何代價。」

迪亞斯．巴雷拉可能用一隻手扶著額頭，然後奇怪地、略帶厭倦地看著德思文，好像剛從夢境或催眠中醒來。無論如何，他剛剛經歷了一場突如其來、不合時宜、有不祥之兆的談話。

「我向你保證，照你說的做，放心吧，」他可能說，「但是拜託，你別再說這些可怕的話，它們讓我渾身不舒服。我們去喝一杯，說點愉快的事情吧。」

「這是什麼爛版本啊！」我聽見里克教授一邊咕噥，一邊從書架上取下一本書，他一直在四處看書，好像房間裡沒有人似的。我看到他拿下《唐吉訶德》故事的其中一個版本，他用指尖夾著，似乎很厭惡的樣子。「既然有我的版本，怎麼還有這個版本呢？純粹是僅憑直覺的蠢話，既沒有方法也沒有科學可言，連新穎都談不上，很多內容都是抄襲。更何況是出現在一位大學教授的家裡，如果我沒弄錯的話。馬德里大學就這種德性啊。」他用譴責的目光看著路易莎又加了一句。

她愉快地笑了。雖然她被訓斥，但是這種突兀的話讓她覺得很好笑。迪亞斯．巴雷拉也笑了，可能是為了附和她或者奉承他——他對里克的傲慢和放肆想必不會感到意外。他努力引他說話，可能是想看看路易莎是否會笑得更多，擺脫一時的憂鬱狀態。但是他表現得很自然。他顯得很可愛，假裝得很好，如果他是在假裝的話。

「好吧，你可別跟我說這個版本的作者不是什麼受人尊敬的權威人士，他在某些圈子裡比你還厲害呢。」他對里克說。

「哼，他也就是被那些不學無術之徒和娘娘腔們尊敬罷了，這種人在這個國家多得都快裝不下了。還有那些窮困潦倒、遊手好閒的小鎮社團。」教授回答。他隨意翻開一頁，迅速冷冷地瞥了一眼，用食指指著一行字，像是用錘子釘在那裡一樣：「這裡就有一處明顯的錯誤。」接著他闔上書，似乎沒有什麼可看的了。「我要寫篇文章指出錯誤。」他帶著勝利的神情抬起頭，笑得嘴巴咧到耳根（一個巨大的笑容，只有他那樣靈活的嘴巴才做得到），又加上一句：「而且，他很嫉妒我。」

2

Chapter —— 第二部

再次見到路易莎・阿爾黛是很久之後了，中間這段漫長的時間裡，我開始和一個我有點喜歡的男人交往，同時愚蠢地、悄悄地愛上另一個人，愛戀她的迪亞斯・巴雷拉。我是在去路易莎家不久之後，在一個不可能碰到熟人的地方遇見他，離德文內死亡的地方非常近，在國家自然科學博物館那棟淡紅色的大樓裡，就在技術大學旁邊，或者更確切地說，和大學連為一體，高二十七公尺左右，直徑大約二十公尺，玻璃和鋅打造的穹頂閃閃發光，一八八一年左右建成，當時這個建築既不是大學也不是博物館，而是嶄新亮麗的國家藝術和工業展示廳，當年曾舉辦過一個重要的博覽會；這個地區過去叫賽馬場高地，因為這裡有好幾個小丘，附近駐紮一些騎兵，他們的豐功偉績極富虛幻色彩或者說徹底化為虛幻，因為已經沒有什麼活著的人見證過或者回憶起它們。科學博物館沒有多大價值，特別是和英國那些博物館相比的話，過去有段時間我會帶小侄兒們去那裡，讓他們透過玻璃櫥窗看動物標本，瞭解它們，使得我自己也有些喜歡三不五時地去那裡，混在——是隱身——由一位脾氣暴躁或耐心的教師陪同的中小學生團體，或者混在時間充裕、心不在焉的遊客隊伍裡，他們從某本細緻入微、詳盡無遺的本市旅遊手冊中得知這個博物館的存在：現在那裡除了眾多的館員之外，幾乎清一色是拉丁美洲人，和所有科學博物館一樣不太真實、有些多餘又有些奇幻的地方，他們往往是唯一存在的生命。

我正在看一隻鱷魚張開嘴時的巨大咽門模型——我常常想那裡可能連我都裝得下，慶幸自己沒有生活在這些爬行動物出沒的地方。突然有人喊我的名字，意外之餘，我有點驚慌地回過頭：當一個人身處在半空的博物館時，你幾乎可以欣慰地斷定沒人能知道你的行蹤。

我馬上就認出他，那女人般的嘴唇，中間有些凹陷的下頜，從容的微笑和既殷勤又輕鬆的表情。他問我在那裡做什麼，我回答：「我偶爾喜歡來這裡。這個地方有很多安靜的、可以靠近的野獸。」話一出口我就想到野獸數量很少，這句話很蠢，而且我意識到我加上這句話是想逗他一笑，我猜結果會很慘。「這個地方很安靜。」我簡單地結束回答。我也問了他同樣的問題，問他在那裡做什麼，他答道：「我也喜歡偶爾來這裡。」我期待他也說點蠢話，不幸的是我沒有等到，迪亞斯・巴雷拉無意給我留下什麼印象。「我住在附近。出來散步時，有時會不自覺地走來這裡。」他的說法讓我覺得有點文藝腔，有點做作，給了我一點希望。「然後我就在外面那個露天座位坐一會兒再回家。走，我請你喝點東西，如果你不想接著看那些長牙動物或其他展廳的話。」博物館外面，面對大學的小丘上有一個露天擺放桌椅的冷飲亭掩映在樹林裡。

「不看了，」我回答道，「我都能倒背如流。剛才只是想下去看看亞當和夏娃的荒唐造型。」他沒有回應，不像任何一個經常參觀那個博物館的人那樣說出「噢，這樣啊」之類的話：在地下室裡有一個體積不是很大的立式玻璃櫥櫃，是一個美國人或英國人製作的，一個叫羅莎姆德某某的女人，用一種荒唐古怪的方式再現伊甸園。圍繞在那對人類最早的夫妻的所有動物據稱都栩栩如生，它們或者正在走動或者處於警戒狀態，有猴子、兔子、火雞、鶴、獾，可能還有一隻巨嘴鳥，甚至還有蛇，它從蘋果樹碧綠的葉子中露出過於人性化的表情。而亞當和夏娃兩人各自站在那裡，都僅有骨架而已，唯一能夠讓外行人用眼睛將他倆區別開來的是，其中一人右手拿著一顆蘋果。我肯定看過相關的解說，但是不記得它給出任何令人滿意的解釋。如果這是為了展示女人和男人的骨骼並指出他們的區別，那就無法理解為什麼一定要把他們變成我們最早的父母，把他們放在那個場景中——在天主教裡是這麼稱呼他們的；如果是為了表現天堂及其少得可憐的動物，那麼那些人體骨架就無法理解了，因為所有其他動物都有血有肉，有毛髮或者羽毛。那是自然科學博物館最不和諧的擺設之一，任何一個參觀者都無法忽略它，不是因為它美，而是因為毫無意義。

「瑪麗亞．多茲，是嗎？是多茲，對嗎？」我們在露天座坐下後，迪亞斯．巴雷拉對我說道，似乎想炫耀一下他的記憶力和好記性，畢竟我的姓氏只有我自己說過，而且我說得很匆忙，就像插入一條所有在場的人都不在意的字幕。這句話讓我的自尊心得到滿足，而沒有被獻殷勤的感覺。

「你的記性和聽力真好，」為了不失禮，我說，「對，是多茲，不是多斯或者帶軟音符號的多薩。」我在空中比劃了一個軟音符號*，「路易莎怎麼樣了？」

「啊，你沒見到她？我還以為你們是朋友呢。」

「是的，如果僅僅維持一天也算的話。自從那次在她家之後我就沒再見過她。那時我們相處得很好，她把我當朋友一樣跟我談心，我覺得主要是因為她當時很脆弱吧。不過之後我再也沒見過她。她現在怎麼樣？」我再次問道，「你幾乎天天見她，是吧？」

這個問題似乎讓他略感不快，他沉默了幾秒鐘。我突然想到也許他以為我和她保持聯繫，所以只是想從我這裡問出一些資訊，他接近我的行為還未開始便突然失去目的，或者更諷刺：得由他來告訴我有關她的消息或資訊。

「不好，」他終於回答道，「我已經開始擔心。時間並未過去太久，可以理解，但是她沒有振作起來，一點進展都沒有，她無法，哪怕只是暫時，抬起頭來看看四周，看看她還擁有很多東西。丈夫死後仍然剩下許多東西；實際上，以她的年齡，還能有另一個完整的人生。大多數遺孀很快就能克服痛苦，特別是那些比較年輕還有孩子需要照顧的女人。但不僅僅是因為孩子，他們很快就會長大。如果她能想像幾年後，甚至只是一年後的自己，她就會看到現在在她腦中縈繞不去的米蓋爾的形象在日漸模糊，已經淡化許多，新的感情令她偶爾才會想起他，那種平靜在今天看來是不可思議的，傷心雖然一如既往，但幾乎沒有不安的感覺了。因為她會擁有新的感情，她的第一次婚姻最終會讓她覺得像一場夢，變成一段搖擺不定的、暗淡的回憶。今天被視為不幸的意外將被當作無法避免的，甚至是值得期望的正常，既然它可能已經發生了。現在的她無法接受米蓋爾已經不在，但是到了某個時候無法理解的可能是他又復活了，他曾經存在過；到那時哪怕只是幻想一下他奇蹟般的再現、復活或者歸來，都會讓她受不了，因為她已經為他指定了最終的位置，他的容顏已經在時光中淡去，她不會允許他那幅已經完成定格的畫像，被繼續存在因而難以預見的東西修改。我們往往期望誰都不會死，什麼陪伴我們的一切以及我們鍾愛的習慣，都不會結束，卻沒有意識到唯一能讓習慣保存完好的方法就是

＊軟音符號（cedilla），「ç」，意即是「小的 z」。此處多茲拼法為 Dolz，而非 Dols 或 Dolç。

讓它們突然消失，讓它們沒有偏離或者演變的可能，在習慣拋棄我們或者我們拋棄習慣之前。任何繼續存在的東西都會毀壞，最終腐爛，讓我們感到厭煩，和我們作對，讓我們厭倦，讓我們疲憊。有多少在我們看來生龍活虎的人生命戛然而止，有多少人油盡燈枯，又有多少人和我們交往關係變淡卻沒有任何明顯的理由，當然更談不上是重要的理由。唯一不會辜負我們、不會讓我們失望的是，那些從我們身邊被奪走的人，我們唯一放不下的是那些違背我們的意願，突然消失因此還沒來得及讓我們煩惱或者失望的人。當那種情況發生時，我們暫時絕望，因為我們原本以為可以和他們在一起更長時間，所以沒有設定期限。這是錯誤的，但是可以理解。事物的延續可以改變一切，昨天的美好明天可能已經成為痛苦。我們所有人對於親友死亡的反應都類似於馬克白聽到他妻子，也就是王后死訊時的反應。『今後她總會死的。』他的回答有些令人費解，這就是他的原話，或者說『以後』。也可以理解得更清晰、更簡單，就是『將來』，或者『她應該再等等，再堅持一下』；不管怎麼說，他的意思是『不是在此時此刻，而是在選定的時刻』。那麼哪個才是選定的時刻呢？對我們而言，從來沒有恰當的時刻，我們一直認為，我們所喜歡的或者賦予我們快樂的，予以我們寬慰或幫助的，推動我們度過每一天的，原本希望可以更長久的，再多一年、幾個月、幾個星期，幾個小時都好，我們覺得人事物永遠結束得太早，我們永遠找不出合適的時刻可以說：『行了。很好。夠了，這樣更好。以後的情況只會更糟、更壞、更差，會是污點。』這種話我們永遠不敢說，不敢說『這段時間雖然屬於我們，但是已經過去了』，因此任何事情的結局都不掌控在我們手中，若非如此，一切都會無休無止地持續下去，不斷受到玷汙，變得骯髒，任何活著的人都永遠不會死亡。」

他稍稍停頓一下喝了點啤酒，因為說話讓人很快口乾舌燥，最初的茫然過後，他已經一發不可收拾，情緒激昂，似乎要利用這個機會一吐為快。他出口成章，辭彙豐富，英文發音準確自然，說話言之有物，思緒連貫，我心裡開始琢磨他從事什麼工作，但是我一問就會打斷他的談話，而我不想這麼做。他侃侃而談的時候我凝視著他的嘴唇，很專注，甚至恐怕很放肆，我任由自己聽得心旌蕩漾，眼睛無法離開說出那些話語的地方，好像他整個人只剩下一張誘人親吻的嘴，那張嘴談天說地，幾乎無所不能，它說服我們、誘惑我們、改變我們、陶醉我們、吸吮我們、說服我們。「口是言心的。」《聖經》裡某處這樣寫。發現自己是多麼喜歡，甚至著迷那個剛剛認識的男人後，我陷入了困惑，一回想起路易莎對他幾乎視而不見，聽而不聞，我的感覺就更強烈了。怎麼可能呢，人們總是認為自己愛慕的人必定也是所有人都渴望的。我什麼都不想說，以免打斷這種魔咒，但是我又想，如果我不說話的話，他可能會以為我沒有注意聽，而實際上我沒錯過一個詞，從那雙嘴唇裡說出的一切都吸引著我。但是我的話應該簡短，我想，以免過於分散他的注意力。

「不過，結局確實掌握在我們手中，如果這雙手有能力結束一切。我們姑且不論行凶之人。」我說。我差點又加上一句：「就在這裡，在我們旁邊，你的朋友德思文慘遭殺害。很奇怪我們現在坐在這裡，一切都明淨安寧，好像什麼都沒有發生過。如果那天我們在的話，也許能救他。儘管如果他沒死，我們絕不可能坐在一起。甚至不會認識。」

我差點說出來，但是我沒說，因為他快速瞥了一眼——他背對那條街道，我則面對——德思文被捅死的附近那條街道，於是我想他是否和我有相同或者類似的想法，至少是前半部分相同。他用手指梳理了一下他如音樂家般的髮型，接著又用那四根手指的指甲敲打杯子，他的指甲很堅韌，修剪得很整齊。

「那樣是例外，是反常。當然有人決意結束自己的生命並且付諸行動，但畢竟是少數，所以才會令人震驚，因為這和我們大多數人懷抱持久的渴望相矛盾，這種渴望讓我們以為時間總是有的，促使我們在時間結束時懇求再給一點，再給一點時間。至於你說的那些行凶之手，永遠不應看作是我們的。它們就像疾病、事故一樣結束一個人的生命，我的意思是它們都是外因，包括那些死者自己找死的情況，因為選擇了墮落的生活，或是因為冒險或是因為自己殺了人然後遭到報復。舉兩個隨時都有被暗殺危險的人的例子，嗜血成性的黑手黨成員或美國總統，他們都有這種危險，每天和這種可能朝夕相處，但是他們卻從不希望結束這種威脅，這種隱形的折磨，難以忍受的惶恐。他們不希望現存的或者他們所擁有的一切結束，不管它們多麼令人憎惡、討厭；他們日復一日地希望第二天還在，每一天都一模一樣或非常相似，如果今天我活著，為什麼明天不可以，明天之後是後天，然後是大後天。

我們所有人都是這樣一天天地活著，無論開心與否，幸運與否，如果由我們自己決定，我們會一直活到天荒地老。」我覺得他自己都有點亂了，或者他是想把我繞暈。「行凶之手不是我們的，除非它們確實突然成了我們的，不管怎麼說，它們總得屬於某人，那個人會說『我的雙手』。無論這雙手是誰的，它們不是不希望活著的人死去，恰恰相反，這正是它們所希望的，它們甚至等不及由命運相助或讓時間完成任務；而是自己結束命運。它們不希望一切不間斷地繼續下去，相反，它們需要消滅某人，打破習慣。關於受害者它們永遠不會說『她以後總會死的』，而是說『他昨天就應該死』，或者很久以前，更久以前就該死；但願他未曾出生，沒有在世上留下任何痕跡，那樣我們就不必殺他了。那個代人停車的傢伙一刀打破了自己和德文內的習慣，打破了路易莎和孩子們以及司機的習慣，那個司機也許是因為對方弄錯人而得以活命，但是只差一點點；還有迪亞斯．巴雷拉本人的習慣，甚至我的一部分習慣。還有我不認識的其他人的習慣。」但是這些回話我沒說，我不想發言，不想講話，只想讓他繼續說。我想聆聽他的聲音，追隨他的想法，繼續看著他的嘴唇翕動。我冒著不知他在說什麼的風險，如癡如醉地凝視著他雙唇。他又喝了一口酒，清了清嗓子，像是想平靜一下心情，然後繼續說道：「令人驚訝的是當事情發生後，當習慣被打破後，當死亡發生後，大多數情況下，一段時間過後都被當作是好事。不要誤解我。不是說有人把死亡當作好事，更不用說謀殺了。這類事情無論何時發生，都會讓人抱憾終生。但是生活的結束總是不可避免，它的力量如此之大，以至於最終我們幾乎無法想像沒有它我們會怎樣，我不知道怎麼解釋，無法想像已經發生的事情沒有發生。『我的父親在內戰期間被殺害了，』有人可能會滿懷痛苦、悲傷或者憤怒地講述，『一天晚上他們去找他，把他從家裡帶走，塞進一輛汽車，我看到他拚命掙扎，他們硬拖著他走。他們拽著他胳膊，好像他的雙腿已經癱瘓站不住了。他們把他帶到野外，往他後腦勺開了一槍，然後扔到一條排水溝裡，用他的屍體懲戒他人。』講這件事的人肯定很難過，甚至可能對凶手懷恨終生，如果不清楚凶手是誰，叫什麼名字，這種仇恨是空泛的、抽象的，這種事情在內戰中常常發生，很多情況下只知道是『另一派人』。但是最終在很大程度上是那個可恨的事實構成那個人，他永遠無法拒絕那個事實，那就好比否定他自己，抹去現在的自己，沒有替代者。他是在內戰期間被殘殺的某人的兒子；是西班牙暴力的受害者，一個不幸的孤兒；這些因素構成他，定義他，決定他。這是他的歷史或他歷史的起點，他的根源。從某種意義上來說，他無法希望一切沒有發生，因為如果沒有發生的話，他就是另外一個人，他不知道會是誰，毫無概念。他無法看到，無法想像，不知道自己會有怎樣的結局，不知道和那個在世的父親相處得怎樣，對他是憎、是愛還是冷漠，尤其無法想像內心深處沒有了一直伴隨自己的悲傷和怨恨之後的樣子。事實的力量如此之大，所有人最終都會默默忍受自己的歷史，自己的經歷，自己的所作所為以及放棄的事情，即使自己認為並非如此或者不予承認。事實上幾乎所有人都詛咒自己的命運，但沒有人承認。」

話說到這裡，我不得不插嘴：「路易莎無法接受發生在自己身上的事情。沒有哪個女人能接受自己的丈夫被人無緣無故、莫名其妙地用匕首殺死，因為被認錯，沒有什麼理由，也不是他自找麻煩。沒人能接受自己的生活永遠被毀了。」

迪亞斯．巴雷拉開始專注地看著我，他用拳頭托著一側臉頰，手肘抵在桌子上。我移開目光，他的目不轉睛令我心慌意亂，他的眼神既不清澈也不深邃，可能是朦朧地包圍著我，或者只是讓人猜不透，不管怎麼看都因為近視而顯得柔和（他可能戴著隱形眼鏡），那雙杏仁狀的眼睛好像在對我說：「你為什麼不懂我呢？」並非不耐煩，而是感到遺憾。

「那正是錯誤所在。」幾秒後他說，專注的目光並沒有離開我，姿勢也沒有改變，就好像他不是在說，而是在聽，「很多成年人到死的那一天還會犯孩子般的錯誤，似乎他們在漫長一生中從未弄明白為什麼會這樣，他們似乎一點經驗都沒有。這種錯誤在於認為現在是永恆的，每個瞬間都是確定不變的，而其實我們都應該知道只要還有時間，沒有什麼是確定不變的。我們身上承載著命運和情緒的跌宕起伏。我們逐漸懂得曾經在我們眼中極為嚴重的事情總有一天會變得平淡無奇，不過是一個事實，一條資料而已。那個我們曾經不可或缺，為之失眠的人，我們曾經無法想像沒有他的生活，曾經日復一日地依賴他的音容笑貌，總有一天將不再占據我們的思想，即使偶爾想起，我們也只是聳聳肩膀，頂多在腦子裡一閃而過：『她怎樣了？』但是沒有絲毫惦念，甚至沒有好奇。初戀女友的命運現在和我們有什麼關係呢？雖然我們曾經那麼熱切地期待她的電話或者與她見面。甚至倒數第二個女友的命運和我們又有什麼關係呢？既然我們都有一年沒見了。中學朋友、大學朋友以及後來的朋友和我們又有什麼關係呢？儘管我們人生中有幾段很長的時間都是圍繞他們度過，那樣的日子似乎永遠都不會結束。那些脫離我們的人，那些離開的人，那些轉身而去的人，那些被我們拋棄，變為無形，變為純粹的名字，只有偶然再聽到名字時才會記起的人，因為去世而退出我們生活的人，跟我們又有什麼關係呢？我不知道，我的母親二十五年前去世，雖然我覺得一想起此事我應該感到悲傷，甚至每次想起她時我也的確很悲傷，但是我無法再像當時那麼悲傷，更不用說像當時那樣流淚了。這僅僅是一個事實：我的母親二十五年前去世，我從那時起就沒有母親。這是我的一部分，僅此而已，是構成我的諸多資料之一：我在年輕時便失去母親，如此而已，或者幾乎如此而已，和我是單身或者有人從童年起就是孤兒，或者是獨子，或者是七兄妹中最小的一個，或者出身軍人家庭、醫生家庭或者罪犯家庭一樣，那有什麼關係，最終看來都只是資料，沒什麼特別重要，在我們身上或者在我們出生前發生的每一件事都可以概括為一個故事裡的一兩行字。路易莎被毀掉的只是現在的生活，不是未來的生活。你想想她還剩下多少時間來繼續以後的生活，她不會滯留在這個時刻，任何人都不會滯留在任何時刻，更不用說痛苦的時刻，他們總是會脫離其中，只有那些大腦有病的人例外，他們覺得安於不幸合乎情理，甚至因此有安全感。那些巨大的不幸，那些將我們一分為二、似乎無法承受的不幸，討人厭的地方在於遭受者以為世界會隨自己而滅亡，但是世界不理不睬，繼續前進，拖著遭受不幸的人向前，我的意思是不允許他像離開一個劇院那樣離開，除非那個不幸者自殺。這種事情有時會發生，我沒說不可能。但是極少，在我們這個時代尤為罕見。路易莎可能會將自己封閉起來離群索居一段時間，除了家人和我誰都不見，假如她還沒有厭煩我、還需要我的話；但是她不會自殺，哪怕僅僅是還有兩個孩子需要照顧，因為她的性格裡沒有這種因素。或早或晚，但是一段時間過後，痛苦和絕望就不會這麼強烈了，她受到的驚嚇會減弱，更有可能逐漸習慣這種感覺：『我是寡婦，』她會想，或者『我已經成了寡婦。』這將成為事實和資料，她會向其他人這樣訴說，但肯定不願解釋具體情況，因為太恐怖、太不幸，她無法講給一個剛認識不久還有些距離的人聽，那會馬上讓談話蒙上陰影。那也將成為關於她的印象，他人對我們的談論有助於定義我們，即使這種內容流於表面，有失準確，但是歸根到底，我們對於其他人來說都只是浮於表面，只是一幅草圖，一些漫不經心勾勒出的線條。『她是寡婦，』人們會說，『她失去了丈夫，當時的情形非常可怕，一直都說不清，我自己也有疑問，好像是一個男人在大街上襲擊他，但我不知道是一個瘋子還是一個殺手，或者是想要綁架他，他奮力抵抗，結果就在那個地方被人殺死了；他是個富人，被人覬覦錢財還是當下過度防衛引來殺身之禍，我不太肯定。』等到路易莎再婚時——從現在起頂多再過兩三年——這些事實和資料，儘管還是一樣的，卻發生了變化，她不會再這麼想自己了：『我成了寡婦』或者『我是寡婦』，因為她已經不再是了，而是會想：『我失去了第一任丈夫，他離我越來越遠。我已經太久沒有見到他，但是另外一個男人正在我身邊，而且一直都在。我也稱呼他丈夫，這很奇怪。但是他已經占據了第一任丈夫在我床上的位置，他和我同榻而眠時，便模糊、抹去了第一任丈夫的身影。每天抹去一點，每夜抹去一點。』」

這樣的對話在後來的見面中繼續，我覺得我們每次見面，次數不多，可是每次都會出現這種談話，或者說迪亞斯．巴雷拉都會挑起這樣的話題，我現在拒絕叫他哈威爾，儘管有些夜晚我確曾這樣稱呼他、想他，那是與他床上纏綿之後（在別人的床上往往只能待一會兒，那是借來的，除非你被邀請睡在上面，但是他從來不會這麼做；不僅如此，他還編出各種不必要的荒唐藉口讓我不得不離開，而我從未在任何地方樂而忘返）很晚才回到自己家時。在闔上雙眼之前，我透過敞開的窗戶看對面的樹木，沒有街燈照明，我幾乎不能分辨它們的輪廓，卻能聽見它們在附近、在黑暗中搖晃，像是在馬德里並不常見的暴風雨的前奏。我問自己：「這有什麼意義呢，至少於我而言。他對我既不掩飾，也不欺騙，不向我隱瞞他的希望和動機，他表現得太明顯了，自己並沒有意識到，他在等她擺脫萎靡或麻木，開始用另外一種方式看待他，而不是把他當作丈夫遺留給她的忠實朋友。他必須謹慎行事，每一小步都很小心，每一步都必須小心翼翼，以免顯得他不尊重她的沮喪，還有對死者的記憶，還要防備任何人乘虛而入，不應輕忽任何對手，哪怕是醜八怪，白癡，不該出現的人，乏味無趣的人或死氣沉沉的人，任何人都可能成為始料未及的危險。」他一邊暗中觀察她，一邊偶爾見見我，或許還有其他女人（我們已經習慣不問對方這類問題），我已經不知道自己是否在某種程度上和他做同樣的事情，相信可以讓他在不知不覺中變得離不開我，把我自己變成他習慣的一部分，即使是偶爾的習慣，好讓他在決定拋棄我的時候難以取代。有的男人不經別人要求一開始就把話說得很清楚：「我提醒你，我和你之間只能到這個程度，如果你想要其他的，我們最好現在就一刀兩斷。」或者：「你不是唯一，也別指望成為唯一，如果你追求的是專一，那你來錯地方。」或者如同迪亞斯．巴雷拉：「我愛的是另外一個女人，她回報我的時刻還沒有到來。很快會到來的，我應該持之以恆，耐心等待。在我等待期間有你陪我消磨時間也不錯，如果你願意的話，但是你要記住這就是我們之間的關係：臨時陪伴、消磨時間和性，頂多有點朋友情意和喜歡的成分。」並非因為迪亞斯．巴雷拉對我說過這些話，實際上沒有必要說，因為這就是我們見面的意義所在，再明確不過了。但是，隨著時間的流逝，那些發出警告的男人有時會愧對事實，此外，我們許多女人往往很樂觀，說到底是自負，比男人更甚，他們在愛情方面的自負只是暫時的，忘了要繼續下去：而我們則認為他們會改變態度或信念，慢慢發現沒有我們他們無法生活，我們會成為他們生活中的例外或者最終留下的訪客，他們最終會厭倦其他無形的女人，隨著我們不斷來往，特別是身不由己地愛著他們，我們開始懷疑她們根本就不存在，我們寧願認為她們不存在；我們認為如果能忍氣吞聲地留在他們身邊，既不怨聲載道，又不固執己見，我們將成為他的情有獨鍾。當我們不能立刻喚起激情，我們相信忠誠和待在他身邊最終將得到回報，會比任何一時衝動或者心血來潮更長久、更堅固。我們知道，在那種情況下即使我們最美好的期望得以實現，我們也很難感到榮幸，但是內心卻有一種勝利感，如果這些期望確實實現的話。但是只要反抗持續，我們就沒有把握。就連那些最有資格驕傲自負的女人，那些此前人見人愛的女人，都可能對那些沒有拜倒在她們石榴裙下、傲慢地警告她們的男人大失所望。我不屬於那種類型，不是那種驕傲自負的女人，實際上我並不抱有勝利的希望，或者說我唯一希望的就是迪亞斯・巴雷拉先在路易莎那裡失敗，那麼，也許，如果幸運的話，他會因為懶得折騰而留在我身邊，即使是再安分、再勤勉或者心計再多的男人都會在某時期變得很懶，特別是在一次挫折、失敗或者長期徒勞的等待之後。我知道我不介意當替代品，因為實際上所有的人剛開始都是替代品：對於路易莎而言，迪亞斯・巴雷拉可能就是她死去丈夫的替代品；對於我而言，萊奧波多可能是迪亞斯・巴雷拉的替代品，雖然我不是十分喜歡他，但是我仍沒拒絕他——我想是為了以防萬一。我剛開始和他約會，很巧，就在我在科學博物館遇到迪亞斯・巴雷拉之前，那天我目不轉睛地盯著他的嘴唇聽他滔滔不絕，現在每次我們在一起的時候，我還是會這麼做，我的眼神遊移在他的嘴唇和朦朧的雙眼之間；也許路易莎自己對於當時已經有過一次婚姻的德文內來說也是替代品，誰知道呢，那個男人那麼討人喜歡、笑容可掬，讓人很難理解會有人傷害他或者拋棄他，但是他卻莫名其妙地被折刀刺死，正漸漸被遺忘。沒錯，我們都是別人的仿製品，那些人我們幾乎不曾認識，他們不曾走近或者駐足我們現在所愛的人的生活，或者雖曾停留，但是一段時間之後感到厭倦，於是就消失得無影無蹤或者揚塵而去，又或者他們去世，給我們所深愛的人留下幾乎永遠無法癒合的致命創傷。我們無法奢求成為他們的初戀，或者說最愛，我們只是觸手可及者、殘留物、剩餘物、倖存者、滯留物、處理品，而那些最偉大的愛情和最幸福的家庭正是建立在這種卑微的基礎之上，我們所有的人都來源於此，都是偶然和屈從的產物，是他人拒絕、膽怯和失敗的產物，不過即使如此，我們有時仍然會不惜一切地繼續陪伴在某人的身邊，那個人是我們某天從閣樓或者拍賣店拯救出來的，也可能是用紙牌偶然抽中的或者將我們從廢物堆裡撿出來的人；令人難以置信的是，我們竟然相信這種意外的戀愛，很多人以為自己只不過是夏天行將結束時在一次全民摸彩中看到了命運之手……」我關掉床頭櫃上的燈，片刻之後隨風搖動的樹木變得依稀可見，我可以看著或者想像著樹葉的搖動而入睡。「有什麼意義呢？」我想，「唯一的意義就是在這種愚蠢的、無可奈何的情形下任何跡象或者藉口對於我們都有價值。在他身邊再待一天、一個小時，哪怕這一個小時要等上好幾個世紀才會出現；再見他含糊的承諾，即使這中間要經過許多日子，許多空虛的日子。我們在記事本上標出他給我們打電話或者我們見到他的日子，數著那些沒有任何消息的日子，我們一直等到深夜才會將它們徹底定義為沒有價值或者失落的日子，以備電話在最後一刻響起，他向我們傾訴某件瑣事，讓我們無緣無故地又興奮起來，覺得生活是溫柔的，充滿憐憫之心。我們理解他聲音的每一次起伏，每一個無關緊要的辭彙，我們卻賦予它們愚蠢的、充滿希望的意義，並且反覆唸誦。我們看重每一次接觸，哪怕只是為了得到一個粗魯的辯解或者領受他的傲慢，或者只是為了聽一個不太高明或者純屬無稽之談的謊言。『至少他曾在某時某刻想到過我。』我們感激涕零地想，或者『他感到無聊時或在他在乎的路易莎那兒受挫後就會想起我，也許我排在第二位，這已經不錯了。』有時——儘管只是有時，這意味著只要排在第一位的人倒下就行了，國王所有的弟弟、所有的王子，甚至遠親和流落在外的私生子都有這種感覺，他們知道這樣一來他們就從第十位升到第九位，從第六位升到第五位，從第四位升到第三位，他們在某一時刻可能都曾默默表達過一個說不出口的願望：『他昨天就應該死。』或『很久之前就應該死』；而那些更大膽的人頭腦中甚至會燃起這樣的願望：『明天再死也來得及，也就是後天的前一天，如果到時我還活著的話。』我們在自己面前貶低自己沒有關係，畢竟沒有人會對我們進行評判也沒有證人在場。當我們被愛情的蛛網捕捉後，我們會展開漫無邊際的幻想，同時我們很容易滿足，只要聽到他的聲音，聞到他的氣味，看到他的身影，預感到他的存在，只要他還在我們的視野之內，還沒有完全消失，只要還沒有遠遠看到他逃離時揚起的塵埃就足夠。」

每次我們重新聊起他最熱衷的話題時，迪亞斯．巴雷拉並不對我掩飾他在路易莎面前必須掩飾的焦灼，他無法與她進行這種談話，我覺得這對他是唯一重要的話題，似乎在這件事情解決之前，所有問題都可以推遲，都是暫時的，他似乎投入極大的精力，其他的決定必須擱淺、等待，直到問題得到某種意義上的解決，他未來的全部生活都取決於那個沒有明確實現日期的執念是成功或失敗。或許也沒有確定不能實現的日期：如果路易莎對他的殷勤和暗示或熱情——如果他表達出來的話——沒有任何回應，繼續保持單身，那會怎麼樣呢？他何時會決定放棄這麼漫長的等待呢？我不想讓自己不知不覺地進入同樣的處境，於是我繼續培養萊奧波多，我沒有讓他知道迪亞斯．巴雷拉的存在。如果說我的感情進展也間接取決於一個鬱鬱寡歡的寡婦，這太荒唐。那麼更荒唐的是這其中又加入一個毫不知情、甚至根本不認識她的可憐男人，並由此拉長食物鏈：加上一點霉運，再加上幾個只喜歡被別人愛、既不拒絕也不回報的人，鏈條可能就無窮無盡了。這一連串的人就像是排好的多米諾骨牌在等待一個置身事外的女人推倒，然後才會知道自己在誰身邊倒下、停留，或者身邊沒有任何人。

迪亞斯．巴雷拉從來不曾想到他所表現出來的辛苦會弄痛我，儘管他從未以路易莎的救贖或者歸宿自居；他從未說過「等她走出深淵，在我身邊重獲新生、笑顏逐開時」，更不曾說過「若她再婚，會選擇我」。他從不推薦自己或者把自己算進去，但是很明顯，他在等待，等著成為那個人。若是生活在古代，他早就在算寡婦的全喪期、半喪期或簡喪期，或者以前隨便叫什麼期，還差幾天結束，他早就諮詢那些年長的婦女——最通曉這類事情的人，他哪天可以摘下面具、開始向她示愛。這就是所有禮儀盡失的壞處，我們不知道什麼時候做什麼事，遵守什麼習俗，何時太早，何時太遲，我們的時間已經過去。現在我們只能遵循自己的想法行事，所以很容易犯錯誤。

我不知道是他看待一切的標準相同，又或是他在尋找能夠支持他的論點、證明他的文史作品（可能是受里克的引導，他很博學，儘管在我看來試圖把這位目空一切的學者拉出文藝復興和中世紀是白費心機，因為一六五〇年之後存在和發生的一切似乎都不值得他重視，包括他自己的存在）。「我曾讀過一本相當有名的書，當時我並不知道它的名氣。」他告訴我，一邊從書架上取出那本法語作品在我眼前晃，好像有書在手他和我說話可以更加理直氣壯，並且也向我證明他確實讀過它。「是巴爾札克的一部短篇小說，它證明了我對路易莎的看法是對的，我能預測她從今往後會發生什麼事。小說講的是拿破崙的一位上校被誤以為在埃勞戰役中陣亡的故事。這場戰役發生於一八〇七年二月七日到八日，地點是東普魯士的埃勞鎮附近，法俄雙方軍隊遭遇酷寒，據說這可能是歷史上天氣最惡劣的一次戰役，雖然我不知道小說家如何得知，更不知道如何證實。這位上校名叫夏貝爾，指揮一個騎兵團，在戰鬥中頭部遭馬刀重創。小說中有一處寫道，他在一位律師面前摘下禮帽時，他戴的假髮也被帶了下來，露出一條怵目驚心的傷疤，從後腦勺一直延伸到右眼，你想想，」他用食指在頭上慢慢地比劃傷疤的走向，「用巴爾札克的話說就是形成『一道長長的隆起的疤痕』，他還寫這種傷首先讓人想到『智慧就是從這裡逃走的！』繆拉元帥，就是在馬德里鎮壓五月二日起義的那位元帥，於是率一千五百名騎兵衝鋒陷陣救援他，但是以繆拉為首的所有的人都從夏貝爾身上，從他剛剛倒下的身體上踏過。大家都以為他死了，儘管器重他的皇帝派了兩名外科醫生到戰場上核實他是否死亡；但是那兩個疏忽大意的人在得知他的頭先是被劈開，然後又被兩個騎兵團踩踏後，連他的脈搏都懶得摸一下就草率地認定他陣亡，之後陣亡消息被刊登在法國軍隊公告上，言之鑿鑿，不乏細節，由此演變成為史實。按照習慣，他和其他赤裸的屍體一起被堆放在一個墓穴裡：儘管他活著時很有名望，但是現在只是一個躺在冰冷墓穴中的死人，所有人殊途同歸。上校將他的故事講給了他想委託打官司的一位巴黎律師德維爾聽，上校告訴他自己竟然在被掩埋之前不可思議地但卻是千真萬確地恢復知覺，他以為自己死了，卻發現自己還活著，他歷經千辛萬苦幸運地逃離那個鬼魂金字塔，鬼才知道他和它們一起待了多少小時，聽到了或者像他所說的那樣，認為自己聽到了，」說到這裡，迪亞斯．巴雷拉打開那本薄書尋找一處引文，他應該都標註好了，也許正因如此他才拿出那本書，以備不時唸給我聽，「『我躺在其中的死屍世界發出的呻吟。』」又說：「『有的夜晚我認為自己仍能聽到那種壓抑的歎息聲。』他的妻子守了寡，一段時間後又和一個叫費洛德的伯爵結了婚，並和他生了兩個孩子，她的第一次婚姻沒有孩子。她從她已犧牲的英雄軍人丈夫那裡繼承了一筆可觀的財富，從悲傷中恢復過來，繼續自己的生活，她還年輕，還有很長的路要走，這是肯定的：我們多麼想走完眼前餘下的這段人生路程，一旦我們決定留在這個世界上，不跟在鬼魂的後面前進，鬼魂剛剛誕生時有著強烈的吸引力，似乎想要拖著我們走。當周圍有很多人死去，像是爆發了一場戰爭，或者是我們深愛的某一個人去世，我們最初的感覺就是很想隨他們而去，至少想背負著他們的重量不放開。然而，大部分人最終還是讓他們徹底離開，因為他們意識到自己的生存面臨危險，意識到如果過於關注死者，過於關注其灰暗的一面，那麼死者就是一個巨大的障礙，會阻礙任何前進甚至呼吸。遺憾的是死去的人已經像繪畫一樣定格，他們一動不動，不添加什麼，不說什麼，也從不回答什麼，讓我們陷入僵局，把我們塞進畫中的一個角落，畫作完工後就不允許修改了。小說沒有講述那位寡婦的悲傷，如果她也有路易莎的那種悲傷的話；沒有提及她的痛苦和悲哀，沒有展現這個人物在收到那個致命消息時的情形，而是描述了大約十年之後的情形——我認為那年是一八一七年。可以推測她經歷了這種情況下所有必經的歷程（震驚，悲痛，傷心，憔悴，消沉，證實時間在流逝後的驚恐和害怕，以及後來的恢復），因為她也不像一個完全沒有良心的人，至少一開始不像那種沒有良心的人，事實上這一點誰也不知道，誰也不清楚。」

迪亞斯．巴雷拉暫停了一下，喝了口他自己倒好的加冰威士忌。他起身拿書之後沒有再坐下，我斜靠在他的沙發上，我們還沒有上床。常常都是這樣，我們先坐下聊至少一個小時，我總是不確定第二幕是否會到來，從開場根本無法預測接下來會發生什麼事。有時候我們有話可說，有事可談，但不一定會做愛。我感覺我們可能會做，也可能不做，兩種可能同樣正常，也都不應被視作理所當然，每次都好像是第一次，在那個領域已經發生的一切不會累積——連信任或者臉上的溫存都不會。同樣的歷程永遠都要從頭開始。我還可以肯定我們都是按照他的意願，或者更確切地說是依照他的提議行事，因為事實上他最後一定會提出那個建議，用一句話或者一個表情，但是一定是在聊天結束之後，而我永遠都克服不了羞澀。我總會擔心如果他不做，不做出那個表情或者不說那句話邀請我去他的臥室，也不打算撩起我裙子，而是突然——或者在一個停頓之後，結束談話和見面，好似兩個人聊盡了話題。好似他還有家務事等著做，然後用一個吻將我打發到街上。如果是這樣，我的到訪就不會以我們身體的糾纏結束。我既喜歡又不喜歡這種奇怪的不確定感：一方面這讓我認為在任何情形下他都很享受我的陪伴，沒有僅僅把我視為性健康或者性發洩的工具；另一方面我又很氣憤他能在我身邊忍耐那麼久，沒有那種一打開門就不加前奏地撲到我身上以滿足他欲望的迫不及待；很氣憤他能那麼輕鬆地推遲他的欲望，或者也許他是在我看著他、聽他講話的同時累積他的欲望。不過這種顧慮應該歸咎於主宰我們的不滿足，如果沒有它，我們就無法生活，特別是我擔心不會發生的事情最後總會到來，所以沒有什麼可抱怨。

「繼續說，後來發生了什麼，那本書怎麼證明你是對的。」我對他說。他當然很有口才，我很喜歡聽他說話，不管他說什麼，哪怕是講巴爾札克的一個老故事，雖然我可以自己看，而不是聽他杜撰，他肯定加了自己的理解或曲解。他選擇的任何東西我都感興趣，甚至更糟，我都很享受（更糟是因為我很清楚某一天我得離開）。現在我已經不去他家了，回憶中的那些造訪像是一塊祕密的領土，一次小小的冒險，也許是因為第一幕，或者說更多是因為第一幕而不是沒有把握的第二幕，儘管當時第二幕因為沒有把握所以讓人更加渴望。

「上校想要恢復自己的名字、職業、軍銜、尊嚴、財產或部分財產（他已經過了好幾年貧困日子），以及妻子，這是最複雜的，如果證實了夏貝爾確實就是夏貝爾，並非假冒者或瘋子，那麼她就犯了重婚罪。或許費洛德夫人過去真的很愛他，在被告知他陣亡時非常悲痛，感覺整個世界都坍塌了；但是他的重新出現是多餘的，他的復活是一個十足的麻煩，一個大問題，預示災難和毀滅，世界再次陷入極端矛盾中：那個人的歸來，怎麼可能又造成他消失時所引發的那種感覺呢？顯然，隨著時光流逝，已經存在的一切應該繼續，或者保持原樣。世事都是如此，幾乎如此，生活就是這樣被理解的，因此已經做了的事情永遠不能撤回，已經發生的事情不能不讓它發生；死者應該待在自己該待的地方，什麼都無需更正。我們允許自己去想念他們是因為他們對於我們非常安全：我們失去這個人，我們知道他不會出現，也不會要求償還他遺留的空缺，空缺已經被迅速填補，我們可以竭力希望他回來。我們平心靜氣地思念他，因為我們昭然示人的願望永遠不會實現，他不可能回來，不會再介入我們的生活和凡間世事，不會再令我們感到害怕或拘謹，甚至令我們黯然失色，再也不會比我們更優秀了。我們真心地為其離開感到難過，當他們離開時我們確實希望他還繼續活著；當時確實形成了一個極大的空洞，甚至是一個深淵，我們一時間很想跟隨他們跳下去。沒錯，是一時間，很奇怪那種衝動無法克制。然後時間一天天、一月月、一年年地過去，我們適應了；我們習慣了那個空洞，不會考慮死者重新將它填滿的可能，因為死者不會做這種事，他們對我們不構成危險，而且那個空洞已經補上，因此它已經不再是那個空洞，或者說已經成為一個虛假的空洞。我們每天都想起那些至親，甚至每每想到我們將來再也見不到他們，聽不到他們的聲音，再也不能和他們一起歡笑，再也親吻不到我們曾經親吻的人，我們會傷心難過。但是任何死亡都會在某一方面給人安慰，或是帶來某種好處。當然是在死亡發生之後，事先沒人希望發生，可能連敵人的死亡也不希望發生。比如，父親的去世讓人悲痛，但是我們得到了他的遺產、他的房子、他的金錢和財產，如果他回來我們就得還給他，這讓我們陷入尷尬，給我們造成極大的苦惱。我們哀悼妻子或丈夫，但是有時——即便在很久之後——我們會發現，沒有他們我們生活得更快樂、更輕鬆，或者我們可以重新開始，假如我們還不是太老的話：全世界都聽從我們吩咐，如同年輕時一樣；可能在選擇時不犯那些舊錯；不必忍受他或者她那些討厭之處的寬慰，因為一直在那裡，在我們旁邊、對面、前面或後面的人，總會有讓我們討厭的地方，婚姻是圍城。偉大的作家或藝術家去世時人們為之悲痛，但是也有些許喜悅：知道世界多了幾分平庸和貧乏，我們自身的平庸和貧乏因此被隱蔽或者說掩飾得更好，凸顯我們平庸的那個人不在了，才智又從塵世消逝了一些，或者說又向過去走近了一點，它永遠不應該走出過去，而是應該被軟禁在那裡，頂多在我們回顧過去時才羞辱我們一下，這樣才不太傷人，更容易忍受。當然，我說的是大多數人，而不是所有的人。但是這種幸災樂禍甚至體現在記者的態度裡，他們的標題常常是『最後一位鋼琴天才去世』，或者『最後一個電影神話隕落』，似乎是在興高采烈地慶祝終於再也沒有天才或不會再有天才，隨著他們轟轟烈烈的死亡，我們擺脫了有人優秀過人、或者天賦異稟而讓我們不情願地欽佩的夢魘，將那種詛咒遠遠驅逐，大打折扣。朋友的去世當然令人難過，就像我為米蓋爾難過一樣，但是當中也有倖存下來、前景更美好的喜悅，因為是我參加別人的葬禮，而不是別人參加我的葬禮，我能夠欣賞他這幅完整的畫，最終講述他的歷史，照顧、安慰他撇下的無依無靠的人。隨著朋友們的去世，你會慢慢越來越害怕、越來越孤獨，但同時又在一個個地減去他們。『又少了一個，又少了一個，我瞭解他們的一生，直至最後一刻，只有我活下來講述它們。而我呢，沒有哪個真正在乎我的人會看到我死去，也沒有誰能講述我的一生，從某種意義上說，我將永遠是未完成式，因為如果他們沒有看見我倒下，他們便不能肯定我不會永遠活下去。』」

他動輒長篇大論、滔滔不絕、偏離主題，就像我在不少到訪出版社的作家身上見到的那樣，滿紙荒誕的想法和故事若達不到自命不凡、駭人聽聞、震撼人心的效果似乎就不罷休，少有例外。但是迪亞斯・巴雷拉嚴格來說不是作家，他並不讓我討厭，甚至我第二次見到他時產生的反應依然存在，那天在博物館旁邊的露天座，他在那裡滔滔不絕，我的眼睛一直離不開他，他直抵肺腑的低沉嗓音和天馬行空連接的句法讓我心曠神怡，這種整體效果似乎不像人類，而是由某種並非傳遞含義的樂器產生的，或許是一架鋼琴，一雙靈巧的手正在彈奏它。這會兒我卻亟欲知道夏貝爾上校和費洛德夫人的事，特別是，根據他的說法，為什麼那部短篇小說證明了他對路易莎問題的看法是正確的，我百思不得其解。

「對，但是上校怎樣了？」我打斷他，他並沒有因此生氣，他很清楚自己的偏好，也許很感謝別人打斷他的信馬由韁。「他想重回其中的那個生者的世界接受他了嗎？他的妻子接受他了嗎？他得以重新生活了嗎？」

「發生了什麼是次要的。那是一部小說，小說裡發生的一切都無關緊要，小說一看完就忘了。重要的是小說通過虛構事件傳達給我們、灌輸給我們的可能性和想法比真實事件更清晰地留在我們的腦海，我們對之更為重視。上校的事情你可以自己想清楚，有時讀點經典作家對你有益。如果你想看，我可以把書借你，你讀法文嗎？現有的譯本很差。現在幾乎沒人懂法文了。」他在法國中學念過書；我們彼此很少談及各自的經歷，不過這一點他倒是跟我說過。「重要的是那個夏貝爾的重新出現絕對是不幸。尤其對於他的妻子而言，因為她已經恢復平靜，有新的生活，這個生活裡已經沒有他的位置，或者他僅僅作為過去，作為曾經，作為越來越淡的回憶而存在，他死了，完全死了，和埃勞戰役的其他陣亡者一起被埋葬在一個遙遠的不為人知的墓穴裡，而那場戰役十年之後幾乎已經無人記得，也沒人願意記起，原因之一是戰役的發起者正在聖赫勒拿島過著消沉的流放生活，現在的統治者是路易十八，一切政體首先做的便是忘記、淡化和抹煞以前的一切，把曾經為之效力的人變成腐朽的往事，等著他們的只有悄悄地消失、死亡。上校從一開始就明白，他無法解釋的倖存對於伯爵夫人是一種詛咒，她沒有回覆他的頭幾封信，也不想見他，她不願冒險認他，希望他是個精神病或假冒者，如果不是，則希望他因為疲倦、痛苦和悲傷而放棄。當她已經不能繼續否認時，她希望他回到雪原，徹底死去，再死一次。等到他們最終見面交談時，上校——雖然在漫長的流亡生活中歷經身為已故者的無盡苦難，卻沒有找到任何理由停止愛妻子——問她，」迪亞斯・巴雷拉又到那本薄薄的書裡找另一段引文，雖然這段引文很短，他無疑應該背下來了：「『死者回來錯了嗎？』或者說（也可以這樣理解）：『死者回來是犯了錯誤嗎？』法文是這麼說的：*Les morts ont donc bien tort de revenir* ？」我覺得他的法語口音也非常美。「伯爵夫人虛偽地回答：『噢先生，不，不！您別認為我薄情寡義。』接著又說：『雖然我已經無法愛您，但是我知道我欠您很多，我還可以給您女兒般的感情。』在聽了上校對這些話的寬容大度的回答之後，巴爾札克說，」迪亞斯・巴雷拉又讀起小說來（豐滿的嘴唇，讓人想親吻的嘴唇），「『伯爵夫人向他投去一瞥充滿感激的目光，這讓可憐的夏貝爾寧願重新鑽回埃勞的墓穴。』也就是說，應該理解為他寧願不要給她造成更多的麻煩和困擾，不要干預已經不屬於他的世界，不再是她的夢魘、幻覺、苦惱，他寧願自滅、消失。」

「他這麼做了？他放棄陣地、自認失敗了？他回到墓穴、撤退了？」我趁他停頓時問道。

「你會讀到的。在死亡之後，甚至在軍隊記載中被認為死亡（一個歷史事實）之後，卻仍然活著的不幸，不僅影響他的妻子，也影響到他。一個人無法從一個狀態進入另一個狀態，當然更確切地說，是從第二種狀態進入第一種狀態，他完全清楚自己是一具屍體，被正式認定的、在很大程度上算是真正的屍體，他一度認為自己完全是具屍體，聽到任何活人都不可能聽到的同伴的呻吟。小說一開始當他出現在律師事務所，一位實習律師或櫃檯接待問他名字時，他回答：『夏貝爾。』那個人說：『在埃勞陣亡的上校嗎？』那個幽靈，沒有馬上表現不滿、反對，沒有大發雷霆並加以否定，只是贊同，並緩緩地確認道：『正是本人，先生。』片刻之後他據此定義自己。最終等到德維爾律師本人接待他的時候，律師問他：『先生，請問您是哪位？』他回答說：『我是夏貝爾上校。』『哪一位？』律師繼續問道，他接下來聽到的卻是一件荒唐卻又無比真實的事實：『在埃勞陣亡的那位。』在小說的另外一處巴爾札克本人就是這樣稱呼他，儘管是出於諷刺：『先生，已故者說……』他這樣寫道。上校一直陷於這種討厭的處境：應該死甚至在確實死了之後——拿破崙痛心地親自下令核實過——卻沒有死。上校向德維爾說明自己的情況之後，向他吐露心聲，」迪亞斯・巴雷拉又去翻書直到找到那處引文：「『坦白說，在那段時期，包括現在，有時候我真討厭我的名字。我希望我不是我。我的權利感令我痛不欲生。如果我的疾病真的消除有關我過去的全部回憶，那會讓我很幸福。』你看：『我真討厭我的名字，我希望我不是我。』」迪亞斯・巴雷拉又向我唸了一遍這句話特別強調。「一個人可能發生的最糟的事，比死亡本身還要糟的事，以及一個人可能對別人做的最糟的事，就是從沒有人回來的地方回來，不合時宜地復活，此時的他已經不被期待，已經太遲，時機不對，生者認為他已經死亡，已經繼續或者重新開始他們的生活，不再指望他了。對於歸來者來說，最大的不幸就是發現自己是多餘的，自己的出現不受歡迎，擾亂了世界，妨礙了親人，讓他們不知該怎樣對待他。」

「『一個人可能發生的最糟的事』，少來。你說得好像是真的一樣，這種事情從來不會發生，或者說只會發生在小說裡。」

「小說能夠讓我們看到我們不知道的事情，沒有發生的事情。」他迅速回答道，「這篇小說讓我們想像到一個被迫歸來的死者的情感，向我們說明為什麼他們不應該回來。除了精神失常者或老年人，所有人遲早都會努力忘記他們，避免去想他們，當出於某種原因無法避免時，他們會煩惱、悲傷、躊躇、流淚，無法繼續生活，直到擺脫那種灰暗的想法或者中斷回憶。你要清楚，最終，甚至是在中途，所有的人都會擺脫死者，這是死者最終的命運，他們很可能會認命，一旦瞭解並證實自己的身分，他們也不願回來了。無論是誰一旦停止了生命，置身其外後，即使不是出於自願而是很遺憾地被謀殺，都不願重新回來，重續生存的艱辛。你看，夏貝爾上校經歷無與倫比的苦難，目睹我們所有人所認為的最大的恐怖，戰爭的恐怖；可以說，凡是參加過像埃勞戰役那般在酷寒天候下展開的殘酷戰役的人，再也沒有什麼可恐懼的了，那不是他參加的第一場戰爭，而是最後一場；對峙的雙方軍隊各有七萬五千人；誰也不知道死亡的準確數字，據說可能不少於四萬，戰鬥持續了十四個小時甚至更久卻收效甚微：法國人占領了陣地，不過是一大片橫屍遍野的雪地；俄國軍隊撤退時損失慘重，但並沒有被摧毀。法國人遭受重創，精疲力竭，都凍僵了，再加上夜晚的降臨，以至於他們在四個小時後才發覺敵軍在悄悄地撤離。不過他們也沒能力追了。據說第二天早上奈伊元帥騎馬跑遍整個戰場，口中發出的唯一一句評論反映了他震驚、厭惡和責備的複雜情感：『多麼慘烈的屠殺！卻毫無結果。』儘管如此，不是作為軍人的夏貝爾，而是作為律師的德維爾，雖然他從未見過騎兵衝鋒，也沒見過刺刀造成的傷口、炮火造成的破壞，他一生都是在辦公室和法庭度過，沒遭受過暴力襲擊，幾乎從未離開過巴黎，卻是德維爾律師在小說的結尾向我們說出並解釋了他在自己職業生涯中所目睹的種種恐怖，不是處於戰爭而是處於和平，不是在前線而是在後方。他對他以前的員工、即將以律師身分打首場官司的戈德夏爾說：『親愛的朋友，您知道嗎？在我們的社會有三類人無法喜歡這個世界，他們是神父、醫生和法官。他們身穿黑袍，可能是因為他們在為所有的美德和希望哀悼。三者之中最不幸的就是律師。』人們去找神父向他告解時，會懷著內疚，懷著悔恨，懷著令自己高尚、讓別人關注自己的信仰，這些信仰在一定程度上也安慰著調解者的靈魂。」說到這裡迪亞斯・巴雷拉用西班牙語為我唸了小說的最後一頁，肯定是一邊唸一邊翻譯，不是事先準備好譯文：「但是我們律師，我們看到同樣的邪念在重複，沒有什麼來糾正它們，我們的事務所就是無法打掃乾淨的下水道。幹我這一行有什麼事情是我不知道的！我曾看到一位父親被兩個女兒拋棄，身無分文地死在一個穀倉裡，而他曾每年給那兩個女兒四萬英鎊！我曾見過焚燒遺囑；見過母親搶奪兒女的財產，丈夫搶奪妻子的財產，妻子為了和情人安心地生活在一起，利用丈夫對自己的愛令他們變得瘋狂或愚笨而害死他們。我曾見過有的女人為了讓自己生的私生子大富大貴，而給大老婆的孩子服下致命的藥劑。我無法悉數告訴您我所見過的一切，因為我所見過的罪行連法律都無能為力。總而言之，那些小說家們認為自己虛構出來的恐怖，與真實情況相比都相形見絀。您馬上就會知道這些美好的事情，我把它們留給您了；我要和夫人一起去鄉下生活了，巴黎讓我覺得恐怖。」

迪亞斯．巴雷拉闔上那本薄薄的書，陷入適合任何結局的短暫的沉默。他沒有看我，而是凝視著封面，似乎在猶豫是否再次打開，是否重新開始。我忍不住又問起上校：

「夏貝爾最後怎麼樣？我猜很糟糕，既然結局這麼悲觀。但那只是一種非常片面的看法，人物自己也承認。他說，那是無法喜歡世界的三類人之一的看法，最不幸的那類人的看法。幸好還有許多其他看法，大部分都和那三類人的看法不同。」

但他並沒有回答我。實際上，我的直覺是他甚至沒有聽我說話。

「故事到這裡就結束了，」他說，「或者說，幾近結束：巴爾札克讓那位戈德夏爾回答了一句毫不相干的話，幾乎讓我剛讀的這個觀點失去說服力；總之，是一個小瑕疵。這篇小說寫於一八三二年，也就是一百八十年前，但是巴爾札克卻把兩位律師之間的談話巧妙地安排在一八四〇年，也就是說，安排在寫小說當下的未來，一個甚至都不確定自己是否還會活著的日期，好像他確信什麼都不會改變，不只是在接下來的八年裡，而是永遠都不會改變。如果這是他的想法，那麼他完全正確。不僅現在事情仍然和他當時描寫的一樣，甚至可能更壞，你可以隨便問問哪位律師。而且一直都這樣。逍遙法外的數量遠遠超出被繩之以法的罪行；那些不為人所知的、被掩蓋的有多少我們就不說了，肯定遠遠多於那些已知的、登記在案的罪行。實際上，由德維爾而不是夏貝爾來論及世界的恐怖理所當然。畢竟軍人比較光明磊落，目的明確，不背叛、不欺騙，行事不僅服從命令，而且出於需要：這關乎他的生命或者想要奪去他生命，更確切地說是和他面臨同樣的生死抉擇的敵人的生命。軍人一般不會自己主動，他們沒有仇恨、怨憤或嫉妒，不受長期的貪婪或個人野心驅使；除了模糊的、浮誇的、空洞的愛國主義，他們沒有別的動機，當然這是對於那些懷有這種感情並深信不疑的軍人而言：在拿破崙時代如此，現在已經很少見，那種人幾乎都不存在了，至少在我們這些招募傭兵的國家裡不存在。戰爭中的殺戮確實非常恐怖，但是參與者僅僅是執行，並非策劃者，甚至也不完全是將軍或者政客策劃的，那類屠殺在他們眼裡越來越抽象、虛幻，他們當然不會親臨戰場，現今更是如此；那不過就像派玩具士兵到前線或去轟炸，士兵的臉他們永遠看不到，或許在今天看來，就像是開啟並沉浸在一個電腦遊戲中一樣。然而，日常生活中的罪行卻真的會讓人顫抖，令人恐懼。或許不是由於罪行本身，因為它們沒有那麼引人注目，事發也有一定的比率，並且很分散，這裡一樁，那裡一樁，零星的發生不覺得令人髮指，即使接連不斷地發生，也不至於引發抗議：怎麼可能呢？因為人類社會自古以來就與它們朝夕共處，滲透了它們的特性。令人恐怖的是它們的含義。參與這類罪行的均是個人意志和動機，每樁罪行都是由一個人設計、策劃，如果是共謀罪最多是幾個人；所以許許多多個相距數公里、數年、數世紀因而原則上不會相互模仿的人，總共犯下這麼多已經發生並且正在發生的罪行；這在一定程度上比由一個人、一個大腦下令進行的大規模殺戮更令人心寒，對於這樣一個大腦，我們總會視之為一個沒有人性的、令人不幸的例外：它宣布一場非正義的殊死戰，或者展開一場殘酷的迫害，主張種族滅絕或者發動一場聖戰。這雖然很殘忍，但不是最壞的，或者只是數量上的殘忍。最惡劣的是這麼多不同時代、不同國家的人，各人冒著各自的險，各人有自己特定的、不可轉嫁的想法和目的，卻不約而同地做出相同的事情：偷盜、詐騙、謀殺或背叛自己的朋友、同伴、兄弟姐妹、父母、子女、丈夫、妻子或早就想要擺脫的情人。背叛那些他們曾經可能最愛的人，換作其他時間他們願意為之付出生命或者殺死任何威脅他們的人，若是他們看到未來的自己準備像現在這樣無怨無悔、毫不猶豫地給他們曾經的最愛以致命的打擊，他們很可能會和自己勢不兩立。德維爾律師指的正是這些：『我們看到同樣的邪念在重複，沒有什麼來糾正它們，我們的事務所就是無法打掃乾淨的下水道。……我無法悉數告訴您我所見過的一切……』」迪亞斯．巴雷拉這次背誦出引文，然後沉默了，可能是因為只記得這麼多，也可能是因為沒有理由繼續下去。他的目光又回到封面，上面的插圖是一幅畫，畫的是一個輕騎兵的臉，至少我覺得像，鷹鉤鼻子，迷離的目光，長長的鬍鬚鬈曲，高筒軍帽，可能出自傑利柯之手；然後他似乎收斂了同樣迷離的目光，走出了夢境，他說：「這是一部相當有名的小說，雖然我以前不知道。甚至已經拍了三部電影，可想而知。」

當一個人戀愛時，或者更確切地說，當一個女人剛戀愛時，戀愛有著新奇的魅力，她往往會對心愛的人或者談論的任何事情有興趣。她不僅做做樣子取悅他，征服他，穩固脆弱的地位，當然也有這種因素，但更多是真正關心，任由自己被他傳遞的任何情緒所感染，狂熱、反感、喜愛、恐懼、擔憂甚至是著迷。更不用說陪他進行即興思考，它們最能牽動她，吸引她，因為她親眼見證它們的誕生，並推波助瀾，看著它們蔓延、猶豫和受阻。突然之間她為一些從未想過的事情而激動，有了意外的癖好，注意到曾被她忽視、直到生命結束前都會持續忽略的細節，她的精力集中在只是暫時或者只是由於巫術或者被感染才會影響她的事情，好像她決定生活在螢幕中、舞臺上或者一部小說裡，生活在一個比她的現實世界更吸引人、更有趣的陌生的虛構世界裡，她把現實世界暫時擱置起來或者放在第二位，順便休息一下（沒有什麼比你把自己交給另外一個人更吸引人了，哪怕只是想像，將他的問題變成自己的問題，沉浸在他的存在中，因為不是你真實的存在，所以更輕鬆）。這樣說或許很過分，但是我們女人一開始確實為自己所迷戀的人付出，至少是聽候差遣，我們大多數人這樣做時都很單純，也就是說，我們不知道總有一天，假如我們自信又堅定的話，他會失望又困惑地看著我們，因為他發現往昔令人激動的事物實際上我們毫不在乎，他講的東西我們覺得無聊，雖然他並沒有改變話題，儘管這些話題仍然不失趣味。只是我們不再努力保持最初那種狂熱的愛，而並非從一開始就在假裝、就是虛偽。我對萊奧波多從沒有付出一丁點這樣的努力，因為我對他也沒有一丁點那種心甘情願的、純真的、無條件的愛；但是對於迪亞斯·巴雷拉我卻是付出努力，我在內心深處為他全力以赴——也就是說，小心翼翼的，不給他壓力，讓他幾乎察覺不到，儘管我事先就知道他不可能回報我，因為他自己正在為路易莎付出，正在等待他的機會，而且一定已經等了很久。

我拿走巴爾札克的那本短篇小說（是的，我懂法文），因為他讀過，並跟我談起它，何況我正處在愛情熱戀期，怎能不對他感興趣的東西感興趣呢？同時也出於好奇：我想知道上校發生了什麼事，儘管我已經猜到他的結局並不好，既沒有奪回妻子的愛，也沒能找回他的財產或尊嚴，或許他很懷念自己的屍體身分。我從未讀過巴爾札克的任何作品，和許多其他作家一樣，又是一個我不曾涉獵的名家。說來荒謬，在出版社工作倒阻礙了我瞭解所有有價值的文學作品，那些被時間奇蹟般地認可、授權、超越自身短暫瞬間而留存下來的文學作品，特別是那個短暫瞬間在歷史長河中顯得越來越短暫了。此外我也很好奇為什麼迪亞斯·巴雷拉如此關注這部小說，在上面花費那麼久的時間，為什麼它讓他產生了那些想法，為什麼他用它來證明死者這樣很好，永遠都不應該回來，即使他們死得不是時候，不公正，很愚蠢，無緣無故，很不幸，就像德思文的死一樣，即使他們重新出現的風險並不存在。他似乎擔心他的朋友可能復活，想要說服我或者說服自己相信德思文如果復活是錯誤的、不合時宜的，甚至那種歸來可能會對生者以及已故者——巴爾札克對倖存下來的、幽靈般的夏貝爾的諷刺性稱呼——造成傷害，以及給所有人造成不必要的痛苦，就像真正的死者仍然會痛苦似的。我還感覺到迪亞斯．巴雷拉竭力支持並認同德維爾律師對結局的悲觀看法，以及他對於普通人（你，我）在貪婪、犯罪，將卑鄙的個人利益置於任何慈悲、感情甚至恐懼之上這件事具有無比觀點。他似乎想透過一部小說來證實人類天性就是如此——而不是用一篇新聞報導、一部編年史或史書來證實。人類天性一貫如此，沒有解決辦法，只能眼看著那些卑劣行徑、背叛、暴行、言而無信、欺詐行騙隨時隨地出現，不需要有先例或者典型可供模仿，大多數都是祕密的、被隱瞞的、偷偷摸摸的，從未暴露，即使百年後可能敗露，但此時已經沒有人關心那麼久以前發生的事。他沒有說出來，但是不難推斷他根本不相信有很多例外，儘管可能認為只有很少的老實人例外，反而認為那些看似例外的事例實際上只是缺乏想像或者膽量，或者只是缺乏搶劫或者犯罪的具體能力，或者只是我們不知情，不知道人們做了什麼，計畫了什麼，或者下令執行了什麼，因為他們隱瞞得很好。

讀到小說結尾，迪亞斯．巴雷拉臨時翻譯成西班牙語讀給我聽的德維爾的那段話時，我注意到他有一處翻譯錯了，可能是他理解錯，可能是無心的，也可能是故意的，好讓自己理由更充分；也許他想讀出言外之意，在他有意或無意的錯誤闡釋中強化他試圖支持的觀點，突出人類的無情，這裡特指女性的無情。他是這麼引用的：「我曾見過有的女人為了讓私生子富貴而給婚生子服下致命的藥劑。」當時聽到這句話時我的血液都凝固了，因為我們頭腦中一般不會想到一個母親對自己的子女厚此薄彼，更不會根據他們的父親是誰，根據她們愛一個人或厭惡、忍受另一個人的程度而這麼做，更不會為了最愛的孩子的利益而害死長子，利用他對將他帶到這個世界、在他有生之年餵養他、照顧他、看護他的人的盲目信任騙他像吃止咳藥那樣吃下毒藥。但是原文並不是這樣說的，小說中寫的不是「*J'ai vu des femmes donnant à l'enfant d'un premier lit des gouttes qui devaient amener sa mort*」，而是「*des goûts*」，意思不是「藥劑」，而是「嗜好」，儘管這裡不能這樣翻譯，因為是含糊的，會造成意義混亂。毋庸置疑，迪亞斯．巴雷拉的法語比我好，他曾在法國中學念書，但是我大膽地認為最契合巴爾札克那句話的翻譯應該類似：「我曾見過女人給婚生子灌輸會致他死亡的嗜好」（或許是「習性」），「為了讓自己的私生子富貴」。仔細想想，按照這個解釋，句子的意思也不是十分清楚，也不容易猜想德維爾指的具體是什麼。給他、向他灌輸將致他死亡的嗜好？難道是酗酒、鴉片、賭博、犯罪心理？對奢侈的愛好——離開奢侈無法生活從而導致他為了追求奢侈以身試法？讓他患上傳染病或促使他去強姦？一遇挫折就導致他自殺是因為膽小、懦弱的性格？確實，這令人費解，簡直神祕莫測。不管怎樣，她期待的、策劃的死亡需要多麼漫長的時日才會發生，計畫多麼緩慢，投資多麼長久。這樣一來，那位母親比僅僅給婚生子服用幾滴經過偽裝的致命藥劑要惡毒得多，因為後者可能只需一位具有探究精神的、執著的醫生就能查得出。教人墮落死亡和直接殺死他是有區別的，我們一般認為後者更嚴重，更應譴責，暴力令我們毛骨悚然，而直接暴力更令我們震驚，也許是因為它不容懷疑和辯解，執行者或犯罪者不能以任何理由作藉口，無論是誤會、事故、錯誤判斷還是任何錯誤。一個毀了自己的兒子，故意寵溺他或者讓他走上邪路的母親，面對不幸的後果往往卻可以說：「不，我不想這樣的。天啊，我真笨，哪裡會想到這樣的結果？我這麼做都是因為太愛他了，都是出於好心。如果說我的保護最終讓他變得怯懦，或者放任他的任性而扭曲他，令他變得霸道，那也都是為了他的幸福。我真是糊塗，害人不淺哪。」她甚至自己都會信以為真，但是如果孩子死在她手上，在她決定的時間由她致死，那麼她就不可能這麼想了或這麼說了。手無寸鐵者認為（我們不知不覺信奉他的論調）殺人和做好準備等待死亡到來是不同的；和希望死亡發生並且下令殺人也是不同的，願望和命令有時混合在一起，對於那些已經習慣於願望一經表達或暗示就會實現，或者一旦有了願望就要實現的人來說，二者很難分辨。因此那些最有權勢者、最狡詐者從來不會玷污自己的雙手甚至舌頭，因為如此一來，在他最自鳴得意的時候或者當他被良心苦苦追問得心煩意亂的時候，他可以這樣告訴自己：「唉，畢竟不是我幹的。難道我在場嗎？難道我拿槍、勺子、匕首，殺死他了嗎？他死的時候我都不在那裡。」

一天晚上，我心情很好、很興奮地從迪亞斯・巴雷拉家回來之後，雖然沒有開始懷疑，卻琢磨起來。我躺在床上，面對那些搖曳的、陰暗的樹木，突然開始希望，或者更確切地說是幻想路易莎的死亡，把那片空地留給我和他的可能性，既然她無意占用。我們相處得很好，我對他說的任何事情都很感興趣，或者說我很願意對她產生興趣，無需一絲勉強，而他顯然很喜歡、很享受我的陪伴，在床上當然如此，在床下亦然，後面這一點是決定性的，雖說前者是必要的，但是不充分，沒有後者是不夠的，我兩者兼得。虛榮心爆發時我不禁會想假如他沒有那種長久以來的執念，那種由來已久的大腦激情——我不敢稱之為圖謀已久的計畫，因為這意味著懷疑，我還沒開始懷疑——那麼他不僅會滿意和我在一起，還會慢慢地離不開我。有時我感覺他無法盡情地和我在一起，無法對我全心全意，是因為他在大腦裡早已認定路易莎是他的天命真女，在沒有絲毫希望的情況下，他一直對此堅信不疑，當時他的夢想連最渺茫的實現可能性都不存在，她是他最好的朋友的妻子，他和她都很愛德文內。也許他甚至把她變成了一個最好的藉口，藉此不與任何女人過於糾纏，藉此不停地換女人，每個女人都不持久，都無關痛癢，因為他一邊清醒地抱著她們，一邊總是斜睨或者從她們的肩膀上方（從我們的肩膀上方，我也應該把自己放在那些被他懷抱的女人之列）看著別處。如果一個人長期渴望什麼，很難停止這種渴望，我的意思是很難承認或者意識到自己已經不再渴望或者另結新歡。等待會滋養、增強這種渴望，對於被等待的東西而言等待是累積的，使之變得牢固、堅硬，因此我們拒絕承認我們浪費數年的時間來等待一個暗示，而等到這個暗示最終產生時我們卻已經沒有興趣了，或者說我們已經懶得回應她姍姍來遲的呼喚，我們現在對此已經沒有信心，也許是因為我們現在不適合奔走了。我們習慣等待不會到來的機會，內心平靜、安詳、被動，不相信機會會出現。

但是，唉，同時沒有人會完全拒絕機會，那種心癢癢的感覺讓我們失眠，或者說睡不踏實。最不可能的事情卻發生了，我們所有人都感覺到了，包括那些對歷史或者之前世界發生的一切甚至這個世界正在發生的事情一無所知的人，他們和這個世界一樣邁著遲疑不決的步伐。沒有親眼見證過的人，有時不會注意到，直到有人用手指給我們並說出來：學校裡的那個蠢材當了部長，那個懶鬼成了銀行家，那個粗魯的醜八怪在最漂亮的女人那裡大獲成功，那個頭腦最簡單的傢伙成了受人尊敬的作家、諾貝爾獎候選人，說不定正像卡拉伊・豐蒂納那樣，也許某一天會接到從斯德哥爾摩打來的電話；最討厭、最庸俗的崇拜者卻得以走近自己的偶像並與之完婚，墮落的、偷東西的記者卻成了道德家和正直的捍衛者，血緣關係最遠、最怯懦、位列名單最後、最糟糕的那位王位繼承人登上王位；最令人討厭、最自以為是、最鄙視別人的女人卻受到平民階層的愛戴，儘管她從領導者的位置上對他們進行打壓和羞辱，他們本應憎恨她的；最白癡的人或最無恥的人卻得到被卑鄙迷惑或樂意自欺欺人，甚至自尋死路的民眾的壓倒性支持；政治凶手在局勢發生逆轉時被一直掩飾自己罪惡本性的群眾釋放，當作愛國英雄擁戴，招搖過市的鄉巴佬被任命為大使或共和國總統，或者成為女王的丈夫，如果其中存在愛情的話，幾乎永遠都是愚蠢、糊塗的愛情。所有人都在等待或者尋找機會，有時機會僅僅取決於為實現每個願望所付出的毅力，為實現每個目標所付出的努力和耐心，不管目標多麼狂妄、荒謬。我怎會沒有等待迪亞斯．巴雷拉醒悟，或者在路易莎那兒失敗最終和我在一起的想法呢？儘管現在他的機會出現了，並且可能得到他已故朋友德文內的允許，甚至委託。我怎會不想我的機會也能出現呢？既然連夏貝爾上校那年邁的鬼魂都曾經認為自己可以重新進入狹小的活人世界，找回自己的財產以及因他的復活而心驚膽戰、受到威脅的妻子的感情。在幻想重重或情感微醺的夜晚，我的腦海中怎會不去想我們周圍是否生活著毫無才華但能讓同代人相信自己才華橫溢的人，是否有在半生或者大半生時間裡成功假裝智力過人、說話像聖賢的蠢人和騙子；是否有人在自己所從事的行業裡毫無天賦但取得了輝煌名聲，得到普遍的讚賞，至少直到他辭世，之後馬上就被遺忘；是否有粗魯的彪形大漢決定文雅階層的時尚和時裝，後者對他們不可思議地言聽計從，是否有令人討厭、性格扭曲、心懷叵測的男女無論走到哪裡都掀起極大的熱情；是否不乏意圖荒誕、註定慘敗和被人嘲笑的愛情最終卻獲勝、實現，與所有的預測和推理相反，與所有的篤信和可能性相反。一切都可能發生，什麼事情都可能發生，所有的人都知道，因此很少有人放棄自己的偉大目標——即使是短暫的、來去匆匆的目標。當然是指那些懷有某種偉大目標的人，他們的數量從來不足以讓這個世界充滿不懈的勇氣與之對抗。

有時一個人只要全神貫注、全力以赴地致力於成為某種人或者達到某個目標，就足以實現，儘管所有的客觀因素都不利於他，儘管像人們常說的那樣他在那個方面沒有天賦，或者說上帝沒有讓他走那條路，這種事情最顯而易見的就是在征服和交鋒中：有人在與別人的敵對或者仇恨中完全處於下風，不具備消滅對手的能力和手段，在對手身邊就像是一隻野兔企圖攻擊一頭獅子，但是最終卻憑藉堅忍不拔、毫無顧慮、策略、凶狠和專注而取得勝利，他生活中唯一的目標就是傷害對手，讓其流血，削弱對方，然後殺之，誰結下了這樣的敵人誰就等著瞧吧，哪怕他看上去軟弱又窮困；如果你沒有興趣或時間對他投入同樣的精力，給予同等程度的回擊，那麼你最終會慘死在他面前，因為在一場無論是公開的、地下的，還是祕密的戰爭中都不能心不在焉地戰鬥，也不能輕視頑固的對手，即使我們認為他沒有危害，沒有能力傷害我們，哪怕是輕微的傷害：實際上任何人都能消滅我們，正如任何人都能征服我們一樣，這是我們本質的脆弱。如果有人決定毀滅我們，那麼很難避免，除非我們拋棄一切，只專注於那場戰鬥。但是首要條件是知道那場戰鬥存在，可惜我們並不總是知情，勝算最大的是那些奸詐狡猾、悄無聲息、背信棄義的戰爭，比如那些不宣而戰的戰爭或者敵暗我明或同室操戈的戰爭，我可以從背後或側面向路易莎發起攻擊，她不會察覺，她甚至不知道身邊埋伏著一個敵人。我們會在無意中或者不知情的情況下成為別人的障礙，橫在中間，違背自己的意願或在不知不覺中阻礙別人的道路，無人例外，我們所有人都可能是別人討厭或者想要消滅的對象，即使是最沒有傷害性的或最不幸的人。可憐的路易莎兼具兩者，但是沒有人拒絕機會，我也不會。我知道我能從迪亞斯·巴雷拉那裡期待什麼，我從不自欺欺人，即使如此，我也難免會期待幸運降臨或者他突然轉變，期待某一天他發現自己離不開我，或者他同時需要我們兩個人。那天晚上我發現唯一真正可能降臨的幸運就是路易莎死亡，她一旦消失，不可能再是目標、終點、長期渴望的勝利時，迪亞斯·巴雷拉就只能認真對待我，在我這裡尋求安慰。在沒有更好的人選的情況下，他就只能和我在一起，我不會為此感到受傷。

一想到我會在深夜房間裡獨自渴望那樣的片刻，我會幻想路易莎的死亡，雖然她從未對我做過什麼，也沒什麼事可挑剔，她甚至引起我的好感和同情，讓我產生了一定的感情，那麼我想迪亞斯·巴雷拉是否也有可能對他的朋友德思文產生同樣的想法。原則上我們不希望身邊的人死亡，因為他們幾乎是生活的一部分，但是有時我們會突然發現自己有個念頭，想像如果他們當中有誰消失了會怎樣。有時這種想像是出於擔心或者恐懼，出於我們太愛他們因而害怕失去：「沒了他，沒了她，我怎麼辦？我會怎樣呢？我將無法繼續生活，我想隨他而去。」僅僅是想一下都讓我們天旋地轉，我們往往會立即打消這種念頭，帶著顫抖和不真實的獲救感，就像驅趕一個在我們睡醒時仍然沒有停止的持續不斷的噩夢一樣。有時這種幻想又是混雜的、不純潔的。我們不希望任何人死，更不用說是親友，但是我們憑直覺感到如果某人遭遇事故，或者生病去世，那麼世界會更美好，或者也可以說我們自己的境況會更好一些。「如果他或她不存在，」我們可能會想，「一切將會多麼不同，我身上會卸去多少重負，我的痛苦，或者我難以忍受的不安會結束，我會多麼出類拔萃。」「路易莎是唯一的障礙。」我竟然有了這種想法，「我們之間的阻礙只有迪亞斯·巴雷拉對她的執迷。假如他失去了她，失去了他的使命，他渴望的目標……」那時我還沒有強迫自己在心裡用姓來稱呼他，他還是「哈威爾」，他的名字就像無法得到的東西一樣令人愛慕。沒錯，既然我悄悄地產生這樣的想法，那麼在德文內是他的障礙的時候，他怎麼可能沒產生過這樣的想法呢？一部分迪亞斯．巴雷拉可能每天都很盼望他的摯友死亡、消失，這一部分，可能占大部分，在他的摯友被意外捅死的消息面前應該很高興，而他和此事可能毫無關係。「太不幸了，太幸運了，」他得知消息時也許會這麼想。「我對此多麼難過，我對此多麼高興，當那個人發起致命攻擊的時候，米蓋爾在那裡是多麼不幸啊；這種事情可能發生在任何人身上，包括我，米蓋爾本來可能在任何地方，怎麼就被他遇到了，真幸運啊，有人除掉他，為我騰出我以為他會永遠占據的地盤，而我沒有提供幫助，連回首往事時所詛咒的疏忽、大意或者偶然的幫助都沒有，我確實沒有挽留他在我身邊多些時間，沒有阻止他去他所去的地方，除非我那天親眼見到他，但是那天我既沒看見他，也沒和他說過話，我本來晚點要打電話給他祝他生日快樂，真不幸，真是天助我也，真是意外之福，真恐怖，多麼大的損失，多麼大的獲益。我沒有做錯什麼好受指責的。」

我從未在他家過夜，從未在他身邊度過整個夜晚，也從未體會清晨醒來眼睛首先見到他的臉龐這樣的喜悅；但有一次，或者不止一次，在下午後半段或者傍晚時分我不小心在他的床上睡著了，我睡的時間很短，但是在那張床上經歷了心滿意足的疲倦之後我睡得很沉。誰知道他是不是也心滿意足，你永遠都不知道別人告訴你的是不是真的，並非我們自己感知的東西永遠無法確定，即使是我們自己的感知亦然。那一次——也是最後一次，我隱約聽到門鈴響了一聲，於是微微抬了抬眼皮，時間很短，我看見身邊的他已經穿戴整齊（他總是馬上穿衣服，似乎不願讓自己在我身邊表現出情人約會後所有的那種疲倦的、或者是滿足的慵懶，一分鐘也不允許），正在床頭燈下看書，安靜得如同一幅照片，肩膀斜靠在枕頭上，既沒看我，也沒理我，所以我繼續睡。門鈴又響了兩三次，時間一次比一次長，但我沒有受打擾，而是把鈴聲也納入了我的睡眠，確信它與我無關。我沒有動，也沒再睜眼，儘管我感到在第三聲或是第四聲鈴響之後迪亞斯・巴雷拉悄悄地、迅速地側身下了床。無論如何，應該是他去，而不是我去，因為沒人知道我在那裡（在那張床上，而不在世界上任何其他地方）。儘管如此，我的意識卻警覺起來，雖然我仍在睡夢中。我是在床罩上睡著的，衣服脫了一半，或者說脫到他想要的程度，此時我發現他在我身上蓋了條毯子，防止我著涼，或者可能為了不再看到我的身體，為了讓他覺得剛剛和我做過的事不那麼明顯，對他而言激情過後什麼都不會改變，即使是在轟轟烈烈的激情之後，他仍表現得就像什麼都沒有發生一樣，他前後的態度一模一樣。我反射動作用毯子裹住身體，這個舉動讓我更加清醒，儘管我的眼睛仍然閉著，此時我已經半睡半醒，小心留意他的動靜，因為他已經離開房間，離開了我。

那個人在樓下大門口，因為我沒聽到開門，只聽到迪亞斯・巴雷拉壓低的說話聲，他在通過對講機回答對方，我聽不清他說什麼，只聽到他的語氣先是既驚又氣，然後是無奈和遷就，像是不情願地接受了令他不快但卻無奈地牽涉到他的事情。幾秒鐘，或是幾分鐘後，來客的聲音更大、更清晰地傳到我的耳朵，那是一個男子不安的聲音，迪亞斯・巴雷拉可能一直在開著房門等他，以便他不用再按門鈴，也可能他想在門口接待，連請他進門都省了。

「沒想到你的手機竟然關機，沒想到你會這麼做，」那人責備他說，「我只好像個白癡似的跑來這裡。」

「小聲點，我都說了我不是一個人。有一個妞，正睡著，你不想她醒了聽見我們吧。而且，她認識他的女人。你想幹嘛？要我一直開著手機好讓你隨時打給我嗎？而且，你為什麼打給我，我們多久沒打過電話？你是不是有重要的事告訴我。等一下。」

這些話已經足以讓我徹底醒來。越是知道別人不想讓我們聽，我們就越千方百計地想知道，卻沒意識到有時別人隱瞞是為我們好，為了不讓我們失望或受牽連，為了不讓生活看起來像它常常表現的那般糟糕。迪亞斯．巴雷拉可能以為自己在回答時降低了聲調，但實際上由於憤怒並沒有做到，也可能是因為擔憂，所以我清楚地聽到他的話。他最後說的那句「等一下」讓我猜想他要到臥室確認我還在睡覺，所以我一動不動，閉緊雙眼，儘管我已經完全醒了。果真如此，我聽到他進入臥室，走了四五步湊近我躺在枕頭上的腦袋看了我幾秒鐘，像是在測試，他的腳步並非小心翼翼，很正常，就像是他獨自一人在房間裡似的。但是他出去時的腳步卻謹慎多了，我認為他是一旦確定我熟睡之後便不想再冒險把我吵醒。我感覺到他小心地關上門，又從外面上了鎖，以確保不留下一絲縫隙讓他們的談話洩露。客廳就在隔壁。不過沒有響起喀嚓聲，那扇門沒有徹底關上。「一個妞」，想到這個詞我感到既好笑又受傷；不是「女性朋友」，或「女伴」、「女朋友」。可能我連女性朋友都算不上，更不用說女伴了，女朋友是永遠當不上了，連最廣泛、最模糊意義上的濫竽充數都不可能。他本來也可以說「一個女人」的。算了，也許對方屬於那種人，和他們說話只能用某種特定的辭彙，他們的辭彙，而不是我們平常使用的那種，對待這種人最好是將就他們以免他們不信任，感到不自在或自卑，這種人非常多。我並沒有氣惱，對於這世上大多數的「男性」來說。我可能也就只是「一個妞」。

我衣衫不整（不過短裙一直都在我身上），馬上跳下床，小心翼翼地走近房門，把耳朵貼上。即使這樣我也僅在一片竊竊私語聲中聽到零星的幾個詞，兩個人太緊張了，沒能真正把聲音降低，儘管他們很努力，很想這樣。我大膽地稍稍打開迪亞斯．巴雷拉試圖在外面輕輕一拉而關上的門縫；幸好沒有發出讓我暴露的吱嘎聲；倘若他發現我的冒失舉動，我就辯解說我聽到說話聲，想確定是否有人來，正是為了不讓自己在他有客人的時候出現，好免去他還得介紹我或者做出任何解釋的麻煩。並非因為我們偶爾的見面見不得人，至少我們沒有一致這麼認為，但是我懷疑他沒有把這場會面告訴任何人，或許因為我也沒有這樣做。又或許因為我們兩人無疑都向同一個人，路易莎，隱瞞了見面的事，從我這方面來說，除了對他暗中的計畫順利開展，意即某天讓他們變成夫妻的前景模糊的、不合情理的尊重之外，我不知道理由是什麼。那個甚至稱不上是縫隙的細小縫隙（木料有點膨脹，所以門關不緊）讓我能夠分清每次是誰在說話，有時我能聽清楚整句話，其他時候只能聽到一些片段，又有些時候幾乎什麼都聽不見，這取決於他們是否壓低聲量。不久又在無意中升高了聲量，很明顯，他們很激動，如果那不是出於某種驚慌甚至害怕的話。假如迪亞斯．巴雷拉待會發現我在暗中窺探（出於謹慎他可能會再來查探），那麼他發現得越晚我就越難應付，儘管我始終可以藉口說我以為他關上門只是為了不吵醒我，不是因為他要和訪客談的事情很機密。他不會輕易相信的，但是我可以鎮靜下來，至少表面上如此，除非他不顧後果，粗暴地或憤怒地找我當面理論，指責我說謊。他這樣做沒錯，因為確實我從一開始就知道他們的談話不能讓我聽，不是出於一般的謹慎，而是因為「而且」，我認識「他的女人」，「女人」這個詞在那句話裡的意思是妻子，某人的妻子，而那個某人，目前只能是德思文。

「喂，怎麼了？什麼事這麼急？」我聽見迪亞斯．巴雷拉說，也聽到另一個人的回答，他的嗓音洪亮，吐字標準，非常清晰，還稱不上是滑稽的馬德里口音——大家都認定我們馬德里人把每個音節都分得很清楚，發音很重，但是我從沒聽過這個城市裡有誰這樣說話，只有在老電影、戲劇裡，或者頂多在開玩笑時才會那樣說話——但是他用詞不連貫，拉高音量的時候每個詞都清晰可辨，他想壓低聲音，但是他的說話方式和音調似乎很難做到。

「看來那傢伙開始亂講了。他不再保持沉默。」

「誰，卡內亞？」我也清楚地聽到迪亞斯．巴雷拉的反問，我聽到那個名字時就像是某人聽到一句令人震驚的詛咒一樣——我記得那個名字，我在網路上見過，而且我記得他的全名，路易士．菲利佩．巴斯克斯．卡內亞，像是一個偽造的稱謂或一句詩——像是某人聽到她自己或自己最愛的人的判決而無法相信那樣，一邊聽一邊否認，對自己說不可能，那件事沒有發生，否認自己確實聽見的內容，否認已經到來的事情沒有到來，就像是我們的心上人用那句全世界語言使用者都愛用，可愛且萬能的話跟我們說——「我們得談談，瑪麗亞。」而且用的是其他場合甚至在他甜言蜜語的嘴唇緊貼著我們的脖子氣喘吁吁的時候，幾乎都不會使用的我們的乳名來稱呼，然後對我們宣判：「我不知道現在怎麼了，我自己都無法理解。」或者：「我認識了另外一個人。」或者：「你大概已經發現我最近有些反常、冷淡。」這些都是不幸的前兆。就像我們聽到醫生說出一種和我們無關的疾病的名字，一種其他人會患但我們不會患的疾病，但這一次醫生卻令人難以置信地認為我們得了這種病，怎麼可能，肯定是個錯誤，或者他並沒有說出我們以為自己聽到的那些話，那種事不會發生在我身上，不會與我有關，我從來不是倒楣蛋、可憐鬼，我不是那種人，也不會成為那種人。

我也大吃一驚，感到剎那的驚慌，差點離開房門不再聽下去，這樣就能說服自己聽錯或者實際上我什麼都沒有聽到。但是你一旦聽了，總會聽下去，那些話語從天而降或者撲面而來，沒人能夠阻止。我希望他們能徹底降低聲音，好讓是否聽見他們的談話無需取決於我的意願，好讓一切變得模糊或消失，讓我帶著疑問，讓我不相信自己的耳朵。

「當然，還能是誰。」對方略帶輕蔑、不耐煩地答道，似乎在引發恐慌後，成了掌控全局的人，帶消息來的人總是這樣，直到他把消息說完，傳給別人，然後一無所有，傾聽的人也不需要他了。消息持有者的地位稍縱即逝，僅存在於他聲稱自己知道，但還沒有說出來的短暫期間。

「他說了什麼呢？他也說不了太多，他能說什麼呢？對不對？那個混蛋能說什麼呢？一個神經病說的話有什麼關係？」迪亞斯．巴雷拉不停地重複這些話，主要是說給自己聽，他很緊張，像是要驅除一個詛咒。

來訪者急促地回答——他已經忍不住了。他講話時聲量不由自主地忽起忽落。他的回答我只聽到片段，但已經足夠。

「……提到那些電話，提到告訴他事情的人的嗓音。」他說。「……提到穿皮衣的人，就是我。」他說。「我很煩……不嚴重……但是我必須辭退他們，雖然我挺喜歡他們，我帶他們許多年了……沒從他那裡找到手機，這事我已經解決了……這樣他們會覺得是憑空想像……危險不在於他們相信他，他是一個瘋子……可能在於有人會想到……不是自發的而是受人唆使……不太可能，如果說世上有什麼遍地都是的話，那就是懶惰的人……已經經過很長時間……這是預料中的，他拒絕開口已經是驚喜了，事情現在和我們最初預料的一樣……我們不習慣罷了……當時，馬上……更糟了，更可信了……但是我想馬上讓你知道，因為有了變化，不小的變化，即使目前對我們沒有影響，我認為以後也不會影響到我們……你最好知道。」

「沒錯，變化不小，魯伊韋里斯。」我聽見迪亞斯．巴雷拉說，我聽清了那個很少見的姓，他激動得無法放低聲音，沒有加以控制。「就算他是個瘋子，但他說有人親自打電話說服他，或把想法強加於他。他在分攤過錯，或者說擴大牽連範圍，下一個環節是你，你後面就是我，真他媽的討厭。假設他們給他看你的照片，他把你指認出來。你有前科，是嗎？你有案底，對吧？你自己說過，你一直都穿那種皮大衣，大家就是因為這些以及你夏天穿的T恤認識你的，順便說一下，你的年紀已經不適合穿那種衣服了。剛開始你告訴我說你絕不會去，不會讓別人看見你，如果有必要先下手為強，毒死他，先露一張讓他信任的面孔，你再派另外的人去。你說在我和他之間至少隔著兩層關係人，不是一層，隔得最遠的那位不會知道我的存在。結果現在只有你一個人在中間，而他可能會認出你。你有案底，不是嗎？告訴我實話，現在不是避重就輕的時候，我想知道會有什麼後果。」

一陣沉默，那個魯伊韋里斯可能正在考慮是否按照迪亞斯・巴雷拉的要求說出實情，如果他在考慮，說明他確實有案底，他的照片進了檔案。我擔心他們的停頓是由於我在無意中弄出的聲響，我的腳正踩著木地板，我認為不是，但是擔心迫使我們不排除一切可能，即使是不存在的東西。我想像他們兩個在那裡一動不動，暫時屏住呼吸，疑心重重地豎起耳朵，側眼看著臥室方向，打了個手勢，意思可能是「等等，那個妞醒了」。我突然對他們感到害怕，他們兩個讓我感到恐懼，我寧願相信單單哈威爾一個人不會讓我害怕：我才剛和他睡在一起，擁抱他，吻他，帶著我所敢於表露的所有的愛意，也就是說，有所克制、有所掩飾的濃濃愛意，我只在他可能不去注意的細節上流露，我最不希望的就是令他害怕，在時機到來之前令他恐懼，把他嚇跑——時機會到來，我對此堅信不疑。我發現那種壓抑的愛戛然而止，無論如何它和恐懼水火不容；不如暫緩下來靜候良機，否認或忘掉這件事的時候，但是我知道不可能。因此我離開房門，以防他再次進來確認我還在睡覺，確認沒有證人聽到那些談話。我上了床，擺了個我覺得能夠取信於人的姿勢，等待著，我已經什麼都聽不到了，我錯過了魯伊韋里斯的回答，他肯定作出回答。我在床上待了或許一分鐘，兩分鐘，三分鐘，沒人進來，什麼都沒有發生，因此我膽子又大了，重新從被窩裡鑽出來，走近所謂的門縫前，依然衣衫不整，跟他離開時一樣，短裙也一直在身上。即使我們知道這樣做不好，但是偷聽的誘惑總是難以抗拒。特別是在已經聽到些什麼之後。

現在聲音小多了，成了竊竊私語，似乎在經歷最初的驚嚇之後他們也平靜下來。或許之前兩人是站在那，現在已經坐下一會兒了，坐著說話時聲音會小一些。

「你覺得我們該怎麼做？」我終於聽到迪亞斯．巴雷拉的聲音。他想解決這件事。「什麼都不用做，」魯伊韋里斯回答道，他提高音量，可能是在發號施令，暫時覺得控制權又回到自己手中。聽起來他似乎在總結，我猜他很快就要走了，也許他已經拿起大衣搭在胳膊上，假如他之前脫下的話，因為他來的不是時候，而且來去匆匆，迪亞斯．巴雷拉肯定連水都沒請他喝。「這個消息並不針對任何人，跟我們無關，你我都跟它沒有關係。我無論執意要求什麼都會適得其反。你知道後就忘了吧。什麼都不會改變，什麼都沒改變。如果再有什麼新進展我會知道的，但是應該不會有了。最可能的就是他們做紀錄、歸檔，然後不了了之。他們去哪裡查呀，那個手機沒留下線索，沒有線索。卡內亞甚至從來不知道那個號碼，看上去他給出了四五個不同的號碼，但他把數字都搞混了，很正常，因為所有號碼都是他編造的或者夢到的。給他電話但是沒告訴他號碼，這是我們說好的，也是這麼辦的。所以，還能有什麼新進展呢？那傢伙現在說他當時聽到有人跟他提起女兒並向他指明是誰造成的。說話就像許多其他瘋子一樣。聲音通過一部手機，而不是來自他的大腦或者來自天空的迴響，這沒什麼特別，他們會認為他在胡說，想顯得自己了不起。連廢物，甚至瘋子都瞭解世界的進步，沒手機的人就是白癡。隨他去吧。你不用太害怕，這對我們也沒好處。」

「好吧，那穿皮衣的人呢？是你自己慌了，魯伊韋里斯。所以你跑來告訴我。現在你竟然又說沒什麼。到底怎麼回事。」

「對，沒錯，當我知道的時候我有點怕，我承認，好吧。我們原來多放心啊，因為他拒絕招供，什麼都不說。他意外地撞見我，我沒料到事情會有這一步。不過告訴你之後，我發現實際上什麼事都沒有。他說一個穿皮衣的人去找了他幾次，嗯，其實就像在說法蒂瑪聖母對他顯靈一樣不可信。我已經告訴過你我只是在墨西哥受到通緝，假如追訴期限還沒過的話，但是肯定已經過了，我當然不會飛去那裡查：年少不羈，好多年了。那時我不穿這種大衣。」魯伊韋里斯意識到自己犯了錯，他不應該讓那個暴徒看見自己。也許正是由於這個原因，他現在想要淡化他帶來的消息的危險性。

「無論如何，你可以把你那些皮大衣扔了，這件優先。燒掉、撕碎。不要讓哪個聰明人把此事聯想到你身上。這邊可能沒有你的案底，但是不止一個警察認識你。希望負責凶殺案件的警察不要與負責其他犯罪的警察交換資料。不過，似乎在這個國家裡誰都不跟其他人交流。每個部門都各管各的，否則倒奇怪了。」現在迪亞斯・巴雷拉也儘量保持樂觀、鎮定。聽起來他們和普通人一樣，可能像我一樣是笨拙的業餘者。就是那種不習慣犯罪的人，或者沒有充分意識到自己唆使了他人，根據我的推斷，這樣算是買凶犯罪。

我想見見那個魯伊韋里斯，他應該正要告辭；我想看看他的臉，以及那件著名的皮大衣，在他毀掉之前。我決定出去，萌發迅速穿好衣服的念頭。但是如果我這麼做，迪亞斯・巴雷拉可能會懷疑我早就知道屋子裡還有別人，我可能一直在偷聽，至少在我穿其餘衣服所花的這點時間裡是這樣。如果我穿現在這個樣子闖入客廳，或許他會覺得我剛睡醒，不知道有人在。我應該什麼都沒聽到，以為只有我和他，跟平常一樣，沒有人看見我們在晚上偶爾進行的幽會。我發現我睡覺時他不在我身邊不在床上後，自然會去找他。我最好衣衫不整、毫無戒備地出現，弄出些聲響，像是一個心不在焉的無辜女子。

實際上我並非衣衫不整，而是半裸甚至幾乎全裸，其餘的衣服是指除了裙子之外的所有衣服，因為裙子是我身上唯一的衣物，迪亞斯・巴雷拉喜歡看我裙子拉上去的樣子，或者在我們翻雲覆雨時把我的裙子拉上去，但是為了快感或舒服，他最終總會把我所有衣服脫光；對了，有時在脫掉我的襪子之後他又會建議我穿鞋，但是只有穿的是高跟鞋時才這樣，許多男人對某些經典形象情有獨鍾，我能理解——我也有我的癖好——所以我並不反對，滿足他們對我而言並不費力，我甚至為自己符合一種赫赫有名的幻想而沾沾自喜，它能夠經歷好幾代人而持續存在真是功績斐然。因此這樣過分的衣不蔽體，阻止我行動，讓我猶豫起來——裙子規矩、平整的時候也就剛好及膝，但現在它被揉搓得皺巴巴的，就小得可憐了。我開始考慮假如我真的認為只有自己和迪亞斯・巴雷拉兩人在他家裡，那麼我走出房間時應該袒胸露乳，還是有所遮掩？要想裸身在人前走過，應該非常肯定它們沒有鬆弛，不會左右或上下劇烈晃動出賣我們（我向來都無法理解那些上了歲數的裸體主義者怎麼能那麼輕鬆自在）；一個男人看到靜止的乳房，或者在做愛時伴著耳邊嘈雜的聲響遠遠地從正面看它們不受控制地運動是兩回事。但我沒能消除疑問，因為羞恥心冒出來，馬上占據上風。想到自己將首次以那個樣子出現在一個完全陌生的人面前，我感到無法忍受，更何況是一個可疑的、毫無顧忌的人。根據我剛才的發現，迪亞斯・巴雷拉也是一個沒有顧忌的人，也許程度更甚，但他卻是熟悉我身體所有看得見的部位的人，不僅如此，他是我仍然愛著的人，我的情緒中混雜著徹底的懷疑和最基本的、不加思考的厭惡，無法接受自己此刻所知道的——更不用說分析。我寧願相信自己聽錯了，或者那是一個誤會，是我自己將那段對話理解錯了，應該有某種解釋讓我之後想：「我怎麼會那麼想呢，我真傻，真不客觀。」同時我發現自己已經不可避免地將那段對話中得到的事實藏在心底，徹底消化吸收，只要不去否認，它們就會這樣銘記在我腦海，而尋求否認我要冒極大的風險。我必須假裝什麼都不知道，不僅為了不讓他覺得我像個間諜，言行冒失——因為我在乎別人怎麼看我，那時仍然在乎，要知道沒有什麼變化是一下子突然發生的，即使是由一次恐怖的發現引發的變化。這對我有利，甚至關乎我的性命。我也感到害怕，為我自己，有一點害怕，但不是非常害怕，我無法權衡事情的嚴重性及其意義，從做愛後的寧靜或者困倦轉為害怕。整件事中有令人難以置信、不真實的成分，有點像是一個不祥的夢壓在心上，讓我們難以承受，我無法突然將迪亞斯・巴雷拉看成一個一旦超越界限，一旦嘗試之後又會再次犯罪的殺人犯。他真的不是，後來我決定這麼想：他沒拿過刀，沒捅過任何人，甚至沒有和那個殺人暴徒巴斯克斯・卡內亞說過話，沒讓他做任何事，沒和他聯繫過，據我推斷他一句話都沒和他說過。或許他根本沒有策劃那個陰謀，只是曾將自己的痛苦告訴魯伊韋里斯，這傢伙自作主張籌畫了一切，並把事情辦完了才來找他，像是帶著一件意想不到的禮物出現在那裡——希望討好他，沒腦子，魯莽。「我已經為你掃平道路，為你肅清場地，現在一切都掌握在你手中了。」甚至這個魯伊韋里斯也沒有親自動手，他不曾手持凶器，不曾向任何人下達明確的指示：據我理解，他起初只是協力，奉命行事，他們只是讓那個窮鬼的胡思亂想變本加厲，希望他某天會做出激烈反應或者徹底爆發，這種情況可能發生也可能不發生；如果這是一次有預謀的犯罪，也太過聽天由命，太奇怪了。他們有多大的把握，又該負多大的責任呢？除非他們也給了他指示或命令，強迫他那麼做，除非他們提供了刀刃長七公分、能完全扎進肉裡的蝴蝶刀，這種刀不是能輕易弄到的，理論上這是管制武器，對於一個勉強掙幾個小費、睡在一輛破舊汽車裡的人來說也不便宜。他們肯定給了他一部手機方便他們打電話給他，不是為了供他自用——可能他也沒人可打電話，他的女兒們下落不明，或者故意離他遠遠的，像躲避瘟疫一樣躲著這樣一位脾氣暴躁、古板苛刻、精神失常的父親。給他電話，是為了像竊竊私語般地在他耳邊勸他，沒有人想到通過電話告訴我們的事情更具說服力，比起面對面聽對方講話更能說服我們，面對面的交談只是耳邊風，僅有極少數情況例外。這些推論和思考沒什麼用，甚至適得其反，只會使情況更加惡化，卻暫時讓我稍稍平靜下來，感覺不再受到威脅，至少，原則上，在那時，在迪亞斯．巴雷拉的家裡，在他的臥室裡，在他的床上不會：他的雙手肯定沒有沾血，他最好朋友的血，在那幾年的早餐時光裡那個人曾遠遠地給我留下了多麼美好的印象。

還有另外一個人，我想看看他的臉，為此我準備在他離開、我再也見不到他之前衣衫不整地出去。他可能更危險，根本就不想看見我，不想讓自己的形象從此留在我腦海；對他而言我可能真的很危險，我會在他眼中讀到這些話：「我記住了你的臉；我輕易就能知道你的名字，查出你住哪裡。」他可能會突然產生除掉我的衝動。

不過我得抓緊機會，不能再猶豫了，於是我穿上胸罩和鞋子——在我迷糊睡著之前我用鞋後跟蹭著床底邊又把鞋脫了，讓它們從床邊自己掉到地上。有胸罩就夠了，無論如何，我都會儘早穿上，即使沒有不速之客我也會這樣做，因為我知道無論是站立還是走動這樣都會顯得我更美：包括在迪亞斯・巴雷拉面前，他剛剛見過一絲不掛的我。胸罩比我本來的尺寸小一號，一個在戀愛約會中屢試不爽的老掉牙的花招，讓乳房顯得更高聳、更飽滿，雖然迄今為止我的乳房一直都沒有什麼問題。預先知道約會包含什麼內容而去赴約——當然還有其他不可預測的事情，這些約會的誘惑不曾讓人失望。那件胸罩或許會讓我在那個陌生人眼裡更加醒目——哦，不，是更有魅力，但是也讓我更有安全感，不那麼尷尬。

我準備開門了，剛才我穿鞋時並沒有顧忌鞋跟在木地板上發出的聲響，這是在提醒他們，如果他們足夠留意周圍的動靜、不是完全沉浸在他們的麻煩中的話。我必須注意我的表情，看到那個魯伊韋里斯時我應該表現得極為驚訝，該如何做出可信的反應我舉棋不定，很可能應該慌張地轉身，飛快地鑽進房間，套上我那天穿的那件V領毛衣然後再出去，領口微敞，或者大大敞開。可能我會用雙手遮住胸部，會不會害羞得有點過頭了？將自己置於一個實際上並不存在的情境中絕非易事，我不明白為什麼那麼多的人虛假地生活，因為你絕不可能考慮到所有的因素，甚至還有假扮的細微末節，實際上它們都不存在，都是編造的。

我深吸了口氣，拉動門把，準備演我的戲，就在此刻我知道我的臉已經紅了，儘管魯伊韋里斯還未進入我的視野，因為我知道他將要看到穿著胸罩、緊身短裙的我，這樣出現在一個已經讓我產生最惡劣印象的陌生人面前讓我感到難為情，或許我臉紅有一部分是因為剛剛聽到的話，滿腦子不相信也無法減輕的那種憤怒和恐懼交織的感覺：不管怎麼說，我心慌意亂，各種感覺和想法混作一團，惴惴不安。

那兩個男人站在那裡，他們馬上回過頭來，他們應該沒有聽到我穿鞋的聲音或其他動靜。我立刻在迪亞斯・巴雷拉的眼睛裡看到寒意，抑或是懷疑、責難，甚至是嚴厲。而魯伊韋里斯的眼睛裡只有驚詫，還閃過一絲男人的欣賞，我看出來了，他可能無法避免，有的男人眼睛總是能迅速打量女人，不懂克制，會盯著出了車禍的女人露出的大腿，即使她滿身是血地躺在馬路上。如果受重傷的是他們，則會盯著彎腰救助他們的女人露出的乳溝，這不是他們的意志力所能控制的，或者說和意志力無關，而是一種男人存在於世界的生存方式，會一直持續到生命終結，他們在永遠闔上眼皮之前，都會欣賞女護士的膝蓋，儘管她穿著粗糙的白色長襪。

我果然出於本能、自然而然地用雙手遮掩自己；但我沒有馬上轉身離開，因為我覺得我應該說點什麼，表示尷尬、意外。這就沒那麼自然了。

「啊，抱歉，請原諒。」我對迪亞斯・巴雷拉說，「我不知道有人來。不好意思，我去穿上衣服。」

「不必了，我正要走。」魯伊韋里斯說，並向我伸出手。

「魯伊韋里斯，我的朋友，」迪亞斯・巴雷拉很不自在，簡單地向我介紹，「她是瑪麗亞。」他沒說我的姓，就像那次在路易莎家裡她也沒介紹我的名字，不過也許他故意這麼做，為了給我最起碼的保護。

「魯伊韋里斯・德・托雷斯，很高興認識你。」他補充說道，非要強調自己是複姓。他的手仍然朝我伸著。

「很高興認識你。」我飛快地和他握了手——側身才露出片刻，他的眼神便飛向那側乳房。然後我進了臥室，沒有關門，明確表示我打算再回到他們那裡，客人不會不和還在眼前的人告辭就走的。我拿起毛衣，在他的注視下穿上——側身穿衣服的時候，我發現他的目光正盯著我。然後我又出了臥室。魯伊韋里斯・德・托雷斯脖子上圍著一條絲巾——純粹是裝飾，這段時間他大概一直都沒摘下。肩上披著他那件著名的皮大衣，風格像是戲劇演出或狂歡節時穿的披風。大衣很長，黑色皮質，像納粹電影裡納粹黨衛軍或蓋世太保成員穿的那種外套，這是一個喜歡用快速簡單的方法引起別人注意的傢伙，哪怕是冒著被人厭惡的風險，如果他聽從迪亞斯・巴雷拉的建議，早就扔掉那件衣服了。我腦子裡首先想到的是迪亞斯・巴雷拉怎麼會信任這樣一個明顯的流氓無賴，他的臉龐、態度、體格和舉止都透著無恥，他的本質一眼就可以看清。他早已過五十歲了，但是他渾身上下都在渴望青春：好看的頭髮梳向腦後，鬢角呈波浪狀起伏，頭髮蓬鬆，有點長，但是中規中矩，有幾縷或者說幾簇白髮讓他有失穩重，像是人工染的，呈水銀色；健碩的胸部微微凸起，像是竭力避免腹部發胖卻催大了胸部；因為咧嘴大笑露出閃亮的牙齒，上嘴唇上翻，露出裡面最潮濕的部分，更突顯了他的好色。他的鼻子直而尖，鼻骨突出，更像是羅馬人，而不是馬德里人，他讓我想起演員維多利奧·卡斯曼，但不是在他氣質高貴的老年時期，而是在他演騙子的時期。沒錯，顯然他是個生性快樂的騙子。他雙臂交叉環抱，兩隻手分別搭在另一隻胳膊的肱二頭肌上——他的肌肉立刻繃緊，一種反射動作，像是在撫摸或掂量自己的肌肉，像是想突顯它們，儘管全都被大衣遮住。這動作一點吸引力都沒有。我完全能想像他穿著T恤甚至高筒靴的樣子，就像低劣地模仿一個從未得到上馬許可的失意的馬球運動員。確實很奇怪，迪亞斯·巴雷拉竟然與他合夥做這樣一件祕密、棘手、牽涉甚多的事情：置人於死地的事情，那個人「應該以後死的」，應該將來死的，或許是明天，如果不是明天，或許是明天的明天，但絕不是現在。這正是問題所在，因為我們都會死亡，如果想要殺害某人讓他的死亡提前到來，不論怎麼做都不會改變什麼——沒有什麼本質上的改變，問題在於何時殺死他，但是誰知道什麼時間合適、正好？「今後」或者「從今往後」是什麼意思？因為「現在」這個概念本身就不斷在變化，「在其他時間」是什麼意思？既然只有一個時間，它是連續的、不可分割的，它永遠腳步匆匆，迫不及待，漫無目的，急急忙忙，似乎無法放慢速度，自己都不知道自己的目的。為什麼事情在發生的那個時間發生，為什麼是這個日期，而不是前一天或後一天，這一刻有什麼特別的或決定性意義，是由什麼指定的或由誰選擇的，怎麼會說出馬克白接下來所說的話呢？在迪亞斯．巴雷拉向我引用了那句話之後我去查看原文，後面緊接的是這句話：「總會有聽到這句話的時候。」也就是「這種消息」或者「這樣的話」，他剛剛從侍臣西登嘴裡聽到的消息，帶來了寬慰，也可以說是帶來不幸的消息：「陛下，王后死了。」正如在莎士比亞作品中常常發生的那樣，批註者對這一名句的歧異性和奧祕眾說紛紜。它是什麼意思？「應該有更合適的時間？」「那件事有更好的發生時機，因為這個時機對我不合適？」或許「在一個更恰當、更平靜的時間，在可能已經向她表示了敬意的時候，在我可能停下來為失去一個曾經和我一起經歷過那麼多雄心和罪惡、希望、權力和恐懼的人而表示應有的哀悼的時候？」馬克白當時只有一分鐘，一氣呵成地說出他那著名的十行話，只有十行，這段精彩的獨白現在很多人都能背誦出來，它是這樣開始的：「明天，明天，又一個明天……」當他講完這段話時——誰知道他是講完了還是考慮再說點什麼——他繼續說：一個使者來見他，給他帶來了可怕的、非比尋常的消息。勃南森林正在移動，它們拔根而起，正在向他所在的鄧西嫩高山方向移動，這意味著他將被擊敗。如果他被擊敗，就會被殺死，一旦被殺死，就會被砍掉腦袋示眾昭告勝利，他的腦袋就同現在他講話時還在支撐著它的身體分離了，什麼都看不見了。「她應該以後再死的，等我已經不在這裡，聽不見，看不見，也不再有夢想時；等我已經不在時間裡，什麼都無從得知的時候。」

和我只聽到聲音，還沒看到魯伊韋里斯的臉時感覺相反，在我和他們待在一起的短暫時間裡，他們兩人並沒有讓我感到害怕，儘管來客的容貌和舉止讓人不太安心。確實，他身上一切都透露著厚顏無恥，但是不至於猙獰；他肯定幹得出無數卑劣的小勾當，並且可能被對面的女鄰居拉下水，偶爾犯點大過，就像一個人閃電般地誤入他人地盤，要是每天都必須去，會讓他極為恐懼。我看出他們關係並不親密、不融洽，我覺得他們不僅不像一對殺人搭檔那樣互壯聲勢，而且一方的在場還抵消了另一方的危險性，誰都不敢在一位目擊者的注視中流露出猜疑，質問我，或者對我做任何事情，即使這位目擊者是策劃罪行的同謀。好像他們是偶然、臨時被湊在一起，僅僅為了一次行動，他們無論如何都不會組成搭檔，也沒有長遠計畫，他們只是因為那件已經完成的事情及其可能的後果而聯繫在一起，緊迫的結盟，可能兩人都不情願，魯伊韋里斯的參與可能是為了錢，為了還債，而迪亞斯．巴雷拉是因為不認識更合適的合夥人——更卑鄙的合夥人，所以只能依靠一個混混。「而且，你為什麼打給我，我們有多久沒打過電話了？你是不是有重要的事要告訴我？」當魯伊韋里斯竟敢責怪迪亞斯．巴雷拉的手機打不通時，迪亞斯．巴雷拉訓斥了他。他們不常聯繫，可以隨便互相指責僅僅是因為他們共同的祕密，或者說罪責，如果他們有罪的話，但我完全沒有這種感覺，他們似乎毫無忌憚。人們一起犯罪時，一起密謀或策劃某事時，特別是一起付諸實行時，會覺得被綁在一起。於是相互間就會突然變得隨便，因為大家都摘下面具，不能在同類面前掩飾本來的面目，或者假裝絕不會做他們已經做過的事情。他們由於這種相互瞭解而被綁在一起，類似地下情人，甚至那些不是地下情人，也沒有必要做地下情人卻選擇不公開的人，他們認為自己的隱私不關別人的事，沒有必要把每一次接吻、每一次擁抱都告訴別人，就像我和迪亞斯・巴雷拉的情形，我們對外隱瞞我們的事情，實際上那個魯伊韋里斯是第一個知道。每個罪犯都知道自己的同夥做得出什麼事，並且同夥對自己也有相同的認識。每個情人都知道對方瞭解自己的某個弱點，因此在他面前已經無法再假裝不被他的肉體誘惑，假裝討厭他或完全無動於衷，無法再假裝鄙視他或排斥他，至少在肉體上不能這樣，儘管我們感到遺憾，但是大多數男人在相當長的時間裡都覺得這種肉體關係很乏味——直到他們慢慢習慣，有了感情——如果同他們的見面帶點滑稽色彩，我們則很幸運，這確實常常是軟化諸多粗暴男人的第一步。

如果說一個陌生人或熟人在我們床上——或者我們在他的床上——睡過之後就放肆起來，令人惱火的話，那麼因共同犯罪而產生的放肆無禮則更令人氣憤，其中一個原因肯定是毫無尊重，尤其是在這種情況下：罪犯們純屬偶然作惡，他們是普通人，在籌劃壞事前夕，或者在付諸實行之後，就算聽到別人講其他人做的壞事時也會驚恐萬分。人們促成一宗謀殺甚至在買凶殺人之後還會得意地想：「我不是凶手，我不認為自己是凶手，絕對不是。」只因為事情自行發生，我們有時會參與其中某個階段，至於是中間、尾聲還是開始的階段又有什麼關係，缺少任何階段都不成立。因素總有很多，單個因素絕對構不成原因。魯伊韋里斯本來有可能拒絕，他派去毒害那個暴徒的心智的傢伙本來也有可能拒絕。那個暴徒本來有可能不接電話，有一陣子他確實拿了那部手機，我們送給他的，並且打電話給他，說服他相信米蓋爾對他女兒賣淫有責任；他本來可以不理睬那些鬼話，或者在最後關頭認錯了人，把那十六刀包括致命的五刀捅在司機身上，別忘了他幾天前就曾揍過他一拳。米蓋爾在他生日那天本來可以不開車的，那就什麼都不會發生了，那天不會發生，也許永遠都不會發生，也許再也不會有聚齊一切天時地利人和的時候……那個窮鬼原本可能沒有刀的，那把刀是我下令買給他的，一下就能打開……當這些偶然湊在一起，哪裡有我的責任？我們所制定的計畫只不過是試探、試驗，是逐漸露出的紙牌，而大部分紙牌不會出現，不會配對。唯一能構成一個人罪行的就是拿起武器親自動手。其他都是意外，是我們想像——就像西洋棋裡的主教走對角線，騎士跳著走。渴望、恐懼、挑唆，來自我們的擺弄、幻想，有時最終真的發生。如果發生，即使我們不希望也會發生，或者即使我們希望也不會發生，無論如何，這很少取決於我們，一組經線中不可避免地會有一根線歪斜。就像是在場地中央向空中射一支箭：當箭開始下降後，通常它會箭尖沖下筆直地落下，不會偏離，不會碰到，或者傷及任何人。頂多會傷到射箭者。

我察覺到他倆完全缺乏對彼此的尊重，它既體現於迪亞斯．巴雷拉和魯伊韋里斯說話的方式，甚至下令他離開的方式（在我和魯伊韋里斯簡單交談幾句後他對他說：「好了，你已經耽擱我很長時間，我不能再怠慢我的客人。所以你走吧，請你趕緊離開。魯伊韋里斯，快走！」毫無疑問他已經付完錢，或者正在付他錢，作為他在中間協調、部署犯罪、跟進後果的報酬），也體現在魯伊韋里斯自始至終打量我的方式中：即便證實我不是第一次出現在那裡，出現在那間臥室裡，這一點馬上可以發現，他也沒有改變最初那種欣賞的目光——那會兒是出於驚訝，可以理解；即便看出了我的出現既不是偶然，也不是嘗試，看出我並非那種只去過男人家一個下午——或者說第一次去，但也就成為唯一的一次。可能也去過其他我喜歡的男人家的女人，可以這麼說，被他的朋友「獨占」，至少在那段時間裡是這樣，實際情況也差不多。這對他來說都無所謂：他一刻都不曾克制那股男人審視的目光，以及挑逗的、淫蕩的、露出牙齦的笑容，似乎意外見到一個穿著胸罩和短裙的女人，並認識她，於他而言意味著不久的未來，他期待很快在其他地方單獨見到我，甚至考慮之後向無奈、極不情願為我倆作介紹的人要我的電話。

「請原諒我的出現，真抱歉。」等我穿上毛衣再次去客廳的時候我又道了一次歉。「要是我料到不是只有我們倆，我就不會那樣走出來了。」強調這一點對我有利，可以消除懷疑。迪亞斯・巴雷拉仍然嚴肅地看著我，幾乎是指責，或者說冷酷；但魯伊韋里斯不是這樣。

「沒什麼需要原諒，」他竟然以老派的獻殷勤方式說出這句話，「你的穿著真是讓人驚豔。只可惜曇花一現。」

迪亞斯・巴雷拉沉下臉，剛剛發生的一切讓他很不痛快：同謀的到來以及那些消息，我的突然闖入，他的同謀和我相識，在他認為我在睡覺的時候我可能隔著門聽到他們的談話；而魯伊韋里斯用貪婪的目光盯著我的胸罩和短裙，或者是它們所遮住的那點地方，隨後還說了些奉承話，肯定也讓他很不痛快，即使這些話以頗有教養的方式表達。想到迪亞斯・巴雷拉可能因為我的緣故產生了類似嫉妒的情緒，或者更確切地說是讓人聯想到嫉妒的情緒，這讓我產生一種孩子般的喜悅，與我剛才發現的事實脫節——但他的那種心情只是一閃而過。他的不悅表露無遺，在魯伊韋里斯離開後只剩下我們時就更為明顯，魯伊韋里斯離開時披著他的大衣，慢吞吞地朝電梯走去，似乎對自己的外形很得意，想給我留點時間欣賞他的背影：一個樂觀的傢伙，毫無疑問，屬於那種察覺不到歲月無情的人。我們像一對夫婦般地站在門口目送他，在進入電梯之前他轉過頭來，手抬至眉邊稍作停頓，然後舉高做了一個模仿脫帽的動作跟我們道別。來時的憂心忡忡似乎已經煙消雲散，他應該是一個心思不縝密的人，任何事情，眼前任何令他興奮的事物都能讓他忘卻苦惱。我突然想到他不會聽從他朋友的建議，不會毀掉皮大衣，因為他太喜歡自己穿上它的樣子。

「他是誰啊？」我問迪亞斯．巴雷拉，盡量用一種無所謂或不經意的語氣。「做什麼的？他是我認識的第一個你的朋友，你們兩個不是同一類人，對吧？他看上去有點怪怪的。」

「他叫魯伊韋里斯。」他生硬地回答，好像這是一條新資訊或者明確定義似的。接著他意識到自己回答得很生硬，其實什麼都沒說。他沉默了一會兒，似乎在斟酌能告訴我什麼又不會牽涉到自己。「你還認識里克。」他指出，「他幹的事很雜，沒有固定職業。他算不上朋友，我跟他交情很淺，雖然已經認識很久。他有些亂七八糟的生意，都不賺錢，所以只要有可能，他什麼都幹。如果他追上某個有錢女人，他就會遊手好閒直到她厭倦，不再幫他。否則，他就寫電視劇本，給部長、基金主席、銀行家們或隨便誰寫講稿，也做代筆。他幫考證入微的歷史小說家找資料，比如十九世紀或一九三〇年代的人穿什麼衣服、交通如何、採用什麼武器裝備、刮鬍刀或髮夾是用什麼材料做的、某建築何時建的、某電影何時首映，所有這類讀者覺得無聊而作者卻覺得寫這些能讓自己大放異彩的膚淺知識。

他在報刊閱覽室仔細查找，提供別人要求的資料。他就這樣稀裡糊塗地積累很多知識。年輕時他好像出版過幾本小說，但是沒什麼迴響。我不清楚。他到處給人幫忙，可能主要靠這個過活，靠他的諸多關係：一個無用又有用的人，或者說有用又無用。」他停住了，無法拿捏接下來要說的話會不會太冒失，最後他認定這根本算不上冒失，又或者他認為讓人覺得自己不願意完整講完一段無傷大雅的描述更不好。「現在他是一兩家餐館的半個老闆，但是生意不好，他的生意都做不長，開幕不久就歇業了。奇怪的是一段時間後，他一緩過來總能再開始一個新的生意。」

「他來做什麼？他沒打招呼就來了，對嗎？」

話一出口，我就後悔多問了。

「你為什麼想知道這個？跟你有什麼關係？」

他粗暴，幾乎是怒氣衝衝地說道。我很肯定他突然不再信任我了，視我為麻煩，或許是威脅，一個討厭的、可能的證人，他提高了警覺，真奇怪，不久前我還是個討人喜歡、沒有威脅的人，絕對不會帶來不安，很可能完全相反，我是愉快的消遣，在他等待時間流逝，治癒創傷，等待自己的願望實現，或者等待時間替他說服、接近、吸引，甚至是讓對方愛上自己時。我不期待任何不存在的東西，也不向他要求任何他不願意給予的東西。現在他已經開始擔心、懷疑。他不能問我是否聽到他們的談話：假如我沒有聽到，那就等於我睡覺時，他和魯伊韋里斯所說的任何話沒有引起我注意，儘管這不關我的事，或者說我不感興趣，我只是個過客；假如我聽到了，顯然我也會回答沒有，那麼無論如何他還是不知道真相。然而，從那以後我將不可避免地成為一個陰影，甚至更糟，是麻煩，是障礙。

於是我又有點害怕起來，他一個人在那裡，面前沒有人約束他時，確實讓我感到害怕，或許除了除掉我，他沒有其他方法確保祕密安全，據說一旦犯一次罪，就很容易再犯，一旦越界就回不了頭，與跨越的程度相比數量是次要的，質的跨越會把一個人永遠變成殺人犯，直到他生命的最後一天，甚至會留在他死後仍然活著的人的記憶裡，倘若他們知道此事，或者後來發現的話，那時你已經不在，不可能再試圖解釋、否認了。小偷可以歸還贓物，誹謗者可以承認自己誣陷別人，並加以糾正，洗清被誣告者的名聲，甚至背叛者有時也可以彌補自己的背信棄義，只要不是為時太晚。謀殺的壞處在於永遠都為時太晚，無法向世界歸還已被殺掉的人，這是不可逆轉的、無法補救的，即使將來挽救再多的性命也永遠無法抹去曾經奪人性命的事實。既然無法寬恕——正如人們所說——那麼只要有必要，就應該繼續已經開始的道路。既然胸口已經有一個永遠抹不掉的污點，那麼最重要的不是不要沾上污點，而是污點不被發現，不要洩露，不要種下麻煩，不要毀了自己，如此再增加一個污點也就沒那麼嚴重。下一個污點會和第一個污點混合，或者被它所吸收，兩者合而為一。你會習慣謀殺成為你生活的一部分，那是你的命運，就像歷史上其他許多人一樣。你告訴自己你的處境沒什麼新鮮的，有過這種經歷的人不計其數，之後他們帶著這種經歷生活，沒有太多的痛苦和沮喪，甚至在漫長而艱難的日子裡，每天都有一會兒時不時地會忘記它。沒有人時時刻刻地為某件事遺憾，或者總想著很久以前做過的事，兩次也好，七次也好，輕鬆的、沒有苦惱的時光總會出現，最凶殘的殺人犯都很可能和任何無辜的人一樣盡情享受。他繼續生活，不再把謀殺看作駭人聽聞的例外或悲劇性錯誤，而是生活向那些最勇敢、最堅強的人，那些最果斷、最有耐性的人所提供的另一種手段。他們從來不覺得孤立，而是覺得從古至今有很多人陪伴，成為某一類人的一分子讓他們不覺得自己形象醜陋或行為反常，有助於他們理解自己，為自己開脫：好像他們是繼承了別人的做法，或者是在一個誰都沒能避免參加的展覽會摸彩中贏得它們，因此那些行為不完全是他們所做，或者說並不是只有他們才這麼做。

「不，不為什麼，對不起。」我趕緊回答，盡我喉嚨最大的可能讓語氣顯得無辜，並對他防衛式的反應表現出最大的驚訝。我的嗓音已經發顫，他的雙手隨時可能圈住我脖子，然後輕而易舉地掐緊，再掐緊，我的脖子很細，毫無抵抗力，我的手也沒有力氣推開他，掰開他的手指，我的雙腿將會彎曲，我會倒在地上，他會像以前那樣撲到我身上，我能感覺到他身體的重壓和他的溫度——或者說冷度——我將無法發聲說服他或哀求。這只是虛驚一場，我剛感到害怕就意識到：迪亞斯・巴雷拉永遠不會親手讓任何人從地球上消失，同樣他也不曾對他的朋友德文內動手。除非他感到絕望，受到迫在眉睫的威脅，除非他認為我會直接去告訴路易莎我偶然偷聽到的事情。與任何人的任何事都不可能一筆勾銷，這很糟糕，恐懼時有時無，有點自己嚇唬自己。「我只是隨便問問。」我甚至還大膽地或者說是魯莽地加了一句，「因為，嗯，如果那個魯伊韋里斯能幫忙的話，不知道我是不是也能幫你什麼忙……總之，雖然我覺得不可能，但是萬一我幫得上你什麼忙的話，你直說好了。」

他定定地看了我幾秒鐘，這幾秒鐘於我而言十分漫長，他似乎在揣度我，解讀我，像看著不知道別人在看自己的人，好像我不在那裡，而是在電視螢幕裡，他可以從容地觀察我，不用顧忌我對這種固執或者尖銳的目光的反應，他的表情裡什麼都有，唯獨沒有平時那種夢幻和近視的感覺，那是一種洞悉一切，令人生畏的表情。我目光堅定（畢竟我們是情人，曾經靜靜地、毫不羞怯地凝視對方），忍受著甚至回敬著他的探詢，表情中帶著疑問或者不解，至少我認為是這樣。直到我再也無法忍受時，我將目光移到他嘴唇上，從我認識他那天起我已經習慣看那裡，無論在他講話還是沉默的時候，那雙嘴唇都不會令我厭倦，也從來不會讓我感到恐懼，只有吸引。那裡是我暫時的港灣，我將目光落在那裡一點都不奇怪，很常見，很正常，沒有理由因此加重他的懷疑，我伸出一根手指，抵住他的嘴唇，用指尖輕柔地描繪著它們的輪廓，溫存了許久，我認為這或許是撫平他的情緒，給予他信任和安全感的一種方式，默默地告訴他：「什麼都沒有改變，我還在這裡，仍然愛你。我什麼都不揭穿，你早就意識到了，讓我愛你吧，感到自己被對你一無所求的人愛著是多麼快樂啊。等你覺得夠了，滿足了，等你給我打開門，看著我走向電梯知道自己不會再來，我就會離去。等到路易莎的悲傷終於結束，你的愛得到回報，我會毫無怨言地退到一邊，我知道我只是在你的生命中一閃而逝，再多一日、兩日而已，不會有更多的日子。但是你現在不要擔心，放心吧，因為我什麼都沒有聽到，我不知道任何你想要隱瞞，或者只讓你自己知道的事情，如果我知道了也沒關係，你在我這裡是安全的，我不會背叛你，我甚至不確定我聽到我所真正聽到的內容，或者說我並不相信，我堅信那應該是個錯誤，或者應該有個解釋，或者甚至證明——誰知道呢。或許德思文曾對你造成很大的傷害，或許之前他也曾企圖借別人之手、用狡詐的手段殺害你，不是你死就是他亡，可能你是迫不得已，這世界不能同時容下你們兩個，這很像是自我防衛。你不用怕我，我愛你，我站在你這邊，不會評判你的行為。此外，你不要忘了這些都是你的想像，實際上我什麼都不知道。」

這一切不是我真正清晰地想到的，卻是我想通過停留在他唇上的手指傳遞給他的，他任由我摩挲他的嘴唇，繼續專注地看著我，試圖尋找與我一心想要傳遞給他的信號完全相反的信號，我發現他仍然懷疑我。這很難解決或者無法解決，懷疑絕不會完全消失，只會減少或增加，加重或減輕，但是永遠都會存在。

「他不是來幫我的，」他答道，「這次他是來求我幫忙，所以他急著見我。不管怎樣，謝謝你那麼說。」

我知道這不是真的，他們兩人正陷於同樣的困境，無法擺脫對方，他們能做的最多就是互相安撫，等待事態發展，希望不會再發生什麼了，希望那個遊民的話石沉大海，沒有人會費神去調查。這就是他們剛才所做的，讓對方鎮定下來，驅除恐慌。

「不用客氣。」

這時他將一隻手搭在我肩上，我感覺到它的分量，像是一大塊肉落在我身上。迪亞斯・巴雷拉的體型不是特別大或強壯，儘管他確實很高，但是男人們不知從哪裡來的力量，幾乎所有或大多數男人都是這樣，或者是相比之下我們女人總覺得他們力量很大，哪怕只是一個威脅性的、激動的或者是過分的動作，比如抓住我們的手腕，或者用力過猛地擁抱我們，或是將我們壓倒在床墊上，都會讓我們感到害怕。我很高興我的肩膀被針織衫遮住，心想如果那個重量直接落下來會讓我發抖，這不是他常有的動作。他抓緊我的肩膀，但並沒有弄痛我，像要給我一個忠告或者向我傾訴什麼，我突然想如果那隻手放在我脖子上會怎樣，一隻手，姑且不說兩隻。我害怕他一個快速的動作就把手挪到我脖子，他應該察覺到我的警覺，我的緊張，他繼續壓著我肩膀，我甚至感覺到他增加力度，我想逃脫、溜走，他的右手搭在我左肩上，像是一位父親或老師，而我則像一個小女孩，一個學生，我覺得自己很渺小，這肯定正是他目的所在，好讓我坦誠地或至少是忐忑地回答他。

「你沒聽到他跟我說的話，對嗎？他來的時候你正在睡覺，不是嗎？我在跟他說話之前進房查看了，看見你睡得很沉，你當時睡著了，對嗎？他跟我說的事情很私密，他不想其他人知道。即使他不認識你。有些事情讓別人聽到很不光彩，他也是硬著頭皮才對我說，他就是為此事來，他找我幫忙也是沒有別的辦法了。你什麼都不知道，對嗎？是什麼把你吵醒的？」

他就這樣直截了當地問起我來，無效的問題，或者也不完全是：根據我如何回答，他可以猜測或推斷我是否在對他說謊，或者說他可能是這麼認為的。不過至多如此，一種推斷，一種猜測，一種假設，一種相信，人與人之間的交談已經持續了數個世紀，我們卻無從知道什麼時候聽到的是真話，真令人難以置信。我們聽到的「是」可能永遠是「否」。而我們聽到的「否」可能永遠是「是」。甚至連科學或無數的技術進步都無法讓我們弄清楚，無法肯定。即使如此，他還是忍不住直接問我，我回答他「是」或者「否」對他又有什麼用呢？就算不是唯一最好的朋友，也是其中之一的好友，他這麼多年來表現出的所有情誼對德文內又有什麼用呢？德文內最意想不到的就是，那個人要殺害他，儘管他離得遠遠的，沒有親臨現場，沒有親自參與，也沒有弄髒一根指頭，以便以後在他幸福或者喜悅的日子裡他可以這樣認為：「實際上我沒有做那件事，我跟它一點關係都沒有。」

「沒有，我什麼都沒聽到，你不用擔心。我剛剛睡得很沉，雖然時間並不長。而且，我看到你把門關上了，我聽不到你們說話。」

我肩上的那隻手仍然緊壓在那裡，我覺得力道又大了一點，幾乎難以察覺，他似乎想在我不知不覺中慢慢地把我按入地下。或許他並沒有用力，只是因為重量持續在那裡從而加劇我的受壓迫感。我聳了聳肩膀，不是突然地，而是完全相反，輕輕地、怯怯地，像是暗示他我想讓肩膀自由，不喜歡那塊肉這樣放在我身上，在這個不太尋常的接觸中隱約有點羞辱的成分，可能是「試試我有多強悍」，或者是「猜猜我的能耐」。

他沒有理會我的輕微動作——可能太輕微，又回到我沒有回答的最後一個問題，他再問：「是什麼把你吵醒？既然你以為除了我沒有別人，你為什麼穿上胸罩才出來？你肯定是聽到我們的講話聲，是不是？你大概聽到什麼了，我認為。」

我必須保持鎮定，加以否認。他越是懷疑，我越是要否認。但是我不能否認得太激烈，語氣不能太重。他和一個我從未聽他提起過的傢伙策劃什麼跟我有什麼關係，這是我說服他的最佳理由，至少可以讓他不那麼肯定；我幹嘛要監視他，發生在那間臥室之外的，甚至我不在時發生在臥室之內的一切對我來說都無所謂，這一點必須跟他說清楚，我們的關係不僅是暫時的，而且很有限，僅限於偶爾在他家裡，在一兩個房間裡見面，其餘的和我有什麼關係，包括他的行蹤、他的過去、他的朋友、他的計畫、他的情事以及他的全部生活，我以前沒有出現在他的生活裡，「從今往後」，從現在開始直至以後也不打算出現，我們在一起的日子屈指可數，絕不會走很遠。不過，雖然這一切在本質上是真的，但是並不絕對：我感到了好奇，我在聽到一個關鍵字後醒了——可能是「妞」，或者是「認識」，或者是「女人」，或者很可能是這三個詞的組合——我從床上起來，把耳朵貼過去，弄出一條細小的門縫以便聽得更清楚，我很高興他和魯伊韋里斯沒把聲音降低，沒有竊竊私語，激動不安讓他們無法做到。我開始自問我為什麼這麼做，接著我就開始後悔：為什麼我非要知道我現在知道的這些事情，為什麼我會有那種想法，為什麼我不可能再向他伸出雙臂摟住他的腰讓他挨近我，幾分鐘之前只用一個自然簡單的動作就可以很輕鬆地將他的手從我肩上拿開；為什麼我不能馬上毫不猶豫地強迫他擁抱我，他可愛的嘴唇就在那裡，以前我總想親吻它們，但是現在我不敢了，或許是因為它們在仍然吸引我的同時有點讓我厭惡了，或許讓我厭惡的不是他的嘴唇——可憐的嘴唇沒有錯——而是他整個人。我仍然愛他，但同時也害怕他，我仍然愛他，但是得知他做的事情讓我覺得噁心；不是他讓我噁心，我知道是這件事本身讓我噁心。

「你怎麼這麼問？」我輕鬆地說，「我怎麼知道是什麼把我吵醒，一個噩夢，睡姿不舒服，知道我正在跟你浪費時間，我不知道，這有什麼。那個人跟你說什麼跟我有什麼關係，我都不知道他在這兒。我穿上胸罩，是因為你近看躺著的我，或者視線從我身上一掃而過，與看著我站著在屋裡走動，看我感覺自己像是維多利亞的祕密的模特兒，甚至比她們更美，這兩者是不一樣的。她們可是都穿著內衣。難道什麼都得向你解釋？」

「你什麼意思？」

他看上去的確很愕然，似乎沒聽懂，這——他注意力的轉移，他的分神，讓我暫時占了一點優勢，我想他很快就會停止問我拐彎抹角的問題，然後我就可以離開那裡了，我急於擺脫那隻手，急於讓他從我的視線裡消失。儘管以前那個常去那裡的我——還沒有被替換或者取代，不可能這麼快；也沒有被除名或者流放——一點也不著急離開那裡：每次我離開後都不知道何時再去，或者是否再也不去了。

「你們男人有時真夠笨，」我仔細考慮之後說道，我覺得說點陳腔濫調轉移話題，轉移到最通俗的話題上比較合適，這種話題往往最安全，最能讓人相互信任，降低警惕。「我們女人覺得有些部位在二十五歲或三十歲時就已經衰老，更不用說再多十歲。自己跟自己比較，我們對經過的每一年都記憶猶新。所以我們不喜歡不合時宜地暴露那些部位。反正，我不喜歡，不過許多女人並不在乎，海灘上充斥著各種肉體展覽，已經不再是正面的問題了，而是生猛的、災難性的，甚至還有人植入一對僵硬的假奶，以為所有問題都解決了。卻讓人笑掉大牙。」我為自己所選的辭彙笑了一下，又加上一句，「令人噁心。」

「哦，」他說，也笑了一下（一個好兆頭），「我不覺得你哪個地方老了，我看每個部位都很好。」他更平靜了，我想，「沒那麼擔心和懷疑了，因為在驚慌之後他需要這樣。但是之後當他獨自一人時，他又會確信我知道了不該知道的事情，除了魯伊韋里斯之外誰都不該知道的事情。他將回想我的態度，想起我在走出臥室前臉就已經紅了，想起整段時間我都在假裝一無所知，他心裡會嘀咕在激情過後的我應該是不在意自己的形象，穿不穿胸罩都無所謂，人們在激情之後會非常放鬆，卸去自我防衛；他將不再相信這會兒他接受的解釋，他現在之所以接受是因為這個解釋出其不意，因為他不曾想到有些女人會這樣時時刻刻在意自己的外表，在意遮住的部分或露出的部分，甚至喘息的強度，注意永遠不要完全失去矜持，即使是在激情亢奮時。他會重新思考，不知道該怎麼辦，是慢慢地、自然地疏遠我，還是突然中斷與我的一切來往，又或是不動聲色地一如既往，以便密切監視我，控制我，每天估算被告發的風險有多大，這是一種痛苦的處境，必須不停地猜測一個人，一個把我們掌控在手中、可能毀滅我們或要脅我們的人，這種惶恐不安誰都承受不了太久，會想方設法解決，比如撒謊、恐嚇、欺騙、收買、協商、除掉，最後一種辦法從長遠來看是最可靠的——最徹底的——在當時是最冒險的，也是現在和以後最難做到的，在某種意義上來說又是最長久的，你和死去的人永遠聯繫在一起，風險是他會活著出現在你夢裡，於是你會以為並沒有殺死他，然後你會因為沒有殺他而感到寬慰，或者你會感到害怕和威脅，於是計畫再次殺害他；那個亡者每天晚上都會到你枕邊，那張熟悉的臉也許在微笑或在蹙眉，那雙很久以前或前天剛剛閉上的眼睛睜得大大的，他用其他人都已經聽不見的獨特嗓音向你低聲咒罵或哀求，你永遠都會覺得這件事情沒有完成，令人精疲力竭，這是一件無休無止的工作，每天早晨醒來之前都懸在那裡。但是這都是以後當他反覆思索已經發生的事情，或者他擔心已經發生的事情之後的事了。也許那時他會決定找個藉口讓魯伊韋里斯來找我，目的是讓他試探我，套我的話，但願不要比這更嚴重，讓一個中間人來模糊或者削弱我們的關係，從今天開始我也不能平靜地生活了。現在還不是時候，等著看吧，我得趕緊離開，趁著我剛剛分散他的擔心，讓他有了點笑意。

「謝謝你的恭維，你很少稱讚別人。」我對他說。在肢體沒費什麼力氣，大腦經過一番掙扎之後，我將我的臉貼近他的臉，用我緊閉的乾燥的唇輕輕地吻了他的唇，帶著渴望，類似於我之前用指尖撫摸他的唇時的感覺，我的嘴撫過他的嘴，沒錯，我覺得是這樣。僅此而已。

這時他抬起手，鬆開我的肩膀，去掉了我身上令人討厭的重量，然後用剛才幾乎令我疼痛——或者是一種我認為自己已經開始產生的感覺——的那隻手撫摸我的臉頰，我又像一個小女孩一樣，他有權僅用一個動作來懲罰或獎勵我，一切都取決於他的意願。我差點要躲開那個撫摸，現在在我觸摸他和他觸摸我之間有了區別，幸好我克制住自己，任由他撫摸。幾分鐘後當我走出門時，我像往常一樣問自己，是否還會再踏進那裡。只不過這一次不是只有希望和期待，而是摻雜了別的感情，是什麼呢？我不知道是噁心、恐懼，抑或是悲傷。

3

Chapter

第三部

在所有不平等、沒有名分、沒有明確承認的關係中，往往其中一方處在優勢，打電話，約見面，另一方則有兩種可能或回應的對策來突顯自己的存在感，並且作好認命的打算。第一種只是等待，絕不向前一步，相信對方會想念自己，相信自己的沉默和缺席最終會令對方出乎意料地無法忍受或者擔憂，因為所有人很快就會習慣別人的付出或者習慣現有的一切。第二種途徑則是試圖潛移默化地滲透那個人的日常生活，堅持但不強求，利用各種藉口確保自己沒有缺席，打電話但不提議什麼（這個現在還不能做），而是隨便問點什麼，徵求意見或者尋求幫助，講講發生的事情（這是最有效、最厲害的糾纏方法），或者提供某個消息；出現在那裡，暗示自己的存在，遠遠地哼著小曲，蚊子般嗡嗡作響，讓對方在不知不覺中悄悄地養成習慣，直到有一天那個人發現自己習以為常的電話不再打來，有了類似受傷或者被拋棄的不安的感覺，於是急切地、不自然地拿起電話，臨時編個荒唐的理由，意外地給你撥電話。

我不屬於有膽量、有魄力的第二種，而是沉默寡言的第一種，更傲氣、更敏感，但是也更容易被迅速抹去或忘記，從那個下午開始我很樂於冒這種風險，很樂於習慣性地聽從那個人的要求和建議，他對我來說仍然是哈威爾，不過已經悄悄開始朝一個很難記住的複姓轉變；我很高興不必打電話給他或找他，很高興我這麼做並不因此就顯得可疑或像告密者。我不跟他聯繫並不意味我想避開他，或者我感到失望——這個詞太輕率了——或者我害怕他，或者我在得知他策劃捅死他最好的朋友之後想中斷和他的一切來往，他甚至沒有把握這樣能否實現自己的目的，他還剩下最簡單的、或最艱鉅（這個我們永遠都不知道）的一項任務，就是讓對方愛上自己（最無意義的又或者最實質性的任務）。我默不作聲並不表示我知道那件事，或者發現新的情報，我的沉默不會出賣我，一切都如我們短暫交往期間那樣，取決於他，當他微微想念或想起我，就會把我召去他的臥室，只有在那時候我才需要考慮怎麼做，做什麼。讓對方愛上自己並不重要，等待卻非常重要。

迪亞斯·巴雷拉跟我說起夏貝爾上校時，我將此人和德思文劃上等號：應該繼續死亡的亡者，既然他的死亡已經寫入歷史，成了一個歷史事實，被人詳細地講述，他莫名其妙的復生令人討厭、不合時宜，等於強行闖入別人的生活；他是來擾亂世界，而這個世界他無法更改也不能更改，少了他也照常在轉。路易莎無法馬上忘掉德文內，出於慣性她會繼續想著他，或者沉浸在他近在眼前的回憶裡（對於遺孀而言是近在眼前，但是對於早就想讓他提前離世的人而言卻是遙遠的），這大概讓迪亞斯·巴雷拉覺得有一個鬼魂在從中作梗，一個像夏貝爾一樣討厭的鬼魂，只不過夏貝爾是在他已被遺忘的時候帶著傷疤活生生地回來，他的歸來甚至對於時間的進程而言也是一種障礙，因為他違背時間的本性強行要讓它倒退，加以修正，而德思文在精神上沒有完全離開，他在拖延，這麼做恰恰是得到妻子的幫助，她還完全處在從他的拋棄和離開中緩慢恢復的過程當中；她甚至試圖多留他一會兒，因為她很清楚總有一天他的面容會難以置信地模糊起來，或者定格在任何一張她執意看了一遍又一遍的照片中，她一邊看一邊吃吃笑或者啜泣，但總是一個人偷偷地看。

然而現在我覺得迪亞斯．巴雷拉更像夏貝爾。夏貝爾經歷了無數的艱難困苦，而迪亞斯．巴雷拉也備受折磨，夏貝爾成了戰爭、瀆職、官僚主義和缺乏理解的犧牲品，而迪亞斯．巴雷拉則成了劊子手，用他的殘忍、可能毫無結果的自私和極度的輕率嚴重擾亂這個世界。他們兩人都在等待一個表示，一個奇蹟，一個鼓勵，一個邀請。夏貝爾等待他的妻子重新愛上他，這幾乎不可能，迪亞斯．巴雷拉則等待路易莎愛上他，這也不太可能，或者至少等待她在他身邊得到安慰。兩人的期待有共同之處，就是耐心，不過老軍人的期待中充滿懷疑和不相信，而我的臨時情人則充滿樂觀和希望，或許是出於需要。他們兩個就像是在做鬼臉、打手勢，甚至做出某種誇張的天真動作的幽靈，在等待被發現、被認出，甚至可能是召喚，渴望最終聽到這樣的話：「好，很好，我認出你了，是你。」儘管對於夏貝爾而言，這僅僅意味著給他一張一直拒絕給他的在世證書，而對於迪亞斯．巴雷拉則有意義得多：「我想待在你身邊，過來留在這裡，占據那個空位，到我這裡擁抱我。」他們兩個應該有相似的想法，給予他們力量支撐他們等下去而不屈服的想法：「我不可能經歷了我所經歷的事情，不可能千軍萬馬馳過時在我頭骨和帽盔上砍了一刀，而我不可能在漫長而毫無意義的戰役結束後竟然從一大堆死人中鑽了出來，這場戰役將四萬名像我一樣的士兵變成名副其實的死屍，我本應是他們中的一員，又一個死屍罷了；不可能我艱難地康復了，而且能夠站立走路，不可能這麼多年我在窮困潦倒中走遍了歐洲卻沒有人相信我，我不得不去說服所有的愚人相信我還是我，不是真的死了，儘管我名列官方的死亡名單之中；不可能我終於來到這裡，我曾經擁有妻子、家、地位和財富的地方，我曾經生活過的地方，而我最愛的、繼承了我的財富的人竟然不承認我還活著，假裝不認識我，指責我說謊。在我的死亡被重複多次提到以後又活過來還有什麼意義？從無奈居住過的墓穴鑽出來又有什麼意義？我在那裡赤身裸體，無從辨識，與一同陣亡的軍官、士兵、同胞，或許還有敵人毫無二致，如果在這段路途盡頭等待我的是否認我的存在，是剝奪我的身分、我的記憶，以及我死後繼續發生在我身上的一切，這一切意義何在？我的幸運，我的審判，我的巨大努力，以及一切酷似天意的東西都是多餘的……」這大概就是夏貝爾上校在巴黎奔走，懇求德維爾律師和費洛德夫人見他、接待他時的想法。由於他的死而復生，費洛德夫人已經不再是他的遺孀，而是他的妻子了，這樣她又不幸地再度成為已被埋葬的、已成為過去的、被憎惡的夏貝爾夫人。

至於迪亞斯．巴雷拉應該會這麼想：「我不可能做了我所做到的，更確切地說是我所策劃、啟動的事情，我不可能尋思苦想，在痛苦的猶豫之後，成功策劃了一次死亡，我最好朋友的死亡，偽造成看上去偶然，既可能有結果也可能沒有，既可能發生也可能永遠不會發生，說不是偽造而確實是如此的死亡；我設計一個不完美的、充滿懸念的計畫，為了幫自己辯護，告訴自己畢竟我留下了許多機會和出路，我沒有讓自己有十足把握，沒有買兇殺人，或者下令任何人『殺掉他』；我不可能安排了兩個也可能是三個人在中間，即魯伊韋里斯，他打電話的手下和那個接電話的窮鬼，如此事情一旦發生，我會覺得自己遠離執行過程，遠離事件本身，那個暴徒的行動說不準，他可能不予理會或僅僅是罵米蓋爾一頓，或者只打他一拳，就像他把他倆弄混時對他的司機做的那樣，這個挑撥離間也可能一開始就不受重視，沒有產生絲毫效果，雖然它確實產生了效果，那有什麼辦法呢；不，事情不可能一切如我所願，從而失去了可能存在的遊戲感或變數，或者演變成一場悲劇，很可能還是蓄意謀殺，把我變成了一個間接殺人犯，彷彿是我策劃並決定開始行動，拋出動過手腳的骰子，推動作假的輪子讓它轉動起來，是我說『你們給他一支手機，方便向他灌輸仇恨，通過那個管道進入他部分精神失常的大腦；並且買把折刀來引誘他，讓他撫摸、打開、合上，只有擁有凶器的人才可能想要使用』；不，我不可能捲入這件事，濺上抹不掉的污點，到頭來卻毫無作用，無法實現我的目的。我這樣浸淫在罪惡、陰謀、恐懼裡有什麼意義呢？我的內心永遠背負著欺騙和背叛，除了心不在焉時，或者感受到我沒有體驗過的陌生感之外，我無法擺脫它們，無法忘記它們，我不知道，我建立了一種一再出現在我夢裡、我將永遠無法切斷的關聯，如果我唯一的目的達不到，如果在這段路途的盡頭等待我的是否認，冷淡或遺憾，是只能讓我原地踏步的那種單純的感情，這一切又有什麼意義呢？如此的卑鄙又有什麼意義呢？或者還有更糟的，等待我的是告發、揭露、蔑視、轉身離去，她用像是從頭盔裡發出的冰冷的聲音對我說：『離開我的視線！不要再出現在我面前！』就像是一個女王判她最忠誠的臣民，最崇拜她的人終身流放。這種情況現在可能發生，很容易發生，如果這個女人瑪麗亞聽到了她不該聽到的，並且決意去告訴路易莎的話，即使我加以否認，她的懷疑也足以讓我所有可能的希望消失，徹底破滅。我知道魯伊韋里斯那裡沒什麼可怕的，因此我讓他負責此次行動，我認識他很久了，就算他們審問他或逮捕他，就算那個窮鬼認出他，警察們找到他，就算受到很大壓力，出於對後果的考慮，他也絕不會亂說，他很值得信賴。至於其他人，卡內亞和打電話給卡內亞的那個人，就是每天三番五次地向他提起他女兒當妓女的人，迫使他想像她們接客時令人羞恥的細節，讓他失去理性，至於指責米蓋爾的那個人，他們從未見過我，也沒聽過我的名字或聲音，對他們而言我不存在，只存在穿著T恤或皮大衣、笑容猥褻的魯伊韋里斯。但是我對瑪麗亞卻真的一無所知，我看得出她正在或者說已經愛上我，這一切來得太快，不能不算是一種慷慨的決定，因此在她想放棄的時候，她可能會放棄，無論出於厭倦或怨恨，明智或失望，第二種情緒她似乎並沒有，也不打算有，她接受除了現有的一切再也沒有其他，說不定哪天我將不再見她，把她抹去，因為路易莎可能最終召喚我了，雖然沒有十足把握，但是可能發生，甚至遲早都會發生。除非瑪麗亞有愚蠢但強烈的正義感，得知我是一個罪犯後的失望壓倒了其他顧慮，因此她覺得僅僅和我斷絕關係、離開我還不夠，還必須拆散我和我愛的人。那麼如果路易莎知道了，或者如果她腦子裡有了這種想法，那就太糟了，在我走上這條骯髒的道路之後卻沒有希望，連幫助我們生存下去的最渺茫、最不現實的希望都沒有了，還有什麼意義？可能我連等待都被禁止了，已經稱不上是希望，而是單純的等待，是最不幸者、病人、老朽、被判死刑者和奄奄一息者最後的庇護所，他們等待夜晚降臨，然後等待白天降臨，接著又是夜晚，僅僅等待光線變化，為了至少可以知道等待他們的是什麼，自己是醒著還是睡著。甚至動物也在等待。等待是大地上所有生靈的庇護所，所有的，除了我。」

日子一天天過去，沒有迪亞斯．巴雷拉的消息，一天，兩天，三天，四天，這完全正常。五天，六天，七天，八天，這也很正常。九天，十天，十一天，十二天，這就不太正常了，但是也不算太奇怪，有時他旅行，有時我旅行，我們沒有事先告訴對方的習慣，更沒有道別的習慣，我們還不到這種親密程度，彼此也沒有重要到必須告知行蹤、何時不在這個城市。以前每次他隔許多天或者更長時間不打電話或者沒有任何表示時，我都會難過——但是我總會忍耐，無奈地想也許是我該離開舞臺的時候，我在他生命中占有的短暫時光最終真的是曇花一現；我猜他已經厭倦了，或者如他一貫的那樣，如今看來不過是空窗期，或者更確切地說是蟄伏以待的過程中又換了一個玩伴（我從未認為自己高於這個級別，儘管我很想有高出一等的感覺）；或者路易莎比預料的時間提前慢慢接受了他，因此已經沒有我的位置，肯定也沒有其他人的位置；或者他把全部精力都放在她身上，去她家，關心她，送她的孩子上學，盡其所能地幫助她、陪伴她，聽候她的差遣。「到此為止了，他已經走了，已經把我掃地出門，結束了，」我這麼想，「一切都這麼短暫，我會跟其他女人一樣，他的記憶將混淆我的模樣。我將無法被辨認，成為一段過去，一張白紙，和『今後』相反，我將不再重要。沒關係，沒事，我從一開始就知道了，沒事。」如果在第十二天或第十五天電話響起，聽到他的聲音，我的內心仍會不禁歡欣雀躍，對自己說：「太好了，看，還沒有結束，至少還會再見一次。」在我無奈地等待而他卻杳無音訊期間，每次門鈴響起，或者手機通知我在關機時收到簡訊，或者有一條短信等待閱讀時，我都會樂觀地認為是他。

如今同樣的情況發生，我卻感到莫名的恐懼。我惶恐地看著那個小小的螢幕，希望不要看到他的名字、他的號碼——這令人不安又奇怪——同時又希望是他。我不想再和他有瓜葛，不想冒險再來一次我們的祕密幽會，我不知道見面時會作何反應，該怎樣做。如果見面，他會比通電話更容易察覺到我的逃避或敷衍，而通電話顯然又比不通電話更容易察覺。但是不接，或不回電話只是更明顯，因為我以前從未這樣。如果我答應去他家，他在家裡提議和我上床，像往常那樣最後一切不言自明，就像應該發生的事情並未發生或不配被承認似的，若我找藉口拒絕，可能會令他起疑。如果他約我而我推脫，也會讓他起疑，因為我以前都是盡可能地迎合他。我覺得他從那天下午開始默不作聲，不來找我，是天助我也，是我的幸運，讓我免於他的各種調查和狡詐的問題，免於被他打探真相，免於再次和他面對面不知道該怎麼辦，不知道現在該如何對待他，很可能還混雜著吸引或迷戀的害怕和反感，因為吸引和迷戀不會突然消失，而是像恢復健康或疾病本身一樣磨磨蹭蹭；憤怒幾乎不起作用，它很快就偃旗息鼓，無法保持氣勢，或者轉瞬即逝，離去時不留一絲痕跡，它無法累積，沒有任何傷害性，一旦平息便拋諸腦後，就像寒冷、發燒和痛苦一經退去一樣。情感的矯正是緩慢的、漸進的，令人憤慨。陷進去就很難自拔，一旦養成以特定方式去想念某人的習慣——也養成了渴望他的習慣——便無法在一夜之間，甚至幾個月、幾年內戒除，很有可能長久伴隨著你。如果那種感情是失望，那麼最初你會令人難以置信地與它鬥爭，粉飾它、否認它，試圖克服它。不久你就會認為自己沒有聽到所聽到的事情，或者那種微弱的想法又回來了：其中一定有錯誤，一定有誤會，甚至迪亞斯．巴雷拉安排德思文的死亡一定有個可以接受的解釋——可是這怎麼能被接受呢——我發現在等待的過程中我的腦子始終逃避「謀殺」這個辭彙。因此，我既因為迪亞斯．巴雷拉沒有找我，讓我可以重新整理一下思緒喘口氣而覺得幸運，又因為他沒有找我而憂心忡忡、備受煎熬。也許我覺得——一個蒼白的結局，一個糟糕的結局——在我發現了他的祕密之後一切不可能就這樣不了了之，在他對我稍加盤問產生疑心之後，不可能什麼事都沒有。就像是一場演出在結束前中斷了，就像是一切都懸在那裡，不見分曉，不去，遲遲沒有解決，如同電梯裡難聞的氣味。我的思緒很混亂，既想知道又不想知道他的消息，我的夢相互矛盾，當我徹夜失眠時，我確實無法分辨，只覺得腦子裡滿滿的，想要騰空它卻又討厭自己無能為力。

失眠時我問自己是否應該告訴路易莎，在咖啡館吃早餐時我已經不會遇見她了，她可能已經放棄這個習慣，以免增加痛苦或者為了更好地忘卻，也可能她去得晚，那時我已經在上班了（以前也許是她丈夫要早起，她只是陪他，為了延遲分別）。我自問是否有責任提醒她，讓她知道那個朋友、她或許尚未察覺的追求者、她堅定的保護人是個什麼樣的人；但是我缺乏證據，她可能會認為我瘋了或懷恨在心，存心報復，精神失常，告訴任何人這樣一件邪惡的、黑暗的事情都很棘手，事件越誇張、越錯綜，人們就越難相信，這在一定程度上正是那些胡作非為者所依賴的，他們確定人們恰恰因為其暴行極其惡劣而難以置信。但如果是因為極少發生而顯得更為奇怪的事情就不是這樣了：大多數人都樂意、喜歡在背地裡指指點點、控告、揭發，向警察和當局告發自己的朋友、鄰居、上司和老闆，揭露任何事情的人，即使一切僅僅是他們的想像；如果可能，毀掉他們的生活，或者至少讓其困難重重，努力製造無賴、社會敗類、被拋棄者，在自己周圍製造傷亡，將他們逐出社會，每當有受害者或死者他們似乎都會欣慰地想：「那個傢伙被弄走了，離開了，他倒下了，而我沒有。」在所有這些人中只有我們極少數人與之相反——數量還在逐日減少，對告密者這種角色，有說不出來的反感。我們對之厭惡到了極點，甚至考量到損人不利己而應當克服它的時候也很難。我們有點討厭撥通一個電話號碼匿名講話：「喂，我剛剛看到一個被通緝的恐怖分子，他的照片上了報紙，他剛剛進了那個大門。」可能在這種情況下我們會這麼做，不過我們考慮更多的是那些可能通過這種方式避免的犯罪，而不是對已經犯下的罪進行懲罰，因為已犯下的罪沒人能補救，罪犯逍遙法外的情況古今內外數不勝數，以至於從某種程度上來說再多個一星半點我們也無所謂。這聽起來很奇怪、很不好，卻有可能：我們因為有那種厭惡情緒，所以有時寧願不去伸張正義，寧願某事逍遙法外而不想讓自己像個告密者，我們不想背負告密者的責任，畢竟正義不是我們的事，不是我們的職責；如果揭發者是我們曾經愛過的人，我們就更討厭這個角色了，或者更糟：告密者是我們還沒放棄去愛的人，雖然很令人費解——儘管我們的良心或者理智感到恐懼、噁心，但是隨著日子一天天結束、流逝，我們逐漸趨向平靜——於是我們就有了一些無法完整表達出來的想法，只能結結巴巴、斷斷續續、反反覆覆，幾乎像發燒一樣說出類似這樣的話：「是的，很嚴重，很嚴重。但是是他，他仍然是他。」在那段等待，或者說心照不宣地分手時間裡，我並不認為迪亞斯．巴雷拉將來會危害其他人，哪怕是我，我曾經對他有一時的恐懼，即使他再出現，在我的回憶裡或在我的預感中我仍然時不時地感到害怕。也許我太過樂觀了，但我不認為他會再做同樣的事。他仍然是我喜歡的人，一個偶然闖入我生活的人。一個本質上正常的男人，只有過一次例外。

第十四天，他打了我的手機，當時我正在出版社和歐赫尼，以及一位年輕作家開會，這位作家是卡拉伊．豐蒂納推薦的，為了獎勵對方在他的部落格及他主編的一個文學專刊上對豐蒂納大肆吹捧。這裡的「專」是指自命不凡，更確切地說是不入流。我暫時離開辦公室，告訴他待會兒回電，他好像不相信，拉著我又聊了一會兒。

「就一分鐘，」他說，「我們今晚見面怎麼樣？我出門了幾天，很想見你。如果你願意，你下班後我在家等你。」

「我不知道今天會不會加班，事情很多。」我當下臨時編了個理由；我想考慮一下，或者至少給自己一點時間來考慮又去見他的可能性。我仍然不知道自己更想要什麼，他那既在期待之中又在意料之外的聲音讓我既驚慌又寬慰，但是馬上我就飄飄然起來，因為感覺到自己被人需要，證實了他還沒有棄我於不顧，沒有對我不理不睬，或者讓我無聲無息地消失，現在還不是我消失不見的時候。「我晚點再跟你說吧。看事情忙得怎麼樣，可以過去或者去不了。」

然後他叫了我的名字，他平常不會這樣。

「不，瑪麗亞。你過來。」然後他停頓了一下，似乎很想讓他的話聽起來像是命令，確實很像。

我沒有馬上回答，所以他又說了幾句話想減輕這種感覺。「不僅僅因為我想見你，瑪麗亞。」他叫了兩次我的名字，這可是相當罕見，一個不祥的預兆。「我有急事問你。即便很晚也沒關係，我會一直待在家。無論如何我都會等你。不然，我去找你。」他最後的態度很堅決。

我也很少說他的名字，這次這麼做是在模仿他，或者是為了不落下風，聽到自己的名字往往會讓我們產生警惕，好像在接受忠告，或者是即將到來的不幸或告別的前奏。

「哈威爾，我們已經好多天沒見面了，不至於這麼急吧，你再等一兩天，好嗎？我是說，如果我最後去不了的話。」

我在故作姿態，內心卻又希望他不要放棄，不要說一句「我們回頭見」或者「也許」就算了。他的迫不及待讓我的自尊心得到滿足，儘管我注意到那天他的迫不及待不純粹是肉體方面。甚至很可能沒有一丁點肉體欲望，只是因為他急於做個了斷並且挑明：一旦決定不再讓事情飄浮不定，悄無聲息地結束或者不了了之，就等不了也不可能等了；必須馬上講出來，說出口，必須告訴對方，好讓自己迅速逃脫，讓對方知道該怎麼做，不要自欺欺人或洋洋得意，不要讓她以為自己仍是我們生命中的重要人物，她已經不是了，不要以為她還在我們的心中占有一席之地，她恰恰已經被替換掉了；好讓她立即從我們的生活中消失。但是我不在乎。我不在乎迪亞斯．巴雷拉叫我去只是為了讓我走人，跟我說再見，我已經有十四天沒見他，一直擔心再也見不到他，這是我唯一在意的：如果他重新見到我，也許他會難以堅持決定，我可以誘惑他，讓他提前感受到將來對我的懷念，親自說服他改變決定。想到這裡，我發現自己真是太蠢了：那樣的時刻令人厭惡，我們察覺到自己的愚蠢後竟不覺得羞恥，而是不管怎樣任由自己愚蠢下去，完全意識到、明明知道很快我們就會對自己說：「我早就知道，我很肯定。天哪，但是我真傻呀。」當我產生這種類似於鐵被磁石吸引的反應，則是更加矛盾、更加愚蠢，雖然我已經下了一半的決心，如果他再來找我的話就要與他斷絕一切關係。他讓人殺了他最好的朋友，這對於我清醒的良心來說太過分了。現在我認識到不是這樣，或者暫時還不是，又或是我的良心稍不留神就會混亂或睡著，令我產生了那樣的想法：「天哪，但是我真傻呀。」

不管怎麼說，迪亞斯．巴雷拉已經養成壞習慣，習慣我從不反對他，除非是工作上萬不得已，很少有什麼工作不能留到第二天再做，至少在出版社是這樣。萊奧波多在和我交往的時候從來不會妨礙我，他之於我的地位就像我之於迪亞斯．巴雷拉，或許更糟，跟他在一起的時候我必須盡力讓自己開心，但我從來不覺得和迪亞斯．巴雷拉在一起時有任何勉強，儘管這些都是我的錯覺，因為誰能真正瞭解別人的一切。是我告訴萊奧波多我們何時可以見面何時不可以，我來決定見面的時間，對他來說我一直是一個總有忙不完的活動的女人，關於這些活動我甚至隻字未提，我這個小小的、從容的世界像一個難以忍受的漩渦，我很少把時間給他，我在他面前總顯得忙碌不堪。他和迪亞斯．巴雷拉在我生活中存在的時間相同：就像腳踏兩條船時常常發生的那樣，無論它們相去多遠甚或截然不同，缺少任何一方都無法成立。在已婚者離婚或喪偶後，偷腥的情人往往會結束他們的地下情，似乎突然之間他們害怕單獨面對面，或者當阻礙不在了，他們不知道該怎麼生活，怎麼發展此前一直受到限制、被迫卻也令人安慰地不能公開、出不了房門的愛情；我們常常發現以意外方式開始的事情應該永遠局限於那種方式，否則彼此會感到矯情而不再往來。萊奧波多從來不知道迪亞斯．巴雷拉，對於他的存在渾然不覺，這不關他的事，他沒必要知道。我們友好地分手了，我對他傷害不大，他仍然偶爾打電話給我，聊的時間很短，我倆都令對方乏味，三句話之後就沒什麼可說了。他一看到短暫的、必定也是脆弱的、有點可疑的希望落空，激情便無法掩飾地退去了，連最樂觀的人都能感覺得到。這是我的想法，我幾乎沒有傷害他，他並不知情。這不是現在要弄清楚的問題，有什麼要緊或者跟我有什麼關係？迪亞斯．巴雷拉就懶得知道他給我造成了多大的傷害，或者是否傷害我：畢竟我一直都是持保留態度的，甚至說我不曾抱過希望。對其他人確實有過，對他沒有。我從這個情人身上學會一些東西，學會凡事不必太認真，少回頭看。

他接下來的話聽起來幾乎像是強求，儘管被拙劣地偽裝成請求。

「我請你過來，瑪麗亞，不可能來不了。也許問題本身可以再等一兩天。但是**我**等不下去了，你也知道人一旦著急起來，沒辦法平靜。過來對你也好。我求你了，來吧。」

我過了幾秒才回答，為了不讓他覺得事情都像以前那麼容易，上次發生了可怕的事情，儘管他不知道，或許他知道。實際上我非常渴望見到他，渴望再次享受他的臉和他的唇，甚至渴望和他上床，至少是和以前的那個他，他仍然待在新的迪亞斯．巴雷拉的身體裡，否則還能在什麼地方呢？我終於開口道：

「好吧，既然你這麼堅持。我不確定幾點可以過去，但我會去。如果你等煩了，就告訴我，省得我撲空。現在不聊了。」

我掛了電話，關了手機，回到那個毫無意義的會議中。從那一刻起我的精神就無法再關注那個被推薦的年輕作家身上，他很不友善地看著我，因為那是他想要的，群眾和關注。總之，我確定他不會在我們出版社出書了，至少不會和我扯上關係。

最終我時間充裕，前往迪亞斯．巴雷拉家的時候一點都不晚。我的時間綽綽有餘，讓我還有機會停下腳步揣測、猶豫，在附近轉了好幾圈拖延進門的時間。我甚至還去了「大使館」，太太們、外交官們吃午後甜點或喝茶的那個古色古香的地方，我在一張桌邊坐下，點了東西等著。不是在等待一個具體的時間——我只知道我到得越遲他就越緊張，等待時間一分一秒地過去，等待我下定足夠的決心，或者等待我的心情越來越著急，直到我起身邁出一步，又一步，又一步，然後站到他門前激動地按下門鈴。但是，一旦決定前去，一旦知道再見他是我自己的決定，就不會猶豫不定，也不會著急。「等一會兒，」我想，「不用急，我再等一會兒。他會待在家裡，不會逃避我，不會離開。希望每一秒鐘都讓他覺得很漫長，他數著秒數，看幾頁書卻什麼都看不進去，毫無目的地打開電視又關上，希望他怒氣衝衝，熟記將要對我說的話，希望每每聽到電梯聲就到樓梯平臺張望，一旦發現電梯沒到他那層就停了或者徑直往上走了後，他便失望起來。他想問我什麼？這是他採用的說法，空泛，毫無意義，一種萬能藉口，常常掩飾了其他目的，是對某人設的陷阱，讓對方覺得自己很重要，同時也激起他的好奇心。」幾分鐘後我想：「我為什麼同意？為什麼不拒絕，為什麼不逃離他藏起來，或者為什麼不直接揭發他？為什麼即使知道了我所知道的事情我還同意跟他來往，如果他願意解釋的話還肯聽他說話，如果他提議，很可能還同意和他上床，僅憑他的一個手勢，一個愛撫，或者哪怕僅憑男人常用的那種低俗動作，頭含糊地指向臥室，中間連句甜言蜜語都沒有，是否天下男人舌頭都一樣？」我想起父親用法文背誦《三劍客》裡的一段話，他有時會突兀地朗誦一下，就像一個用來打破沉默逗人開心的口頭禪，他可能喜歡那些句子的節奏、激昂和簡潔，或許他在童年第一次讀它們時就留下深刻的印象（和迪亞斯．巴雷拉一樣，他也曾在一所法國學校念書，聖路易法國學校，如果我沒記錯的話）。阿多斯正在用第三人稱談論自己，也就是說，他正給達太安講自己的故事，就像是在講一個貴族老朋友的故事一樣，他在二十五歲時和一個單純的、令人心醉的十六歲少女結婚，「像愛情一樣美」，阿多斯這麼說，那個時候他不是他，不是火槍手，而是拉費爾伯爵。在一次狩獵時，他那天使般的妙齡妻子發生了意外——他對她不甚瞭解，也沒有調查她的出身，以為她過去很清白的情況下和她結婚。她從馬上摔下來，失去知覺。阿多斯上前救她時，發現她的衣服太緊了，幾乎令她窒息；他拿出匕首劃破她的衣服露出肩膀方便她呼吸。就在這時他看到她肩膀上烙著一朵恥辱的百合花，這是劊子手給妓女、女賊或一般的女犯留下的永久標記，我不清楚。「這個天使是一個魔鬼。」阿多斯下了定論。「這個可憐的女人偷過東西。」他又矛盾地加上一句。達太安問他伯爵怎麼做，他的朋友簡短又冷冰冰地回答（這是我父親重複朗誦、我想起來的那段話）：「伯爵是一個大領主，他在自己的領地上享有從上到下的審判權：他撕碎了伯爵夫人的衣服，將她的雙手反綁在背後，然後把她吊在一棵樹上。」這就是阿多斯年輕時對他妻子所做的事，當時他毫不猶豫，不問緣由，不去尋找減輕她罪惡的情節，眼睛都不眨一下，並不因為她年幼而有憐憫或惋惜之情，他曾經那麼愛她，所以才會開誠布公地讓她成為自己的妻子，一如他所說，他原本可以引誘她，或者隨心所欲強行占有她；他是當地的領主，誰會前來幫助一個外地少女，一個知道她的真名或假名叫做安娜·布勒伊的陌生女孩？但是不然：「那個傻瓜！蠢貨！白癡！」非得和她結婚，阿多斯斥責以前的自己，那個既正直又殘忍的拉費爾伯爵，他一發現欺騙、恥辱、抹不掉的污點，就停止了調查、矛盾的感情、猶豫、推遲和憐憫——卻沒有停止愛，因為他仍然愛著她，或者至少沒有變過心——他沒有給伯爵夫人機會解釋，為自己辯護、否認，說服他相信，乞求他的寬待，重新迷住他，甚至不能像世界上最卑鄙的人都可能受到的待遇那樣「稍後再死」，而是毫不猶豫地「將她的雙手反綁在背後，然後把她吊在一棵樹上」。達太安感到毛骨悚然，喊道：「天哪！阿多斯！謀殺！」對此阿多斯不可思議地或者說令人費解地回答：「對，謀殺，僅此而已。」接著他又要了些酒和火腿，認為這個故事結束了。當中不可思議甚至令人費解的是那句「僅此而已」，法語是「*pas davantage*」。阿多斯沒有對達太安憤怒的叫喊加以反駁，沒有為自己辯解，沒有糾正他說：「不，那是處死。」或者：「那是正義的行為。」甚至不打算讓人對他輕率地、無情地、可能也是獨自地絞死他深愛的妻子多一些理解，很可能當時樹林裡只有他和她，一個沒有目擊者的突發事件，沒人勸告、幫助，也沒人可以求助，他也沒有作出類似這樣的回答：「他被氣昏頭，無法控制自己；他必須報復；他很後悔。」他承認那是謀殺，是的，但是，「僅此而已」，僅僅如此，不是其他更令人憎惡的事情，彷彿謀殺不是能夠想像的最糟的事情，或者彷彿謀殺是這麼普通平常，在它面前沒有什麼氣憤和震驚可言，說到底，這和負責那個應該繼續死亡的活死人夏貝爾老上校案件的德維爾律師的觀點一樣，他和所有同行一樣，看到「同樣的邪念在重複」，沒有什麼來糾正它們，他們的事務所變成「無法打掃乾淨的下水道」：謀殺是不斷發生的事情，誰都能幹，從遠古時代的黑夜起就一直發生，並將持續到最後一個白晝之後沒有黑夜之時，再也沒有時間來容納它們之時。謀殺是司空見慣、無足輕重、稀鬆平常的事情，是時間問題；世界各地的報紙和電視上都充斥著謀殺事件，幹嘛這麼大呼小叫，這麼心驚膽戰，這麼大驚小怪。是的，謀殺。僅此而已。

「為什麼我不能像阿多斯，或像拉費爾伯爵——他最初的身分，後來放棄了——那樣呢？」我問自己，仍坐在「大使館」裡，四周是講話飛快的太太們以及某個懶散的外交官嗡嗡的說話聲。「為什麼我不能同樣清楚地看待事情並且行動，去找警察或路易莎，告訴他們我知道的事情，足以讓他們去搜尋調查，去找魯伊韋里斯·德·托雷斯，至少是個開始？為什麼我不能反綁我愛的那個男人的雙手直接把他吊在樹上？既然我很清楚他犯下了可恨的、像《聖經》一樣古老的罪行，動機卑鄙，並且用暗算的方式，利用中間人來保護自己，遮掩自己的面孔，利用一個可憐的倒楣鬼，一個精神病，一個沒有判斷力、無法保護自己、只能任他擺布的窮鬼。不，輪不到我在這件事上採取極端，因為我在這個世上並沒有從上到下的審判權，而且因為亡者不能講話，生者可以，他可以解釋，說服、爭辯，甚至可以吻我，跟我做愛，而亡者既看不見又聽不見，已腐爛，不會回應，已經不能影響或威脅我，不能給我帶來一絲快樂；也不會要求我解釋，表現出失望，或者滿懷無盡的哀怨和極大的痛苦責怪地看著我，甚至不會觸碰我，向我發出氣息，他什麼都做不了。」

我終於下定決心，或許是因為厭煩，或者是努力要把不時突如其來的恐懼拋之腦後，或者是迫不及待地想找回仍然在愛著的以前的我，那個我還沒有完全消失，仍凌駕於有污點的、憂鬱的「我」之上，彷彿亡者音容宛在，儘管那個我去世已久。我要了帳單，付了錢，再次來到大街上，向我非常熟悉的那個家的方向走去，雖然我去的次數並不多，並且已經不在了——或者說迪亞斯・巴雷拉已經不住在那裡，所以對我來說就不存在——但是我永遠不會忘記。我的腳步仍然很緩慢，並不急著趕到，散步似的往前走，而不是去一個別人已經等了我很久的具體地方，也就是說，有事要問我或告訴我，或者是讓我告訴他，又或者是為了讓我保持沉默。我又想起《三劍客》裡父親沒有背誦但是我用西班牙語記住的另一段話，童年時印象深刻的東西就像刻在我們腦海裡的百合花一樣持久：那個帶著烙印被吊在樹上的女人，原名叫安娜・布勒伊，做了很短時間的修女後從修道院逃出來，之後又做了曇花一現的拉費爾伯爵夫人，再後來又當過夏洛特、克拉瑞克夫人、溫特夫人、謝菲爾德男爵夫人（小時候我很驚訝一個人一生中可以換這麼多名字），在文學史中僅僅被定名為「米萊狄」，她沒有死，和夏貝爾上校一樣。但是巴爾札克詳細解釋夏貝爾上校得以倖存的奇蹟，以及他如何在戰役結束後被拋入那座鬼魂金字塔，大仲馬顯然受到更多交稿期限，以及情節發展的要求所迫，當然他也是個更加恣意或隨性的敘述者，他沒有費心講述——至少我不記得了——那個年輕女人因為一位大領主想掩飾憤怒和受辱而衝動地判她絞刑之後，怎麼鬼使神差地逃脫死亡（也沒有解釋一個丈夫怎麼可能在床上從未見過那朵悲劇性的百合花）。憑藉自己的美貌、精明和無所顧忌——可以想像還有怨恨——她變得有權有勢，贏得紅衣主教黎塞留的寵信，犯下累累罪惡卻毫不內疚。在大仲馬的小說中她又犯下更多的罪，可能成了文學史上最邪惡、最歹毒、最無情的女性角色，模仿者趨之若鶩。在諷刺性地以「夫妻相見」為標題的一章中，講述了阿多斯和她的會面，她在幾秒鐘後很震驚地認出自己的前夫、劊子手，她也以為他已經死了，就像他有更多理由認為他深愛的妻子已經死了一樣。「您曾經出現在我的人生道路上，」阿多斯對她說，或者類似的話，「我原以為已經毀掉了您，夫人，然而，不是我弄錯，就是地獄使您復活了。」針對自己的疑問他又說道：「是的，地獄使您變得富有，地獄讓您改名換姓，地獄幾乎給您一張新的面孔；但是卻沒有抹去您靈魂上的污點，以及您肉體上的污跡。」再往下就是去找迪亞斯．巴雷拉的路上，我最後一次或倒數第二次想起的那段引文：「您以為我死了，不是嗎？正如我以為您死了。我們的處境實在奇怪；我們雙方活到現在，只因為我們都以為對方死了，只是因為一段回憶比一個活人帶來的煩惱要少，儘管這種回憶有時是殘酷的！」

如果說這段話留在我的記憶裡，或者說記憶裡又想起這段話，那是因為隨著我們一天天生活下去，阿多斯的那些話越來越像一個真理：我們可以在虛假的平靜中生活，或者只是繼續活下去，如果我們以為給我們造成巨大傷害或痛苦的人已經離開人世；如果他只是一個回憶，不再是活生生的人，不再有呼吸、不再危害人間、不再是我們可能重遇的人；得知他埋伏起來——得知他仍在附近，我們會不惜代價地逃避，或者更羞辱的做法是讓他為自己的罪付出代價。傷害我們或者讓我們生不如死（已經很常見的誇張說法）的那個人的死亡不能完全治癒我們，也不能讓我們遺忘，阿多斯本人在火槍手裝扮和新個性之下承受著遙遠的痛苦；但是如果我們只剩下一個回憶在縈繞，唯一的感覺是這個世界的恩怨都已經了結，這會讓我們平靜下來繼續生活，呼吸變得更輕鬆，儘管每次想起，或者回憶不請自來時仍然讓我們痛苦。相反，他知道我們仍然和那個撕碎我們的心，或者欺騙、背叛我們，毀掉我們的生活的人，或者以過於殘忍的方式讓我們認清事實的人生活在同一個時空，則讓人無法忍受；我們會驚訝那個人仍然活著，沒有被殺害或者吊死在樹上，他可能會再次出現。這是亡者不該回來的又一個理由，至少是當那些死亡令我們感到寬慰，讓原來的那個「我」埋葬之後——如果我們願意——它們可以像幽靈般存在著：無論是阿多斯還是米萊狄，無論是拉費爾伯爵還是安娜·布勒伊，他們之所以可以活下去，是因為他們在那麼多年的時間裡都各自認為對方只是一個死人，已經連一片樹葉都晃動不了，已經不能呼吸；費洛德夫人也是這麼認為，她毫無牽絆地重新開始自己的生活，因為對她來說她的丈夫，夏貝爾上校，無疑只是一段回憶，連殘酷都算不上。

「要是哈威爾死了該多好，」那個下午在我一步一步地向前走的時候竟突然產生這種想法，「但願他現在死掉，但願我按門鈴的時候他不開門，倒在地上永遠不動，就不用問我什麼了，就不可能和他講話了。如果他死了，我的懷疑和恐懼就會消除，我就不必聽他說話也不用琢磨該怎麼做。我也不會陷入該親吻他或者跟他上床的誘惑，然後用這可能是最後一次的想法來欺騙自己。我就可以永遠保持緘默而不必顧忌路易莎，更不必顧忌正義，我會忘記德文內，畢竟我最終也沒有認識他，那麼多年只是見過他，在早餐時見過他。如果奪去他性命的人丟了性命，也變成回憶，沒有可控告的人，後果就沒那麼重要了，已經發生的事情有什麼重要？有什麼必要去提呢？甚至有什麼必要去弄清楚呢？保持沉默是最安心的，沒有必要用已故者的故事進一步擾亂這個世界，他們值得小小同情，但僅僅因為他們的腳步已經停止，他們的生命已經結束，他們已經不存在了。我們已經不再處於那種對一切都要加以判斷或至少知情的年代；現在永遠結不了案、得不到懲處的罪行數不勝數，因為不知道是誰幹的（可能太多了，我們沒有足夠的眼睛四處查看），很少能找到罪有應得坐在被告席上的人。恐怖主義行動，瓜地馬拉或華雷斯市的謀殺婦女案，走私犯之間的清算報復，非洲不分青紅皂白的屠殺，那些無人駕駛因此也無恥的飛機對平民的轟炸……沒人過問，甚至連調查都不調查的就更難以計數了，這項工作被認為不切實際，案件發生以後就被擱置一邊；沒有留下線索的，沒有登記備案的，沒有被發現的，無人知曉的只有更多。毋庸置疑，所有這些種類的犯罪一直都有，在許多個世紀裡或許只有那些僕從、窮人和缺乏生計的人所犯的罪行才受到懲處，而那些權貴們所犯的罪行——除了個別例外——大致來說都逍遙法外。但是以前有一個正義的幌子，至少在公開場合，至少在理論上裝模作樣地追究，有時真的在努力，尚未澄清的案件曾經給人的感覺好像是「有待解決」，現在卻不是這樣：有太多的事情無法澄清，或許也不想澄清，或許認為不值得費力、費時、冒險。極其莊重地宣讀訴狀、聲若洪鐘地宣布判決的時代已經相去遙遠，正如阿多斯兩次對他的妻子安娜·布勒伊所做的那樣，第一次在他年輕時，第二次在他年長時：第二次審判她時他不是孤身一人，和他在一起的還有他授權的其他三劍客波爾多斯、達太安、亞拉米斯，以及溫特勳爵和一個身披紅斗篷的蒙面人，這個蒙面人原來就是里爾的劊子手，就是數年前——實際上是在另一段生活中，對另外一個人——給米萊狄烙上那朵恥辱的百合花的人。他們每個人都提出自己的指控，全都用在今天看來不可思議的開場白：「在上帝和所有人面前，我指控這個女人曾經下毒，曾經謀殺，曾經指使、慫恿我去謀殺，曾經通過一種怪病致人死亡，曾經褻瀆神聖，曾經盜竊，曾經賄賂，曾經教唆犯罪……」「在上帝和所有人面前。」不，這個時代已經沒有莊重。當時也許為了自欺欺人，為了毫無意義地相信不是他在審判她、判決她，阿多斯一個一個地詢問其他人要求如何懲處那個女人。他們一個一個地作了回答：「死刑，死刑，死刑，死刑。」聽到判決之後，阿多斯轉向她，像司儀一樣對她說：「安娜．布勒伊，拉費爾伯爵夫人，米萊狄．溫特，您的種種罪惡讓地上的人和天上的上帝都已忍無可忍。倘若您要作什麼禱告，您就說吧，因為您已被定罪，您就要死了。」任何在童年或少年時讀過這一場景的人都會永遠記得，無法忘記，接下來的場景也一樣：劊子手捆住了那個仍然「像愛情一樣美麗」的女人的手腳，雙手提起她把她帶到一艘小船上，橫穿鄰近的河流來到了對岸。途中米萊狄掙脫令她雙腳無法動彈的繩子，一到陸地拔腿就跑，但是馬上滑了一跤，跪在地上。那時她應該覺得走投無路了，因為她不再試圖站起來，而是保持著那個姿勢，低頭合掌，我們不知道是在胸前還是在背後，就像很久以前她年輕時第一次被殺時一樣。里爾的劊子手手起刀落，就這樣結束一個人的生命，將她徹底變成回憶，是否殘酷已經不重要了。然後他脫下紅斗篷鋪在地上，先將屍身放在上面，再把腦袋扔上去，在布的四角打了結。他將包裹扛在肩上又回到船上。途中行到河中央最深處時，他把包裹扔到河裡。法官們在岸上看到它沉下去，看到河水被分開片刻後又重新閉合。不過這是小說，就像我問哈威爾，夏貝爾發生了什麼事時他對我說的：「發生了什麼是次要的，小說裡發生的一切無關緊要，小說一看完就忘了。重要的是小說通過虛構事件告訴我們、灌輸給我們的可能性和想法比真實事件更清晰地留在我們的腦海，我們對之更加關注。」這不是真的，或者雖然常常是這樣，但是發生過的事並不總是被遺忘，在一部幾乎所有人都曾熟悉或者仍然熟悉的小說中不會，甚至那些從未讀過這部小說的人也不會，在現實中也不會，如果小說裡發生的事情發生在我們身上，即將成為我們的經歷，結局可能是這樣也可能是那樣，由不得任何小說家決定，也不取決於任何人……是的，但願哈威爾已經死了，也變成回憶，我再次這麼想。「我就會免去良心問題和恐懼，免去懷疑、誘惑，再也不用做決定，不再陷入愛戀，不再有開口的必要。免去等待著我的一切，免去我將要見到的一切。這次見面或許就像一對夫妻的相見。」

「說吧，什麼事這麼急，」迪亞斯・巴雷拉剛為我開門我就衝他說道，我甚至沒有親他的臉頰，進門時勉強打了個招呼，盡量避免跟他正面對視，甚至不願有肢體接觸。假如我開門見山就要求他解釋，或許可以搶在他前面，或者說，贏得掌控局面的一定優勢，無論情況如何：他促成了，幾乎強行造成了這種局面，我無法知道。「我沒有太多時間，我已經累了一天。來吧，告訴我，你想問什麼？」

他的臉刮得很乾淨，穿戴整齊，不像在家裡等了很久，也很肯定我一定會來——如果一副沒有把握等不等得到人，那樣子在不知不覺中會損害形象。他倒像是正要出門。大概是在忐忑不安、百無聊賴中一遍又一遍地刮著鬍鬚，把頭髮梳好又弄亂，換了好幾次襯衫和褲子，把外套穿上又脫下，打量穿與不穿的效果，最後他還是留下它，似乎這樣可能會提醒我此次會面和以往不同，我們最後不一定會去臥室，以前我們每次都假裝在無意中去了那裡。他比平時多穿了一件衣服；不過所有的衣服都可以脫去，或者根本沒有必要。現在我把頭抬起來了，視線與他相遇，他那夢幻般的、或貌似近視的眼神一如既往，相對於我上次去他家時，或者更確切地說是在他家的最後幾分鐘平和多了——那時一切都變了，當時他把手放在我肩上暗示我，他只需慢慢施力就可以讓我陷下去。時隔這麼多天之後，我依然覺得他非常迷人，我身體最重要的部分一直在想他——我們總會想念我們生活中的一切，包括那些還沒來得及駐紮心底；包括那些具有危害性的。我的目光馬上投向我常看的地方，我從來沒有抵抗這一切的能力。如果我們跟誰發生了這種情況，那可真是名副其實的詛咒。無法移開視線，你覺得被牽著鼻子走、順從，幾乎令人羞愧。

「你不用這麼急。休息一下，喘口氣，喝杯酒，坐下。我要跟你談的事情站在那裡三兩句說不完。來，耐心點，大方點。請坐。」

我坐在我們在客廳時常坐的那個沙發上。但是我沒脫外套，並且坐在沙發邊上，好像我到那裡仍然是臨時起意，是個人情。我發現他很從容，也很專注，像許多演員在出場前的狀態，也就是說，是一種硬裝出來的從容，他們必須這樣以防自己臨陣脫逃，回家看電視去。早上我上班時打來幾乎是威脅我來的那種專橫和迫切似乎已經蕩然無存。他應該感到滿意或放心，因為我在他控制範圍之內，已經在他那裡，某種程度上我又把自己置於他的掌心，這不僅僅是比喻。但是現在我並不恐懼，我早就清楚他永遠不會對我做什麼，不會親自對我動手。而是借別人的手，他將不在現場，事後才知道事情何時發生，那時已是既成事實，已經無法挽救，他就能像某人聽到某某新聞時那樣對自己說：「總會有聽到這句話的時候，她總會死的。」這倒是有可能。

他去廚房拿一杯酒給我，也給自己拿了一杯。他沒有喝過酒的跡象，可能在等我期間他沒讓自己沾一滴酒，以保持清醒，或許他把時間用來篩選和整理要對我說的話，甚至把某些部分背下來。

「好，我坐下了。你說吧。」他在我身邊坐下，離我太近了，儘管換做其他任何一天我都不會這樣想，我都會覺得很正常，甚至不會去注意我倆之間距離的遠近。我挪開了一點，僅僅是一丁點，不想造成我排斥他的感覺，而且我的身體沒有這種意思，我承認我仍然喜歡他靠近我。他喝了一口酒。拿出一支菸，將打火機打著又熄滅，反覆好幾次，似乎有點心不在焉，或者在積蓄力量，最終他點燃菸，用手摸了摸下巴，這次他的臉刮得非常細緻，因而下巴不似往常那樣露出黛青色。這就是整個前奏，然後他對我說話，不時努力擠出一點微笑——彷彿每隔幾分鐘他就提醒自己笑一下或者他已編入程式，只是很晚才想到要啟動——不過他的語氣很凝重。

「我知道你聽到我們的談話，瑪麗亞，聽到魯伊韋里斯和我的談話。你像上次那樣否認，或者試圖說服我相信你沒有聽到是沒有意義的。那是我的錯，在家裡那樣跟你講話，在這裡跟你那樣講話，一個女人如果關心一個男人，總是對有關他的任何事情都很好奇：他的朋友、他的生意、他的喜好，無論什麼。她對一切都感興趣，只是想要更瞭解他。」——「如我所料，他一直在回味這件事，」我想，「他可能回想每一個細節、每一句話，然後得出這個結論。幸好他沒說『一個女人如果愛上一個男人』，儘管他想表達的正是這個意思，而且這也是事實。或者曾經是事實，現在我不清楚，已經不可能了。兩個星期以前確是如此，所以他不無道理。」——「事情發生了就沒法再回溯。我接受，不打算自欺欺人；你聽了不該聽的，你和任何人都不該聽的，尤其是你，我們早該乾乾淨淨地分手，不留任何痕跡。」——「他身上現在有一朵百合花。」我想。——「根據你所聽到的話你應該有了某種想法，對事態的分析。我們聽聽你的想法吧，這比逃避它，或者假裝它不在你心裡好。你可能會把我往最壞處想，我不怪你，那件事肯定讓你覺得糟透了。很噁心，不是嗎？很感謝儘管這樣你還是來了，再來見我應該讓你很尷尬吧。」

我試圖反駁，卻拿不定主意；我看到他已下定決心談論此事，不給我留出路，決心要開誠布公地跟我談他的委託殺人案。他不可能完全相信我已經知道，即便這樣他還是打算向我坦白，或者說點什麼。或許他是想讓我瞭解情況，告訴我背景原因，想方設法為自己開脫，告訴我可能我寧願不知道的事情。如果我知道細節，我會更難做到不予理睬或者無動於衷，直至那個晚上之前，雖然不是有意為之，但我在某種程度上一直保持著這種態度，儘管並不排除將來會所有改變，明天可能會改變我們，帶來一個無法辨認的「我」：我一直按兵不動，讓日子一天天過去，這是現實中讓事情消散或瓦解的最好方式，儘管它們會永遠留在我們的思想和認知裡，在那裡腐爛、固化，發出惡臭。但是這可以忍受，我們可以與之一起生活。誰身上沒有這種東西呢。

「哈威爾，我們已經談過這個了。我已經告訴過你，我什麼都沒聽見，我對你的興趣沒有你想像的大……」

他的手在半空中劃了個弧形阻止我（「別跟我編故事了，」那隻手說，「別跟我裝了。」），不讓我繼續往下說。現在他略微屈尊地笑了笑，或許是在自嘲，因為看到自己不小心陷入現在這種本來可以避免的處境。

「別再堅持了。別把我當傻瓜。雖然我一直都很蠢。魯伊韋里斯露面時我應該帶他上街。你當然聽到我們說話了：你進客廳時說你不知道那裡還有別人，但是你穿上胸罩，為了在一個陌生人面前有所遮擋，而不是冷或者任何矯揉造作的理由，你打開房門走過來的時候臉早已紅了。你不是因為你所看到的而感到害臊，你提前為你將要做的事感到害臊，半裸著身體出現在一個你從未見過的不受歡迎的人面前；你早就聽見他說話，不是隨便什麼事情，不是足球或天氣，對嗎？」——「這麼說他發現了我害怕他發現，」我的想法一閃而過，「我提前做的準備，那些小花招，那些天真的防備措施絲毫沒有作用。」——「你驚訝的臉色效果不錯，但是還不夠好。而且，最明顯的是，你突然開始害怕我。我離開時，你躺在床上充滿信任，很平靜，我甚至覺得你很溫柔、很滿足。你睡得很安靜，等你醒來後重新單獨和我在一起時，你突然害怕我，你以為我察覺不到嗎？當我們讓別人害怕時，我們總能察覺出來。可能女人察覺不到，或者可能是因為你們很少讓人害怕，所以不瞭解這種感覺，當然跟孩子們在一起時除外，你們會讓他們懼怕。我一點都不喜歡這樣，儘管許多男人喜歡並且刻意去尋求，這是一種充滿力量的感覺，控制一切的感覺，暫時而虛假的、無懈可擊的感覺。被別人看作是一種威脅讓我很不舒服。當然，我說的是身體上的恐懼。你們女人確實會讓人產生其他類型的恐懼。你們的苛求讓人恐懼。你們的固執讓人恐懼，其實常常是糊塗。你們的憤怒讓人恐懼，一種突如其來的歇斯底里，有時毫無道理。大概從兩個星期前開始，你就對我有這種情緒了。你這樣我不怪你。你這樣可以理解，你有理由這樣。你的理由不完全錯誤。只錯了一半。」他停頓了一下，抬手輕撫下巴，眼神心不在焉（他第一次將目光從我身上離開），似乎確實在沉思，或者在認真地考慮自己接下來要說的話：「我不理解的是你為什麼出現，為什麼出來，為什麼導致現在的事發生。如果你安安靜靜待著，如果你在床上等我，我就會認為你沒有聽見我們講話，你什麼都不知道，一切都跟之前一樣，無論是整體情況，還是你我之間。儘管極有可能我同樣會察覺到你的恐懼，之前或之後，那天或今天。

它一產生就不會改變，也無法躲藏。」

他停下來，又喝了一口酒，又點了一支菸，站起來在客廳裡踱了兩圈，然後停在我身後。他起身時我嚇了一跳，身子一顫，他感覺到了，當他在那裡一動不動地站了幾秒鐘，雙手與我的頭部同高時，我馬上轉過頭去，似乎不願讓視線離開他或者讓他站在我身後。於是他攤開手做了個手勢，像是在指出一個明顯的事實。（「你看到了？」那隻手說，「你不喜歡不知道我在哪裡。幾個星期之前你絲毫不關心我在你周圍的舉動；你根本就不注意。」）事實上，我沒有理由感到驚嚇或不安，沒有真正的理由。迪亞斯．巴雷拉講話時沉著冷靜、溫文爾雅，既不生氣也不激動，甚至沒有責備我或者要求我對我的輕率行為做出解釋。也許這是最引人注目的地方，他居然這樣跟我談一樁重罪，一樁他間接參與或策劃、發生的時間並不久遠幾乎是剛剛發生的謀殺案，一件通常不會這樣無拘無束地談論的事情：當這樣的事情被發現或者被承認時，不會出現心平氣和的解釋、論述、談話和分析，而是恐懼和憤怒、喧嘩、叫喊和強烈的指責，或者拿一根繩子將招供的凶手吊在樹上，而凶手則試圖逃脫，如果有必要會再次行凶。「我們的時代很奇怪，」我想，「什麼都可以說，所有的人都可以被傾聽，不管他們做過什麼，不僅是為了讓他們自衛，而且似乎講述他們的暴行本身很有趣。」我又產生了一個令我自己都吃驚的想法：「這是我們本質上的脆弱。但是違背它並非我能力所及，因為我也屬於這個時代，我只是一個無名小卒。」

正如迪亞斯．巴雷拉剛開始說的，繼續否認沒有意義。他已經承認得夠多了（「那是我的錯」，「我應該把魯伊韋里斯帶到大街上」，「你有理由這樣。你的理由不完全錯誤。只錯了一半」），如果我繼續保持立場，除了反問他究竟在跟我說什麼之外，我沒有別的選擇。只不過如果我執意假裝對這一切一無所知，不知道他在說什麼，也許還是不能脫身：我應該要求他講他的故事，應該聽他講下去，只不過得要從頭開始。最好我表明自己已經知道，省得聽他重講，或者瞎編亂造。眼見一切都將變得可憎起來，本來就很可憎了。他講的時間越短越好。或許會成為長篇大論。我想離開，但是我連嘗試一下都不敢，我沒有動。

「好吧，我聽見了。不是全部，也不是一直在聽。但確實讓我覺得你很可怕，這正是你期待的答案吧？好了，你已經很清楚了，在這之前你並沒有絕對的把握，現在有了。你打算怎麼做？你讓我來就是為了這個，為了確認此事吧？你早就相信了，用你的話說，我們本可以不管它，不讓它給我們刻下更多印記。你也看到了，我什麼都沒做，沒有告訴任何人，連路易莎都沒說。我想她會是最後一個知道這件事的人。受某事影響最大的人，最親近的人往往最不想知道：兒女不想知道父母做過的事，父母不想知道兒女做過的事……硬要他們知道的話，」我遲疑了一下，不知該如何結束這句話，然後我快刀斬亂麻，簡而言之，「責任太大了。對於像我這樣的人來說。」「畢竟我是謹慎的年輕女子，」我想，「那是德思文給我的稱呼。」「你確實不應該怕我。你早該讓我待在一旁，讓我默默地、悄悄地退出你的生活，差不多就像我進入你的生活、留在那裡時一樣，假如我曾留在你生活中的話。從來沒有什麼理由讓我們必須再見面。對我來說每一次都是最後一次，我從不奢望下一次。直到有新的通知，直到你下達與先前相反的命令，一直掌握主動權的是你，提出各種建議。你還有時間打發我走，我甚至不知道我為什麼在這裡。」

他走了幾步，從我身後挪開腳步，但是沒有再坐到我身邊，而是站在一把扶手椅後面，面對我。我的視線一刻也沒有離開他，這是真的。我盯著他的雙手、他的嘴唇，他用那雙嘴唇講話，這是我的習慣，那雙嘴唇像磁鐵般吸引我。他像往常一樣脫下外套搭在椅背上。之後他將襯衫的袖子慢慢地挽起，雖然這也很常見——在家裡他總是挽袖，我卻只有那天看到他的袖釦扣著，而且時間很短——他這麼做卻讓我更加警惕，這往往是一個人準備工作，準備幹活的動作，但是那裡並沒有什麼事要做。挽起袖子後，他把雙臂抵在椅背上，像是要開始演講。有那麼幾秒的時間他用一種我所熟悉的方式專注地看著我，即使這樣，我還是和前一次一樣：移開視線，他那雙定睛凝視的眼睛令我心慌意亂，他的眼神既不透徹也不尖銳，也許是朦朧的，籠罩一切的，或者只是難以猜透，不管怎樣都因為近視（他戴著隱形眼鏡）而變得柔和，那雙眼彷彿在問我：「為什麼你不懂我？」不是焦躁而是遺憾。他的姿勢和其他晚上他對我講《夏貝爾上校》或者任何突發奇想，或者他所注意到的事情時沒有兩樣，那時我什麼都聽得津津有味。「那些下午或者傍晚，」我想，「正如大多數人一樣，那一定是路易莎最糟糕的時刻，兩種光線交替的時刻，最難熬的時刻，那些我和他見面的傍晚，」我馬上意識到我在回想過去，彷彿我倆已經完成告別，各自都在對方的昨天裡；但是我一如既往，「哈威爾不去她家，不去看她或是分散她的注意力，不去陪她，也不去幫她，他肯定有時也需要——十天或者十二天一次——從他堅忍不拔地愛著、孜孜不倦地等著的那個女人持續不斷的悲傷中休息一下；他可能需要從某個地方，從我這裡，從其他親友那裡，從其他人那裡獲取能量，然後再將這種煥然一新的能量帶給她。或許我用這種方式給了她一點光明，既非有意為之，也沒有事先料到，而是間接地，我並不生氣。如果我離開他身邊，他會從誰那裡獲取能量呢？找人替代我對他而言不難，這一點我敢肯定。」

想到這裡我又回到了現實。

「我不想你留下一個不真實的印象，一個不符合實際事實，甚至不存在動機或意圖，更不存在於策劃或行動中的印象。我們來看看你萌生的那個想法，你自己構想的那些情況和故事：我下令殺了米蓋爾，自己離得遠遠的。我設計了一個不乏風險（最大的風險是不成功），但是不讓我受到任何懷疑的計畫。我沒有靠近現場，我不在那裡，他的死跟我沒有任何關係，不可能將我和一個從未和我說過話的精神失常的窮鬼聯繫到一起。是其他人幹的，他們調查他的不幸，是誰指揮、操控了他脆弱的大腦。米蓋爾的死像一場可怕的事故，一個運氣太差的案例。為什麼我不去找個殺手呢？看起來更保險、更簡單。如今可以讓他們從任何地方，無論是東歐還是美洲，專程來一趟，而且不是很貴：來回機票，幾頓飯再加上三千歐元或者更少，或者再多點，看情況，三千的意思是說不想找一個毛毛躁躁或沒什麼經驗的。他們工作辦完就離開，等警察開始調查時，他們已經在機場或者返航途中。麻煩在於沒法保證他們不再幹了，沒法保證他們不再回西班牙接其他的委託，甚至因此喜歡上西班牙在這裡定居。一些雇用過他們的人事後都很放心，有時老想著給朋友或同事推薦（當然是悄悄地）為他們做過事的那個傢伙或中間人，那個中間人因為懶惰圖方便，會叫來先前雇用過的那傢伙。任何人一旦在這裡辦過事，就不會完全清白。他們來的次數越多，最後被逮住的可能性就越大，也更可能記住你或替你出面的人，建立起一種不可能切斷的聯繫，有的傢伙不甘心閒著，時不時犯點別的事。一旦被抓就會招供。甚至有些人受雇於某個黑手黨，因此能穩定待下來，西班牙現在有不少這種人，在這裡還有工作做。幾乎很少有人能恪守沉默原則。義氣已經不復存在，也沒有組織認同：如果誰被抓，誰就自行解決，這是落網者自己倒楣，或者說是他的錯誤，怪他自己。他可有可無，組織不負責任，他們已經採取了措施以免直接受其影響，殺手們越來越盲目，只認識一個人，甚至一個人都不認識：聲音出自電話，目標的照片通過手機發送。所以被捕者也會照此回答。如今所有人都只想著保命，減免刑期。要他們招供什麼他們就招供什麼，然後等著吧，重要的是不要被關押在監獄裡太久。在裡面待得越久，因為走不了，容易被人找到，被其他黑手黨殺死的風險就越大：他們已經沒用了，是累贅，被牽制的人。關於黑手黨他們能夠招供的也沒多少，所以他們要在其他方面努力表現：『對了，好多年前我還幫一個大企業家，也可能是個政治家，或者他是銀行家？我替他做過一件事。我慢慢想起來了。如果我努力去想的話，會想出什麼來呢？』接著不止一個企業家因此鋃鐺入獄。瓦倫西亞某個政治家也是如此，你知道那裡的政客都很張揚，不懂得什麼叫謹慎。」

「哈威爾怎麼知道這些？」我一邊聽一邊心想。我想起我和路易莎唯一一次真正意義上的談話，她也略懂這些做法，曾經跟我提起，甚至使用了一些和熱戀她的這個人非常類似的說法：「他們找來一個傢伙，做完了付錢讓他走人，整個過程也就是一兩天的時間，永遠找不到他們……」當時我以為她是在報紙上看的，或是聽德文內說的，畢竟他是個企業家。也許她是聽迪亞斯·巴雷拉說的。不過，關於效果他們的說法卻不同，對於他來說沒有作用或者盡是不妥，他似乎比她知道得更多。路易莎還說：「如果發生了這樣的事，我甚至無法太恨那個不知名的殺手……但是我恨那些唆使者，我可能會懷疑這個、懷疑那個，懷疑任何競爭對手或懷恨在心的人，或受過傷害的人，所有企業家都在有意無意中傷害別人；甚至是親近的同行，就像某天我在科瓦魯維亞斯那本書裡再次讀到的一樣。」她拿起那本書，厚厚的綠色一本，然後唸一六一一年莎士比亞和賽凡提斯在世時對「嫉妒」的部分定義給我聽，距今四百年了，這個定義依然有效，有些事情的本質永遠不變真是令人難過，儘管有些東西永遠存在，文風不動，一個單詞都不改變，卻也讓人備感安慰，「最糟糕的是這種怨恨往往在我們最好的朋友心中滋生……」哈威爾正在向我講述或者坦白那件事情，但只是作為假設，可以預見是為了否認它；他在描述我想像中的事情，我聽到他和魯伊韋里斯的談話後所得出的結論，我猜是為了隨即否認它。「也許他打算用真相來欺騙我，」我第一次產生了這種想法，因為這不是唯一一次。「也許他現在正在告訴我真相，為的是讓它像謊言。似乎很像謊言，似乎就是謊言。」

「你怎麼會知道這些？」

「我自己發覺的。如果一個人想知道什麼，他就會知道。弄清利弊就知道了。」他回答得很快，然後便沉默了。似乎還要再補充點，比如他是怎麼知道。但是他沒有。我感覺我打斷他說話惹惱了他，讓他一時斷了思路，或者沒了興致。也許他比看上去更緊張。他在屋裡踱了幾步，然後在那把他在椅背上搭外套、倚靠胳膊的扶手椅上坐下。他仍然面對我，但是現在和我相同高度了。他又往嘴裡塞了一支菸，沒有點著，再次開口時菸晃來晃去，不僅沒有遮擋嘴巴，反倒更加突出。「所以說對於想幹掉某人的人來說，雇用殺手的方法原則上聽起來不錯。但是和殺手接觸總是很危險，即使你再小心，即使是通過第三方。或者第四方、第五方；實際上，工作鏈越長，環節越多，某個環節就越容易脫鉤，某個部分就越容易失去控制。在一定意義上，最好就是策劃者直接雇殺手，不用中間人。但是，任何最終付款人、企業家，或政治家都不會露面，否則太容易被敲詐勒索。事實上沒有安全的方法，沒有下令或者要求此類事情的恰當方法。而且，事後還有那些不必要的懷疑。如果一個像米蓋爾這樣的人竟可能是某種報復，或者雇凶殺人的受害者，那麼警方就會開始檢查各個方面：先調查他的對手和競爭者，然後是他的同事、所有跟他做過生意或者打過交道的人、被他辭退或者提前退休的員工，最後是他的妻子和他的朋友。所以更可取、更乾淨的做法是絕對不要讓事情啟人疑竇，要讓不幸清清楚楚到沒有必要審問任何人。或者只審問凶手的程度。」

儘管可能會令他不快，但是我再一次大膽地打斷他。或者，不是大膽，而是脫口而出，我沒忍住。「審問什麼都不知道的凶手，甚至不知道不是他的決定，而是別人把想法塞給他，慫恿他去做。審問那個差點殺錯了人的傢伙，我從那幾天的報紙上看到的；不久之前他打了德思文的司機，他本來也有可能把他捅死並因此毀掉你們的計畫，我猜你們不得不警告他：『喂，不是那個，是另外一個開車的人；你打的那個人沒有錯，他只是一個奉命行事的人。』那個凶手不會為自己辯解或者羞於告訴警察，或者說，告訴媒體和所有人他的女兒是妓女，他寧願什麼都不說。你那可憐的瘋子拒絕招供，不會指認任何人，直到兩個星期前他嚇了你們一大跳。」

迪亞斯．巴雷拉看了看我，帶著一絲微笑，熱情、親切，我不知道該如何形容。不是厚顏無恥，不是家長式的態度，不是嘲笑，即使是在那樣負面的境況下也不令人討厭。似乎僅僅因為他證實了我的反應恰如其分，一切都按照預先計畫好的進行。他又彈了幾次打火機，沒有點菸。而我倒是給自己點了一支菸。他仍然嘴裡叼著菸說話，那支菸最終會沾黏在其中一片嘴唇上，很可能是上嘴唇，我很想摸摸它。他似乎並沒有因為我打斷他而生氣。

「卡內亞拒絕招供，頑固得很，那是意外之福。我不指望這樣，不指望這麼多。我只希望他供詞混亂，解釋前言不搭後語，希望他神智恍惚，希望警察們唯一能證實的就是他是一時衝動，由一種病態的、荒謬的執念，和一些幻想的聲音造成的後果。米蓋爾和賣淫網、拐賣婦女能有什麼關係？但是最好還是他決定不說出來，對嗎？最好絲毫沒有他會牽連到第三者的風險，最好他們像幻覺；希望他不要提起打給一個不存在的，或者無論如何都找不到、從未登記在他名下的手機的奇怪電話，不要提起任何一個在他耳邊竊竊私語的聲音，跟他提起米蓋爾，說服他相信是米蓋爾造成他女兒們的不幸。根據我的理解，警察找到她們，但是她們拒絕見他。看來她們有好多年不跟他來往，他們的關係非常緊張，她們認為他不可理喻，完全不管他的事；那個所謂的遊民一個人生活了很長時間。看來她們確實在賣淫，但是出於自願，其實在需求面前意志一點用處都沒有：也就是說，在幾種可能的營生方法中，她們選擇了賣淫，她們的生意還不錯，沒有怨言。我認為她們即使不是高等娼妓，也是中等層次，她們過得很好，並非窮困潦倒。父親不想再知道她們的事情，她們也不想再知道他的事，他大概一直都瘋瘋癲癲的。很可能後來在他孤獨時，在他精神越來越失常時，他對她們的記憶更多是孩童時代的，而不是少女時代的，是希冀，而不是失望，他堅信她們是被迫從娼。他沒有抹去事實，卻可能抹去了原因和客觀，找一些對他來說更容易接受卻更令人氣憤的理由，但是憤怒給人力量。我怎麼知道：為了在想像中更好地保護那兩個小女孩，她們應該是他人生僅剩的、可以挽救的東西，那些形象，最美時光中的最美回憶。我不知道他在落魄之前是誰、做什麼；為什麼要去弄清楚呢？所有這類故事都很淒慘，想想其中某個男人，或者更糟，其中的某個女人，在無法預見自己苦難的未來時的樣子，瞥一眼任何人的無知過去都會令人痛心。我只知道他多年前喪偶，他可能就是從那時開始走下坡。我知道些什麼也沒有意義，我沒有讓魯伊韋里斯告訴我，假如他知道的話，利用卡內亞當工具已經夠讓我良心不安，一想到他現在待在那個被關押的地方，可能好過他以前睡的那個破爛汽車裡，我的良心又稍感安寧。他可能得到更好的關心和照顧，況且他顯然也是個危險分子。最好不要待在大街上。」「他良心不安？」我想，「真諷刺，在他正講述給我聽的事情中，在我大致已經知道的事情中，迪亞斯試圖不讓自己顯得厚顏無恥，而是有所顧忌。這應該很正常，我想大多數凶手都有同樣的企圖，尤其是被人發現之後；至少那些非職業殺手，那些只做一次就住手或者希望住手的人是這樣，他們把它當作一次例外，就像一次可怕的事故，自己極不情願地被捲入其中（在某種意義上像是一段插曲，之後一切可以繼續）：『不，我不希望它發生。當時我糊裡糊塗，很恐慌，實際上是死者逼我的。倘若他沒有施加那麼多壓力，讓事情偏離這麼遠，倘若他多一點諒解，倘若他沒有逼我，或者讓我如此低潮，倘若他消失了的話……這讓我很難過，你知道的。』確實，意識到自己所做的事情肯定難以忍受，因此會有些不知所措。是的，他說得對，瞥一眼任何人的無知過去都會令人痛心，比如可憐的德思文的過去，在他生日那天早上運氣不佳，可憐的人，他當時正和路易莎一起吃早餐，而我遠遠地、開心地看著他們，就像任何一個普通的早上一樣。我覺得真是諷刺。」我重複著這樣的想法，察覺到自己臉紅。但是我沒開口，什麼都沒說，我將我的憤怒，他所害怕的女人的憤怒，埋在心底，而且我及時發現在他長篇大論的某段時間（是哪段時間？）裡我不再認為他跟我講的內容仍然還是假設，或者說是針對我，根據我所聽到的內容而做出的推斷——按照他的說法肯定是虛構——的一種說法。他的講述或者說回顧就是這樣開始的，僅僅像是解釋了我的推測，把我的懷疑用語言表達出來，而我卻在不知不覺中感染了一種真實的氣氛或語氣，我已經開始當它是一次正規的招供，把它當作事實來聽。他的說法，仍然存在並非真實的可能性，一直都是這樣（我永遠只知道他告訴我的那些，因此我對任何事情都沒有絕對的把握；是的，說來可笑，在這麼多個世紀的實踐以及不可思議的進步和發明之後，我們仍然沒有辦法知道某人什麼時候在撒謊；當然這對我們所有人都是利弊參半，可能這是留給我們唯一的自由之地了）。我心想他為什麼允許這種情況發生，為什麼竭力讓可以預見之後要否認的事情聽起來那麼逼真。他說完最後幾句話之後，我很難等到那個可能的、已經預告過的否認（「我不想你留下一個不真實的印象。」他一開始是這麼說的）；但是，這件事偏偏被我碰上，現在我不能逃避了：我得聽可怕的事，繼續等著，耐著性子。所有這些想法在我腦中都是一閃而過，因為他沒有停止講話，僅僅稍稍停頓了一下。「因此卡內亞意外的沉默就像是一次降福，像是證明我的冒險計畫是對的，這些計畫風險很大，你明白的：那個卡內亞很可能不受我的陰謀影響，或者他可能相信米蓋爾是他女兒墮落的罪魁禍首，僅此而已，也可能什麼後果都沒有。」

我的嘴巴又管不住了，我剛剛才克制住它，效果真是微乎其微。我儘量讓自己的話聽起來像是提示（我這樣做以免他太生氣），不像控告或指責，儘管毫無疑問就是控告和指責。

「但是，你們給他一把刀，不是嗎？不是普通的那種，而是一種特別危險、殺傷力極大的刀具，是違禁品。造成可怕的後果，不是嗎？」

迪亞斯．巴雷拉吃驚地看了我一會兒，我第一次看到他不知所措。他沉默了，也許飛快地回想在我偷聽的時候，他是否和魯伊韋里斯提起過那把刀。在那之後的兩個星期內，他肯定不遺漏任何細節地重現他們兩個那次的談話，肯定精確地盤算過我知道了什麼，知道多少——肯定是在他朋友的協助下，他可能已經告訴他那個意外；鑒於他的朋友那天看我的方式，想到他竟能察覺出來我的竊聽行為，突然讓我覺得很討厭，就像他那麼看我時給我的感覺一樣——儘管他並不知道我是很晚才開始偷聽的，有時還只聽到一些片段。他大概作了最壞的設想以防萬一，認定我什麼都聽到了，因此他才決定叫我來，用事實或事實的表象，又或者一部分事實來消滅我的想法。即便如此，他可能不記得他們曾經提到凶器，更不記得事實上是他們買了武器提供給那個暴徒。我自己並不肯定，認為不可能，但當他對自己的回憶和細心回顧感到困惑，或者突然產生懷疑時我意識到。那很可能是我推測出來的，然後就信以為真了。他產生懷疑，肯定在想我所知道的是否比我應該知道的要多，是怎麼知道的。這也讓我有時間注意到我使用了好幾次第二人稱複數，把魯伊韋里斯和不具名的他都包含在內（我剛才說「你們給他」），他則一直在用第一人稱單數講話（他剛才說「我的冒險計畫是對的」），好像是他一個人犯的罪，好像只是他一個人的事情，儘管是執行者操作的，並且至少有兩個同謀幫忙，他們替他把事情做了，無需他參與或捲入。他遠離骯髒和血腥，遠離那個暴徒和他拿刀傷人的行為，遠離手機和柏油馬路，遠離躺在血泊中央他最好朋友的身體。他什麼都沒有碰；很奇怪在講述的時候他沒有利用這些，而是恰恰相反。他不把責任分攤給參與此事者。這樣總會減輕自己的罪責，儘管很明顯是誰操縱、策劃、下令。那些陰謀家們自古以來就懂得這個，那些被別人的頭腦——不露面，分辨不清是誰——唆使、自發而起、群龍無首的烏合之眾也知道：沒有什麼比分攤責任更容易脫身了。

他的不知所措沒有持續多久，很快就恢復了。在努力回想，但沒有明確的發現之後，他肯定認為我所知道的，和我所猜想的基本上都無所謂，畢竟現在一切都取決於他，就像一切總是取決於告訴我們事情的人一樣，他決定從哪裡開始，什麼時候停止，透露什麼，暗示什麼，隱瞞什麼，什麼時候說真話，什麼時候說假話，或者是否將二者合二為一，讓人無法分辨，或者是否用真話來欺騙，我剛剛突然想到他可能正在這麼做；不，沒有這麼複雜，只要說得令人不信，或者令人難以相信，聽的人最終就會拒絕相信了。那些不太可信的真話就是拿來這麼用，在生活中比比皆是，遠遠多於劣質小說中的數量，大概沒有哪部小說敢在其中把無數可能發生的偶然和巧合全放進一個人的生命中，且不說那些已經發生的和仍在發生的。現實不設界限真是可恥。

「對，」他回答道，「這導致了那樣的結果，但是也可能什麼都沒發生。卡內亞可以拒絕折刀，或者拿了它，然後扔掉或賣掉。或者留著它不用。把它弄丟或者提前被偷也不是不可能，在遊民那裡它是非常寶貴的物件，因為所有人都感覺受到威脅，無法自衛。總之，向某人提供一個動機、一件工具並不保證他會加以利用，絕對不會。我的計畫即便在實現之後風險也非常大。那個傢伙確實差點弄錯人。大約一個月前。沒錯，當然必須教訓他，反覆向他強調，跟他說清楚，這樣一個失誤正是我們需要的。這種事情不會發生在一個職業殺手身上，但是我已經告訴過你，他們可能帶來的不利，即使短期之內不會，長期來看也會。我寧願冒失敗的危險，冒不成功的危險，也不願最終被發現。」他停下來，似乎很後悔說出最後一句話，或者也許是後悔在那個時候說出來，可能時機還沒到；一個人在講述他事先準備好的、構思好的東西時，往往提前決定好先說什麼再說什麼，會注意不要違反或改變順序。他喝了口酒，時不時機械性地往上挽一挽已經挽上去的袖子，終於點燃他的菸，他抽的是利是美公司生產的一種非常柔和的德國香菸，該公司的老闆曾被綁架，不得不支付該國歷史上數額最大的贖金，一筆巨款，之後寫了一本有關自己經歷的書，我曾在出版社看了一眼它的英文版，我們想在西班牙出版，但是最終歐赫尼覺得它太壓抑不願出版。我猜他會繼續抽這種菸，除非他已戒菸，但我不相信他會戒菸，他不是那種接受社會約束的人，和他的朋友里克一樣，表面上看來，無論在什麼地方他都說自己想說的，做自己想做的，毫不在乎後果（有時我會想里克是否知道迪亞斯・巴雷拉的所作所為，是否察覺到些什麼：這不大可能，我感覺他對近現代的事情不太感興趣，也不瞭解）。迪亞斯・巴雷拉似乎在猶豫是否繼續沿著那個思路說下去。他很快便這麼做了，或許不想因為過於突然地轉換話題而凸顯他的悔意。「即使你覺得很奇怪，但是在這樣一樁命案裡，殺死米蓋爾比不被發現、不受牽連次要得多。我的意思是，如果能把我暴露或者受到懷疑的風險降到最低，沒有必要一定要他那時、那天或者附近哪一天死，即使從現在起等三十年也行。無論如何我不能讓自己被發現，倘若有這種可能，還不如讓他繼續活著，放棄任何計畫，不讓他死。順便說一下，那個日子當然不是我選的，是那個暴徒定的。我的任務完成之後，一切都在他的手中了。如果是我偏偏選了他生日那天就太沒品味了。那是一個巧合，誰知道那傢伙什麼時候會下定決心，或者是否永遠都不會行動。不過這些我以後再向你解釋。我們繼續聽你的想法，你對事態的分析，在這兩個星期裡你應該有時間下定論。」

我想克制住自己，讓他一直說到疲倦、把話說完為止，但是我又做不到了，因為我的大腦已經飛快地領悟幾件事情，它們洶湧澎湃，我當時無法憋在心裡。「故事講到這裡，他說的是殺人，不是謀殺，既然他已經不再隱瞞，怎麼會這樣？」我想。「從那個收停車費的傢伙的角度來看可能是第一種，從路易莎、警察、目擊者，以及報紙讀者的角度來看也是如此，讀者們某天早晨看到那條消息，想到那種事情可能在馬德里最安全的地區之一發生在任何人身上之後都毛骨悚然，但是他們隨後就忘了，因為沒有下文，而且不幸一旦在他們的想像中淡化，他們便開始產生倖免於難的感覺。『不是我，』他們心想，『這種事情不會發生兩次。』但是這不是哈威爾的角度，從他的角度來說是謀殺，他的計畫有很大缺陷，有冒險成分，他的推測可能不會實現，這些對他來說都無所謂，他很聰明，不至於弄錯這些事情。那他為什麼說『那時』並且一再重複呢？『一定要他那時死』，『那時他的死亡』，似乎死亡本來可以推遲或者留至將來發生的，也就是說，『今後』，確定它總會發生的。他還說『那就太低俗了』，好像下令謀殺一個朋友還不夠低俗似的。」我留下最後這個想法，事情總是這樣，儘管不是最引人注目，卻可能最傷人。

「太沒品味了，」我重複道，「可是，你在說什麼呢，哈威爾？你認為那個細節會對事實有所改變嗎？你正在跟我說一樁謀殺。」我趁機拋出它的名稱。「你以為指定某一天或者另外一天就可以增加或者減輕事件的嚴重性嗎？就可以提升它的品味或者稍稍減輕它的低俗嗎？我聽不懂你的話。好吧，我也不想聽懂什麼，我甚至都不知道為什麼我還在聽你講話。」現在我點了第二支菸，喝了點酒，思緒紛亂；我喝得很急，喝的時候第一口菸還沒有吐出，差點嗆著。

「你當然聽得懂，瑪麗亞，」他迅速答道，「所以你在聽我說，好讓自己相信它，證實它。這兩個星期的日日夜夜你一遍又一遍不停地告訴自己。你的理解是：對於我來說，我的願望凌駕於一切考慮、一切約束、一切顧忌之上。還有一切忠誠之上，你想想看。一段時間以來，我很清楚我想和路易莎一起共度餘生。我很清楚我只愛一個女人，就是路易莎，我很清楚不能靠運氣，不能指望事情自己發生，不能指望障礙和阻力會神奇地消失。你得自己去努力。這個世界上到處都是懶人和悲觀者，他們一無所獲，因為他們不勤奮，然後便大肆抱怨，覺得很挫敗，對外界懷恨在心：大多數人都是這樣，都是遊手好閒的白癡，提前被自己的生活定位和擊潰。這麼多年我一直單身；是的，我在等待，期間有一些愉快的風流韻事讓我暫時忘掉痛苦。最初我在等待一位讓我鍾情，我對之情有獨鍾的人出現。後來……對我來說，這是我承認那個詞語的唯一方式，所有的人都在隨隨便便地使用這個詞，但是它不應該如此簡單，因為許多語言中都沒有它，據我所知，除了我們西班牙語只有義大利語有，當然我懂的語言很少……可能德語也有，我不確定：*el enamoramiento* ——墜入情網，或是迷戀的狀態。我指的是這個名詞，這個概念；它的形容詞，即它所指的狀態大家確實更為熟悉，至少法語中有，英語中沒有，但是有些詞在努力表達它，意思很接近……很多人令我們很有好感，讓我們開心，令我們著迷，激發我們的感情，甚至打動我們，或者讓我們喜歡，吸引著我們，甚至讓我們一時瘋狂，我們享受她的身體和陪伴，或者兩者兼而有之，就像現在我和你在一起的感受，以前和其他女人也有過這樣的感受，但是很少。有的甚至讓我們離不開她們，習慣的力量非常之大，最終會代替幾乎一切，甚至完全取代。可以取代比如愛情，但是取代不了鍾情，應該分清這兩者，儘管很容易混淆，但它們不是一回事……非常奇怪的是對某人情有獨鍾，真正鍾情於某人，某人讓我們產生這種感情，令我們鍾情。這是決定性的，它讓我們無法客觀，它永久地解除我們的武裝，讓我們在所有的爭吵中都低頭認輸，就像夏貝爾上校再次單獨見到妻子時最終在她面前認輸一樣，我跟你提過那個故事，你讀過的。據說孩子做到了，我非常相信，但是應該是不同性質，他們從出生，從一開始就缺乏保護，我們對他們的偏愛應該是他們的無依無靠迫使我們產生，似乎永遠存在……通常人們不會對一個成年人產生這種感覺，實際上也不會刻意尋求。他們不去等待，沒有耐心，平庸乏味，或許甚至不想要那種感覺，因為他們心中也沒有那種感覺，因此他們和第一個走近他們的人在一起或者結婚，這不奇怪，這一直是人們一輩子的標準。有人認為迷戀是從小說中產生的一個現代發明。無論如何，我們已經有了它，有了這個發明，這個辭彙，這種感情的能力。」迪亞斯・巴雷拉有某句話沒說完，或者只說一半便不說了，他曾猶豫了一下，想要從他岔開的話題中再岔開話題，但他控制住了；他不想長篇大論，儘管他常常這樣，只想告訴我一些事情。他的身體一直向前傾，現在他坐在扶手椅的邊沿，手肘抵在膝蓋上，雙手合攏；他在長篇大論時常用的那種冷漠的、解釋性的，或者幾乎是說教式的語氣已經變得衝動起來。而我就像每次聽他長篇大論時一樣，目光無法離開他的臉以及他講話時快速抖動的嘴唇。我對他說的話並非不感興趣，我對他的話一直都興致盎然，現在更是如此，因為他在向我坦白他做過的事，為什麼這麼做，如何做，或者是他認為我認為如此的事，他猜的沒錯。但是，即使我沒有興趣，我也會一直聽他講下去的，並且一邊聽一邊看他。他又打開一盞燈，他旁邊那盞（他有時坐在那把扶手椅上看書），天已經完全黑了，原來的燈光不夠用了。我看他看得更清楚了，我看到他長長的睫毛，有些夢幻的神情，那時也依然如夢幻一般。他的臉色並沒有因為他正在講述的事情而顯出不安或尷尬。他看上去並不費力。我必須提醒自己他盛氣淩人的鎮定自若該有多討厭，因為我竟然不覺得討厭。——「你一旦知道你對她的付出是無條件的，」他繼續說道，「任何事情你都會幫她，支援她，即使是非常可怕的願望（比如殺掉某人，你會認為她有理由這麼做或者別無他法），你會為她做任何事。不是那種一般意義上的喜歡；而是讓你著迷，這是不同的，比前者更強烈、更持久。我們都知道，那種無條件幾乎沒有道理，甚至沒有原因。確實很奇怪，影響巨大，卻沒有原因，或者無法形容原因。我個人覺得決心發揮了不小的作用，一種武斷的決心……不過，那是另外一個故事了。」——他又想高談闊論了，但他竭力不讓自己那麼做。不管怎樣，他在盡力說得直截了當，我感覺如果他說話還是這樣不慌不忙的話，這並不是他矯揉造作，也不是無法避免，而是以此尋求什麼，也許是為了拉我進去，讓我更適應那些事實。我不時地停下來想：「我們在談這種事情，一樁謀殺，很少見的事情；我在專心聽他說而不是將他吊在樹上。」我馬上想起達達太安驚呼是謀殺時，阿多斯對他的回答：「對，謀殺，僅此而已。」我對此想得越來越少了。——「幾乎沒有人能回答別人提出的關於自己，或者任何人的那個問題：『他為什麼愛上了她？他在她身上看到了什麼？』尤其當她是一個被公認讓人無法忍受的人，但我認為路易莎不是這樣；不過，我沒資格這麼說，原因正是我剛才所說的那些話。就說眼前的，就連你，瑪麗亞，可能也回答不出你這段時間為什麼迷戀上我，不顧我所有的缺點，明知從一開始我真正的興趣就在別的地方，明知很久以來我一直有一個無法放棄的目標，明知你我之間不可能比現在走得更遠。我的意思是，你回答不出來，只能支支吾吾地說一點含糊不清、不太巧妙，疑點重重又無可爭辯的主觀想法：理所當然是你對自己的看法（誰敢反駁你？），當局者迷則是別人的說法。」——「這是真的，我回答不出來，」我想，「我就像個傻瓜一樣。我說什麼呢？說我喜歡看他，吻他，喜歡和他上床，喜歡那種不知道是否會上床的惴惴不安，喜歡聽他說話？沒錯，都是些愚蠢的理由，說服不了任何人，或者對於那些沒有相同感覺或從未有過類似體驗的人來說是這樣。甚至正如哈威爾所言，這些甚至都算不上理由，更像是在表明信念，沒有其他意義；儘管或許確實是一切的答案。總之，影響是巨大的，這一點是真的。不可抗拒。」我的臉應該微微紅了，也可能我在沙發上不自在地、不好意思地動了一下。我不喜歡他那樣直白地提到我，不喜歡他提到我對他的感情，因為我一直是個謹慎寡言的人，從未用要求或表白來糾纏他，也不曾用委婉巧妙的話來讓他向我表達愛意，我一直不讓他感覺到有回報我的責任、義務或者必要，絲毫沒有；我對處境的改變也從未抱任何希望，或者只有在身處臥室的孤獨中凝望著樹木、遠離他時才會偷偷地希望，就像一個人在睡意來襲時的幻想，所有人都有這種權利，至少有權利在清醒終於開始退去、一天結束時想像不可能的事情。他把我捲入這一切令我很煩惱，他本來可以不這麼做的；他這麼做的目的可能並不單純，可能隱藏著某種企圖，他可能沒有透露。我又想起身離開了，徹底離開那個我既愛又怕的公寓不再回去；但是現在我知道直到他說完我才會走，直到他全部講完他的真話或謊言，或者真話和謊言兼而有之，否則現在還不能走。迪亞斯．巴雷拉察覺到我臉上的紅暈或者是不安，不管是什麼，因為他像是息事寧人似的趕緊補充道：「對了，我不是在暗示你愛上我，或者你對我是無條件的，或者我讓你著迷，都不是。我沒有這麼自負。我很清楚不至於此，你想必不會如此，你這麼短的時間內對我產生的感覺，無法和我這麼多年來對路易莎的感覺相比。我知道我只是一種消遣，只是讓你開心。我對於你就像你對於我的感覺，幾乎沒有區別，我說錯了嗎？我提到這個是為了證明就連那些最短暫、最輕微的迷戀都是缺乏原因的。更何況是那種更深層次的，遠遠超出於此的鍾情。」

我沉默了，時間比我希望的還要長。我不確定該如何回答，這一次他停下來像是在催促我說點什麼。迪亞斯．巴雷拉用寥寥幾句話貶低我的感情，並且告訴我他的感情，多此一舉地刺痛我，因為我早已經知道，雖然我從來不曾聽他如此明確地說過這方面的事，或者說從來沒有聽他說過像剛剛所說的那般傷人的話。不管我的感情再愚蠢，就像實際上所有的感情在被描述、被解釋，或者僅僅是被表達出來時都很愚蠢一樣，他把我的感情看待得遠遠低於他對別人的感情，它們如何比較呢？他瞭解向來如此寡言慎行的我嗎？我竟未戰先敗，如此缺乏志氣，如此不願競爭、鬥爭，或者什麼都不願意？當然我沒有能力策劃、買凶殺人，但是誰知道以後呢？如果我們現在這種關係停滯數年的話，或者應該說是直到兩週之前所存在的那種關係，他同魯伊韋里斯的談話之前，更確切地說是因為我聽到他們的談話而攪亂一切。若不是我偷聽了他們的談話，迪亞斯．巴雷拉可能還在繼續無限期地等待路易莎慢慢恢復並且如他所預期地愛上他，以至於這段期間他可能不會替換我，不會捨棄我，而我也不會離開他，繼續像以前那樣跟他見面。那麼，隨著一成不變的歲月的流逝，僅憑著時間的不斷積累，誰不會開始要求更多，開始失去耐心，開始不知足，不會認為自己獲得權利呢？一如歲月更替這般沒有意義、保持中立這件事無論對於當事人，或是默默忍受、不放棄、不屈服的候補者而言，都一樣困難。

原本什麼都不期待的人最終變得苛求，原本虔誠、謙卑地走近的人變得專橫、桀驁，原本乞求心上人的微笑、垂青或親吻的人，現在擺起架子傲慢起來，對已經被時間的毛毛細雨征服的那個人則吝嗇起來。時間的流逝能加劇、增強任何暴風驟雨，即使起初天邊沒有一絲雲彩。我們不知道時間在其層層疊疊難以分辨的溫柔外衣下會讓我們成為什麼，能把我們變成什麼。它無聲無息地前行，一天又一天，一小時又一小時，一步又一步，不懷好意，不讓人覺察到它鬼鬼祟祟的工作，它那麼恭恭敬敬、小心謹慎，從不會催促或者驚嚇我們。每天早晨它帶著令人安心、始終如一的面孔出現，向我們保證與正在發生的事情相反的事：一切都很好，什麼都沒有改變，一切都和昨天一樣——時間讓一切力量平衡——我們什麼都沒獲得，什麼都沒失去，我們的面孔以及我們的頭髮、我們的輪廓都和原來一樣，原來恨我們的人仍然恨著我們，原來愛我們的人仍然愛著我們。實際上一切都相反，只不過時間利用它那陰險的分鐘和狡黠的秒鐘不讓我們發現而已，直到奇怪的一天不可思議地到來，到那時一切都和從前不同：那時兩個受惠於父親的女兒將身無分文的父親拋棄在穀倉等死，燒掉讓生者無利可圖的遺囑；那時母親奪去兒女的財產，丈夫搶走妻子的財產，或者妻子為了和情人安心地生活在一起，利用丈夫對自己的愛讓丈夫變得瘋狂或愚笨害死他們；那時還有些女人為了另一個兒子的富貴——她與現在所愛的人生的私生子——而給婚生子服下致命的藥劑，卻不知道這種愛情還能持續多久；那時一個寡婦從她在極度嚴寒的埃勞戰役中陣亡的軍人丈夫，繼承了地位和財富，數年後丈夫歷經艱難困苦爬出死人堆歸來時，卻拒不相認，說他是冒牌貨；那時路易莎會懇求她這麼久之後才向其轉身的迪亞斯·巴雷拉不要離開他，留在她身邊，會發誓放棄她曾經對德文內的愛，過往的愛將會被貶低得一文不值，無法同她現在對這個沒有恒心、揚言要拋棄她的第二任丈夫的感情相提並論；那時迪亞斯．巴雷拉會央求我不要離開，待在他身邊，永遠和他同床共枕，他會嘲笑自己長期以來對路易莎執著、天真的愛情，這種愛情導致他殺了一位朋友，他會對自己、對我說：「我那時真是瞎了眼，在我尚有時間的時候怎麼沒有注意到你？」奇怪的、不可思議的某一天，那一天我會設計謀殺路易莎，因為她夾在我們之間，雖然她甚至不知道有個「我們」，我和她也並無過節，也許我會付諸行動，那一天一切皆有可能。沒錯，一切都是令人惱火的時間的問題，但是我倆的時間已經中斷，對於我倆來說那個鞏固、延長一切同時又讓一切腐爛、毀滅、扭轉的時間已經結束，無論如何都感覺不到了。我的那一天不會到來，對我來說沒有「以後」或者「今後」，就像對於馬克白夫人來說不存在一樣，我與那個有益的，或者說有害的延期無關，這既是我的不幸也是我的幸運。

「誰告訴你我沒有愛上你？你知道什麼？我從來沒有對你說過。你也從來沒有問過我。」

「好，好，你不要誇張。」他毫不吃驚地答道。他最後幾句話像是在演戲，他很清楚我的感受，或者說直到兩個星期之前我的感受。或許現在我也有同樣的感受，卻沾染、摻雜了不應該沾染、摻雜的東西，至少在戀愛中不可以。他很清楚我的感受，被愛的人總能感覺得到，如果他精神正常，並不渴望被愛的話，因為渴望被愛的人無法分辨，會錯誤地理解那些暗示。但是他不是這樣，他不希望我愛他，很少鼓勵我，這恰恰等於他自己承認了。「如果是這樣的話，」他又說道，「你就不會因為發現的事情而害怕，也不會這麼快得出結論。你會不安地等待一個可以接受的解釋。你會認為也許沒有其他辦法，因為某個你不知道的理由。你會願意、希望欺騙你自己。」

我不理會這些居心叵測、想要把我引至他預先準備好的困境的評論。我只就第一句話做出回答。「也許我不是在誇張。也許我根本不是在誇張，你知道的。問題是你不喜歡那種責任，雖然我知道這個詞並不合適：任何人都不必為別人愛上自己負責。放心，我不要你為我愚蠢的感情負責，那是我自己的事情。不過，你把它看成小小的負擔也是難免。假如路易莎知道你的感情有多強烈（可能在她沉浸於自我的時候只看到事物的表面，只看到你的殷勤，你對你最好朋友的遺孀的關愛）；姑且不論她是否知道這種感情所導致的結果，她會覺得這是一個難以承受的負擔。在承受不了的時候她甚至可能會自殺。因此，這是我不打算告訴她的原因之一。你不必為此擔心，我不是一個無情的人。」我還沒有做出最終決定，一邊聽他說話，一邊感到氣憤或者不太氣憤的同時，我的想法搖擺不定（「等我一個人的時候，再沉著冷靜地考慮這件事吧。」我想），但是不管怎樣我最好讓他安心，以便我能離開那裡，不會感受到威脅，無論是當前還是將來，儘管我猜有生之年威脅不會完全消失。我又略帶嘲諷地大膽說道，嘲諷對我也有利：「當然了，這大概是除掉她，做你對德思文做過的那種事的最佳方法，只不過我的雙手要乾淨得多。」

他壓根沒有聽出其中的幽默——確實是個陰森的幽默——他變得嚴肅，似乎進入戒備狀態。現在他真的又往上挽了挽袖子，每個動作都強勁有力，像是在準備戰鬥或者向我展示他的力量，他把袖子一直挽到了肱二頭肌上方，像是五〇年代的熱帶美男子，比如裡李嘉度．孟德賓，吉伯特．羅蘭，那些幾乎已經被所有人忘記的有魅力的男人。他當然不是要戰鬥，也不是要打我，這不符合他的性格。我知道有些話令他惱火，他要駁斥我了。

「我沒有玷污我的手，你不要忘了。我極其謹慎。你不懂什麼是真正地玷污雙手。不懂委託別人做事能讓人在多大程度上逃脫責任，你根本不知道利用中間人有多大的幫助。你想一想為什麼，如果有可能，人們在稍有一點不順心或不高興的時候就想到要委託別人解決？你認為為什麼律師要參與糾紛和離婚？其實不僅僅是由於他們精明、有手段。你也想想為什麼男女演員都有經紀人，作家有經紀人，鬥牛士有經紀人，在有拳擊運動的時代拳擊手有經理？你想為什麼企業家會讓別人出面，有錢的罪犯會派打手或者雇傭殺手？並不僅僅是為了字面意義上的不弄髒雙手，也不是因為怯懦，而是為了不承擔責任，不冒受傷的危險。大多數經常利用那種人的傢伙（作為例外做這種事的人是另一回事，比如我本人）剛開始時都是親自行動，可能他們已是這方面的行家：他們已經習慣打人，或者讓某人吃子彈，不大可能在這種遭遇中受傷。你想為什麼政客們派軍隊參加他們宣布的戰爭，還要費心宣戰？和其他人不同，他們無法完成士兵所做的工作，但不僅僅是因為這個原因。在任何情況下，對所發生事件的調停，與之相隔的距離以及無需親眼目睹的特權都給予了一個強烈的自我暗示。看似不可思議，但就是這樣，我已經親自證實。他們最終會深信自己跟地面上所發生的一切或肉搏戰毫無關係，即使是他們所引起、激發、出錢造成。離婚者最終相信其卑劣要求和殘忍不是自己而是律師的主意。那些名演員、名作家、鬥牛士、拳擊手為其經紀人的經濟要求或者設置的障礙道歉，好像這些經紀人不是遵從他們的命令、不是按照他們的指使工作。政客在電視上或報紙上看到他發起的轟炸所造成的後果，或者得知他的軍隊正在當地犯下的種種暴行；他會搖頭否認，表示責備和憎惡，心想他的將軍們怎會如此粗魯、愚笨，怎麼不能在戰鬥開始時控制一下自己的人，怎麼不看好他們，但是他從不認為自己對數千公里外發生的事情負有責任，自己既沒參加也沒有親眼目睹：很快他就忘了一切都是他決定的，是他下了『進攻』的命令。就像是犯罪頭目放出自己的打手一樣：他讀到或者被告知他們做過頭，非但不是僅僅按照他的指示殺幾個人，還割下他們的頭和睾丸，並把睾丸塞到嘴裡；一想到那種場景他有片刻的顫慄，認為他的打手確實是施虐狂，卻已經不記得是自己給了他們想像和行動的自由，他對他們說：『要讓事情震驚全世界。要殺一儆百。要通過此事讓恐懼蔓延。』」

迪亞斯·巴雷拉停頓下來，彷彿這一番列舉讓他一時精疲力竭。他又倒了一杯酒，口乾舌燥地喝了一大口。又點了一支菸。他開始出神地看著地板。在那幾秒鐘的時間裡我看到一個垂頭喪氣、茫然無措，或許還滿懷內疚，或許感到後悔的男人的形象。但是直到此刻，無論是在他的正常講述中還是在他的題外話中後悔都不存在。更確切地說完全相反。「他為什麼把自己同這些人聯繫起來？」我想，「他為什麼讓我想起他們，而不是把他們從我的腦海中驅除？讓我以這些令人厭惡的事例來看待他的舉動，對他有什麼好處呢？人們總能找到某種事例可以美化最醜陋的罪行，最低限度地替他開脫，總能找到某種不完全陰險的理由，至少讓別人在理解的同時不感到噁心。」「就是這樣，我已經親自證實了。」他說這番話時把自己也列入名單。列舉離婚者和鬥牛士尚可理解，列舉厚顏無恥的政客和職業罪犯就讓人難以理解了。他似乎不是在尋找開脫的理由，而是不時地想讓我更加恐懼。或許他是為了預先讓我準備接受任何藉口，接下來出現的藉口，它們遲早會出現，他不可能直截了當地向我承認他的自私和卑劣，他的背叛，他的肆無忌憚，甚至沒有特別強調他對路易莎的愛戀，對她熾熱的需求，他從未放低姿態說些雖然好笑但有時卻打動人心的話，比如「沒有她我活不下去，你懂嗎？

我受不了了，她對我來說就像空氣，我原來因為沒有任何希望而感到窒息，但是現在我有了一線希望。我不希望米蓋爾發生任何不測，完全相反，因為他是我最好的朋友；他橫亙在我唯一的生活，我唯一想要過的生活中間，他的運氣太差，妨礙我們生活的必須被除掉」。戀愛中人的過分行為是可以接受的，當然不是所有的行為，但是有時只需說某人愛得很深或者曾經愛得很深彷彿就不必理會其他理由了。「因為我曾經太愛她了。」有人說，「不知道自己在做什麼。」人們就會表示贊同理解，似乎他跟他們說的是眾所周知的事情。「她因為他活著，為了他活著，世上其他人都不存在，她會為他犧牲一切，其他都不重要，」如此便可以理解為什麼有這麼多卑鄙無恥的行為，甚至有些可以得到原諒。為什麼哈威爾不強調他認為所有人都會遭受他的那種病態？為什麼他不繼續以之為藉口？他認為理所當然，但是並不強調它，並不把它放在前面，卻背道而馳，把自己同那些卑鄙無情的人聯繫在一起。是的，也許原因在此：他越讓我吃驚，越讓我恐懼，我越暈頭轉向，我就越容易緊緊抓住任何一個可以減輕其罪行的因素。如果這是他的目的的話，那麼可能不無道理。我期待出現能讓我稍微輕鬆一點的某種理由，某種解釋或者可以減輕其罪行的因素。我已經承受不了這些事實，無論是真正的事實，還是自從我在那扇門後聽到它們的該死的那一天起，我一直在想像的事實。那天我在那扇門的另一邊，那個地方我再也不會去了，現在可以非常肯定。即使哈威爾走到我身邊，從後面抱住我，用手指和嘴唇愛撫我。即使他在我耳邊輕聲耳語他從未說過的話。即使他對我說：「我真是瞎了眼，以前怎麼會看不見你，不過還來得及。」即使他把我拉向那扇門，求我。

那些事情無論如何都不會發生。即使我要脅他，要把他的事情說出去，或者懇求他，這些也不會發生了。他仍然沉浸在自己的思緒中，出奇地冷漠，目光繼續盯著地板。我沒有趁機離開，而是打斷他的沉思，已經很晚了：聽過他的話後，我原本想保留我那些陰暗的猜測，不想明確知道什麼；但現在我希望他說完，好看看他的故事是否沒有聽起來那麼糟糕，那麼悲傷。

「你呢，你當時怎麼想？你最終讓自己相信什麼？相信你和你最好的朋友被謀殺毫無關係？很難相信，對嗎？即使你不斷地自我暗示。」

他抬頭，重新把袖子拉回前臂，像是覺得冷。但是那種似乎突如其來的垂頭喪氣或疲憊不堪並沒有完全從他身上消失。他的語速慢下來，少了些自信和魄力，他的目光落在我臉上，有些迷離，彷彿我離得很遠。

「我不確定，」他說，「是的，理所當然應該知道，在內心深處知道，怎麼能不知道，怎麼能忽視呢？知道自己啟動一整套過程，原本可以讓它停止的，直到事情發生之前，直到我們所有人都擁有的那個『以後』對於某人而言不再存在之前，沒有什麼是不可避免的。但是委託別人做事有其弔詭的地方，我跟你說過。我委託魯伊韋里斯，從那時起我就認為這起策劃已經不像是我自己的事，至少有人和我一起承擔。魯伊韋里斯下令另一個人給那個暴徒弄個手機，打電話給他，他們兩個輪流打給他，兩個人的聲音比一個人的聲音更有說服力，讓他頭暈腦脹；我甚至不清楚那個人怎麼給他手機，我猜是把它放在他的汽車裡，手機像是奇蹟般地出現在他眼前，然後又以同樣的方式給了他折刀，以免自己被他看見，這一切的後果無法預知。無論如何，另外那個人，那個協力幫手，不知道我的名字，也沒見過我的臉，我對他也是這樣，他的匿名參與讓一切離我更遠，與我的關係更小，我的參與變得模糊，已經不完全由我掌控，參與者越來越多。一個人一旦啟動了某件事然後把它交出去，就好像是鬆開它，擺脫掉它，我不知道你是否能理解，或許不能，你從來沒有必要籌備一場死亡。」——我注意到他的用詞，「必要」；這個想法很荒謬，他不曾有「必要」做任何事，沒有人曾強迫他。他說的是「一場死亡」，可能是最中立的說法，不是「一次殺人」、「一次謀殺」或者「一次犯罪」。——「接到有關事情進展的簡短彙報後，只是監督，不直接出面。是的，出現一個錯誤，卡內亞弄錯人，消息傳到我這裡，甚至米蓋爾也跟我提起可憐的巴勃羅遭遇的那次意外，但他沒有懷疑此事和他的請求有關，沒有將兩件事聯想在一起，沒有想到我在幕後，或者是他掩飾得很好，我怎麼知道。」我發現自己聽糊塗了（什麼請求？什麼聯想？掩飾什麼？），但是他繼續往下說，好像他突然起跑了，不容許我打斷。「魯伊韋里斯那個白癡在那之後就不相信另一個人，我付了他很多錢，他欠我人情，於是他親自出馬，小心地、偷偷地出現在那個暴徒面前，那條街晚上沒有人是真的，但是他被他看到穿皮大衣，希望他已經扔了，他想確保他別再弄錯人，以免捅死那個可憐的司機巴勃羅，把一切都搞砸。沒錯，雖然我知道那次意外，但是對我來說那只是在我家跟我講的一個故事，我沒有離開這裡，從未出現在那個地方，也沒有沾染血腥，因此我不覺得那件事完全是我的責任或行為，只是遙遠的事實。你不用驚訝，還有更遙遠的事實呢：有的人在下令幹掉某人之後，甚至都不願意再瞭解其過程、步驟和方法。他們相信最後會有一個屬下前來告訴他們那個人已經死了。他們被告知那人死於一場意外，或一起嚴重的醫療事故，或者是從陽臺上跳下去，或者被車撞，或者某晚遭到搶劫，他抵抗結果運氣太差被殺害了。即使看似奇怪，那個提出殺他但沒有具體指明方式和時間的人，可能會比較真誠或略帶驚訝地感慨：『天哪，太不幸了！』似乎跟他毫不相關，是命運替他實現願望。這是我試圖達到的，讓自己盡可能地置身事外，儘管我在某種程度上策劃行動方式：魯伊韋里斯查出那個窮鬼生活中有什麼不幸，什麼事情最讓他生氣，他蒙受的恥辱是什麼，不管他是不是偶然查到，我不清楚，反正某一天他告訴我那個窮鬼的女兒們被迫或受騙成了妓女的事情，魯伊韋里斯什麼事都做，他在方方面面都有關係，因此，計畫是我的，或者說，是兩個人的，是我們兩個的。即便如此，我也是離得很遠，躲在一邊：中間隔著魯伊韋里斯本人，以及他的朋友，那個協力幫手，更何況還有卡內亞，他不僅決定時間，而且還能決定不做這件事，事實上沒有什麼掌握在我手中。既然有了這層層委託關係，這麼依靠其他人的行動，這麼依靠運氣，相隔這麼遠，一旦事情發生，你很可能會想：『我和這件事有什麼關係？我和一個神經病在一個安全的時間、一個安全的地區在大街上做的事有什麼關係？早就看出他對公眾很危險，是個暴力分子，他早就不該自由活動，特別是在他對巴勃羅動手之後。這是沒有採取措施的當局者的過錯，也是依舊存在的噩運的過錯。』」

迪亞斯．巴雷拉站起身，在客廳走了一圈，重新站到我身後，雙手放在我肩上，輕輕地捏了捏，與兩星期前他放在我身上的手完全不同，那是在我疏遠他之前，當時他和我站在那裡，那隻手扣著我，像一塊墓碑。此刻我並不懼怕，覺得那像是一個愛的表示，而且他的語氣也變了。面對無法挽回的一切流露出一種痛苦，或者是輕微的絕望——輕微是因為已經成為過去，他不再那麼厚顏無恥，似乎以前這種腔調是刻意裝出來的。他開始混用動詞時態，陳述句現在時態，簡單過去時態和過去未完成時態，就像有時某人在回憶一段不愉快的經歷，或者複述一個只是自己認為已經脫離，但其實並沒脫離的過程時會出現的情況。他的語氣不是突然而是漸漸真實起來，這讓他更加可信了。也許那是假裝出來的。不知道這一點很討厭，之前的一切也曾讓我覺得很真實，他用了同一種語氣，或者不是同一種，而是另一種不同的語氣，無論如何都同樣真實。現在他沉默了，我可以問他我不理解的地方，問他無意中說漏的部分。或許他根本不是無意中說出，而是故意說出來，等待我的反應，他相信我已經注意到了。

「你剛才提到德文內的一個請求，以及他可能在掩飾。是什麼請求？他要掩飾什麼？我沒聽懂。」話一出口我就想：「我究竟在做什麼，我怎麼可以禮貌且客氣地談論這一切，我怎麼可以向他詢問一樁謀殺的細節？為什麼我們在談論此事？這個話題不適合談論，或者只能在許多年過去之後談論，就像安娜・布勒伊被阿多斯在成為阿多斯之前殺死的故事中那樣。但是哈威爾仍然是哈威爾，他還沒來得及變成另外一個人。」

他又輕柔地捏了捏我的肩膀，幾乎是一種愛撫。我說話時並沒有回頭，此刻我不需要看著他，那種觸摸對我而言，既不陌生也不令人擔心。我突然有了一種不真實的感覺，彷彿那是另外一天，我偷聽他們談話之前的某一天，那時我什麼都沒有發現，也沒有任何恐懼，只有暫時的快樂和對愛情無奈的等待，等待當路易莎愛上他，或者至少允許他每天在她床上入睡、醒來時，我從他身邊被拋棄或被趕走。現在我突然想到這一切已經不太遠了，我已經好久沒有見到她，哪怕是遠遠地看見她。誰知道她有什麼進展，是否已經從打擊中恢復過來，迪亞斯・巴雷拉在多大程度上向她灌輸了自己的存在，在多大程度上，讓她在時而因孩子而苦惱的孤單寡婦生活中想一個人躲起來哭泣，什麼都不想做的時候想起自己離不開他。我也曾試圖在他孤獨的單身生活中扮演這樣的角色，只不過我做得膽怯，既沒有信心也沒有恆心，一開始就是失敗的。

換作另外一天，迪亞斯．巴雷拉的手很可能會從我的肩膀滑落到我的乳房上，我不僅僅容許，還會在心裡鼓勵他：「解開幾顆鈕扣，把手伸到我的毛衣或襯衫下面。」我心裡這麼命令或者懇求，「來，趕緊做吧，還等什麼呢？」一陣想要他這樣做的衝動悄悄地傳遍我全身，那是希望的力量，欲望非理性的堅持，常常讓我們忘記周圍的境況，誰是誰，模糊我們對於引發我們欲望的那個人的看法，那一刻我心中全是鄙視。但是今天他並不打算向我的請求讓步，他比我更加清楚地意識到我們已不如從前，這天是他選擇告訴我他的陰謀、他的行動，然後跟我永遠說再見的一天，在那場談話之後我們不會再繼續見面了，不可能，我們兩人都心知肚明。因此他沒有將手慢慢往下移，而是抬起來，好像是因為太過隨便甚至是逾越分際而遭到責備——不過我什麼都沒說，我的態度也沒有任何表示——他回到扶手椅，重新面向我坐下，用那雙霧濛濛的或難以猜透的、從來不會真正凝視的眼睛凝視我，帶著不久前因為回顧過去在他聲音裡出現的痛苦或絕望，它們肯定不會再從他的語氣和目光中消失，他似乎又在對我說：「為什麼你不懂我？」不是急躁而是遺憾。

「我告訴你的一切都是真的，有關事實的方面，」他回答道，「只是我還沒有告訴你最重要的部分。最重要的部分誰也不知道，或者只有魯伊韋里斯知道一半，幸好他不再多問；只是聽命，出力，奉令行事，拿錢。他學乖了。生活的困難把他變成一個為了酬勞什麼都願意做的人，尤其是如果付他錢的是一位不會讓他背黑鍋、不會背叛他、不會犧牲他的老朋友，他甚至學會謹慎行事。我們確實這麼做，我們並沒有把握計畫一定會成功，就像是拋到空中的硬幣，但是我不想借助職業殺手，我已經跟你解釋過。你得出你的結論，我不怪你；或者有點責怪你，但我能理解你：如果我們不知道原因的話，事情看起來怎樣便是怎樣。我也不想否認我愛路易莎，想留在她身邊，在她觸手可及的地方，萬一哪天她忘了米蓋爾，向我這邊邁幾步的話：我會離得很近，非常近，讓她在途中沒有時間考慮，沒有時間後悔。我認為這種情況遲早，或者不如說很快就會發生；她會像所有人一樣恢復過來，我曾告訴過你，當人們發現自己接下來的生活處於危險之中，亡者是一個沉重的包袱時，即使再依戀不捨，最終也會讓他們離開；亡者所能做的最可怕的事情就是賴著不走，緊緊抓住活著的人，圍著他們轉，阻止他們向前，姑且不說他們回來的情況，如果可能的話，就像小說裡的夏貝爾上校所做的那樣，他讓妻子的生活痛苦，給她造成的傷害比他在那場遙遠的戰役中死亡給她造成的傷害還要大。」

「她對他的傷害更大，」我答道，「她不認他，千方百計地讓他保持死亡身分，剝奪他合法的存在，想要再次活埋他，只是這次並非過失。他經歷了很多磨難，他的經歷就是他的經歷，繼續活在世上不是他的錯，記得自己是誰更不是他的錯。那個可憐的人，他甚至說出你唸給我聽的那段話：『如果我的疾病能消除有關我過去的全部回憶，那會讓我很幸福。』」

但是迪亞斯·巴雷拉已經不想再討論巴爾札克了，他想接著把他的故事講完。「發生了什麼是次要的，」在跟我談起《夏貝爾上校》時他曾經對我說，「那是一部小說，其中發生的一切無關緊要，小說一看完就忘了。」或許他認為現實的事情，我們生活中的事情不是這樣。很可能對於經歷過它們的人來說是真實的，但是對於其他人來說則不然。一切都變成故事，最終漂浮在同一個層面，幾乎無法區分什麼是真實發生，什麼是憑空捏造。一切最終都成了故事，因此聽起來都一樣，即便是真的也像是虛構。他繼續往下說，好像我什麼都沒有說似的。

「沒錯，路易莎會走出她的深淵，你不用懷疑。事實上她已經往外走了，每一天走出去一點，我感覺到了，告別的過程一旦開始就不會回頭，這是第二次也是最後的告別，是精神上的告別，它讓我們感到不安，因為我們似乎放下亡者，看似如此，確實如此。可能會有臨時的反覆，這要看生者的生活狀況或某種偶然因素，僅此而已。亡者的力量完全是生者給予，如果生者把力量撤走……路易莎會放下米蓋爾的，並且會比現在她所能想像的程度還要大，這一點他很清楚。而且，他已決定盡己所能讓路易莎更容易做到，他向我提出請求也有一部分是出於這個原因。只是一部分。當然，還有更重要的原因。」

「你現在再次跟我提起的是什麼請求？什麼請求？」我不禁著急起來，感覺他想用好奇心把我捲進此事。

「我馬上就說到了，那就是原因。」他說，「聽好了。在他去世前的幾個月，米蓋爾感到全身有些乏力，並不嚴重，不到需要看醫生的程度，他沒在意，他的身體很好。不久之後他出現輕微的症狀，一隻眼睛的視力有點模糊，他以為是暫時性，遲遲沒有去看眼科醫生。最後視力並沒有恢復，他才去看醫生，醫生給他做了詳細檢查之後對他下了一個非常糟糕的診斷：眼睛裡有一個很大的黑色素瘤，然後把他交給了一位內科醫生做全面檢查。內科醫生把他從頭到腳查一遍，給他全身做了電腦斷層掃描和核磁共振，以及大量的其他檢查。診斷結果更糟，是最壞的結果：癌細胞已經擴散至全身，或者就像他告訴我的，醫生用冷漠的術語告訴他，『黑色素瘤擴散末期』，儘管當時米蓋爾幾乎沒有任何症狀，從來沒有感到任何不適。」

「所以德思文沒法像我某次想像的那樣對哈威爾說：『不，我沒預感到會發生什麼事，無論是眼前還是接下來，不是什麼具體的事情，我身體很好。』而是完全相反，」我想，「至少這會兒哈威爾是這麼說的。那天下午我仍然這樣稱呼他，但是很快就會改變，我當時還沒有決定以後記起他提起他時用姓來稱呼，讓自己遠離我們曾經的親密，或者說破除自己造成的那種錯覺。」

「這樣啊，那麼這一切除了非常糟糕之外，究竟意味著什麼呢？」我問道，盡力讓自己的語氣透著懷疑或不信：「說啊，說啊，繼續說，我不會輕易相信你在最後時刻講的這個故事，我猜得出你想幹什麼。」但是同時我已經對他剛剛開始講的事情產生了興趣，無論是真是假。迪亞斯．巴雷拉常常能逗我開心，總能引起我的興趣。所以我又補充了幾句，現在我的語氣中含著真正的擔憂：「那種事情可能發生嗎？得了這麼嚴重的病卻幾乎沒有任何症狀？好吧，我已經知道會發生了，但是有這麼嚴重嗎？這麼毫無跡象？並且到末期？真是讓人不寒而慄，不是嗎？」

「是的，可能發生，而且發生在米蓋爾身上。但是你不要驚慌，幸運的是那種黑素瘤很少發生，非常罕見。你不會發生這種事。路易莎、我，里克教授都不會，那極其罕見。」他已經察覺到我瞬間的疑懼。他期待自己毫無根據的預測產生效果，然後他像對待一個小女孩似的讓我安心，他等了幾秒後才繼續往下說。「米蓋爾在拿到所有資料之後才告訴我，而對路易莎他連最初的情況都沒有告訴她，那時還沒有什麼可擔心的：沒告訴她去看眼科醫生，沒告訴她看東西有點模糊，他最不希望的就是因為什麼事讓她擔心，因為她很容易這樣。後來就更不能告訴她了。實際上他沒有再告訴任何人，只告訴我。在內科醫生診斷之後他知道他的病是致命的，但是醫生並沒有告訴他全部的資訊，或者說沒有詳細告訴他，或者也許說得比較委婉，或者他沒有問，我不知道，他寧可去問一個他問起來不會對他有任何隱瞞的醫生朋友：一位老同學，定期給他做檢查的心臟病專家，他對他絕對信任。他拿著最後診斷結果去找他，對他說：『告訴我等待著我的是什麼，坦白告訴我。告訴我病情。告訴我會怎麼樣。』他的朋友給他描述的情況令他無法承受。」

「這樣啊。」我又說道，像是在努力懷疑，不相信。但是這一次我什麼都沒表現出來。我試過，努力過，最終只說出了這句實際上沒有任何傾向性的話：「那些可怕的經過又是什麼？」即使這些是謊言，對整個過程，對這個發現的講述也讓我感到害怕。

「不僅無法治癒，因為已經擴散到全身。而且幾乎沒有什麼緩解療法，或者說即使有，也比疾病本身更糟。根據預後，如果不進行那種治療，他還有四到六個月的生命，如果治療，也不會活得更久。他不會贏得多少時間，糟糕的是還要為此接受大劑量的化療，副作用極大。不僅如此，眼睛裡的黑素瘤會讓他的這只眼睛變形，痛得厲害，疼痛似乎難以忍受，這是他的心臟病專家朋友告訴他的，這位朋友滿足了他的願望，把他想知道的一切都告訴他。唯一的解決方法就是切除那只眼球，也就是說把它摘除，醫生們稱之為『摘除術』，米蓋爾這麼說的，因為那個腫瘤太大了。你明白嗎，瑪麗亞？眼睛裡面有一個大瘤，我猜它同時向外、向內擠壓；一隻眼睛凸出，前額和臉頰越來越腫；然後是一個洞，一個空空的眼窩，而且這還不是最後的變化，這是最好的情況了，卻也起不了多大的作用。」這一簡短生動的描述讓我更加懷疑了，這是他第一次向恐怖和想像讓步，在此之前他一直很有分寸。「病人的樣子越來越可怕，病情的逐步惡化慘不忍睹，當然不僅僅是在臉上，全身都損壞得越來越快，摘除眼球和大量化療僅僅能讓他多活幾個月而已。而且是這樣活著，如死一般或者奄奄一息，病痛纏身，身體走樣，不再是他自己，而是一個只能出入醫院的痛苦的幽靈。唯一讓人安慰的是外貌不可能馬上發生變化，不會的：要過一個半月或者兩個月，臉上的症狀才會出現或者清晰可見，其他人才會發現，他有這麼些時間向所有人隱瞞、掩飾。」迪亞斯・巴雷拉的聲音聽起來確實很傷感，但是或許他是在假裝難過。只不過，當他用痛苦或者說是不幸的語調又補充了一句「一個半月或兩個月，這是他給我的期限」時，我得承認我覺得他不是在假裝。

我大致知道他的回答，即使這樣我還是問了他，有些故事如果中間沒有修辭性的提問就很難繼續講下去。這個故事無論如何都會繼續講下去，我只是讓它稍稍加快了點，我希望它盡早結束，儘管我很感興趣。我想聽完後回自己的家，然後就不用聽了。

「為什麼他給**你**期限？」不過我沒能忍住告訴他他下面要說的都在我意料之中，「現在你要告訴我他求你做你對他所做的事情，算是幫他：讓一個瘋狂的人在大街上向他刺上許多刀，對嗎？既然有藥片以及許多其他東西可以使用，卻用這樣一種迂迴的、難看的自殺方式。而且對你們來說很麻煩，不是嗎？」

迪亞斯·巴雷拉生氣地、責備地看了我一眼，覺得我的評論很不恰當。

「你要明白一件事，瑪麗亞，好好聽我說。我現在跟你講的事不是為了讓你相信我，我不在乎你相不相信我，但是路易莎就是另一回事了，我希望永遠不要和她發生這樣的談話，這取決於你。我是因為情勢所迫才告訴你，僅此而已。我不喜歡這樣，你可能也猜到了。無論如何，我和魯伊韋里斯所做的並不是什麼讓人高興的事，而是等同於謀殺的犯罪。而且，從技術角度講就是謀殺，法官或陪審員絲毫不在乎促使我們犯罪的真正原因，我們也無法證明確實是出於那種原因。他們評判的是事實，事實就是事實，所以當卡內亞開始提到那些手機來電以及其他情況時，我們兩個驚慌了起來。我們運氣很差，那天讓你聽到我們的談話，或者更確切地說，是我太大意才讓你聽到。由此你得出了一個錯誤的、不準確的結論。理所當然，我不喜歡這個結論，也不想你錯過具有決定意義的資訊，我怎麼會願意這樣呢？因此我告訴你，以個人的名義，因為你不是法官，你能理解背後的事情。然後，接著就看你了。你應該知道如何消化這些訊息。但是如果你不想聽我就不說了，我也不打算勉強你。你相不相信我並不取決於我，所以你來決定我們是否現在就結束談話。門在那裡，如果你認為你已經知道一切不想再聽下去的話。」

但是我確實還想聽下去。正如我所說的，一直聽到結尾，然後結束一切。

「不，不，你接著說。對不起，」我糾正道，「請繼續說，誰都有被傾聽的權利，當然了。」我盡力讓最後這幾句話帶上點嘲諷的味道，「當然了。」──「他給你那個期限做什麼？」

面對迪亞斯．巴雷拉那種受辱的、不悅的語氣，我發覺自己產生了輕微的懷疑，儘管這種語氣是最容易假裝或模仿的語氣之一，幾乎所有犯過錯的人皆然。當然無辜者也會這麼做。我發現他告訴我的越多我疑問就越多，我不可能不帶任何疑問地離開那裡，這正是任由別人講話、解釋的弊端，因此我們總是試圖阻止他們說下去，以便保留肯定，不給懷疑留下空間，也就是說，不給謊言留下空間。又或者，不給真相留下空間。過了一會兒他才回答，或者說繼續往下說，他再次開口時，又恢復之前的語氣，那種回顧過去而產生的痛苦或是絕望，實際上他根本就沒有完全放下那種語氣，只不過暫時增加了點受傷的感覺而已。

「米蓋爾對於死亡並沒有太多顧慮，如果我們可以這樣說一個人的話，請你理解我的意思，他年近五十，生活順心，兒女尚小，有一個他愛著的妻子，或者說，他深愛著她，沒錯。這當然是一種不幸，對於任何人都一樣。他一直非常清楚我們在這裡是因為一些偶然因素不可思議地結合在一起，當一切結束時我們不能抱怨。人們認為自己有生命的權利。而且，宗教和幾乎各國的法律甚至憲法都收錄了這一條，但是他卻不這麼看。一個人怎麼能有權擁有既非自己創造又非自己贏得的東西？他常常這麼說。誰都不能抱怨自己不曾出生，抱怨沒有早點來到世上，或者沒有永遠活在世上，因此為什麼要抱怨死亡，抱怨以後不再活在世上，或者不能永遠活在世上？二者都讓他覺得荒唐。沒有人對自己的出生日期提出異議，所以也不能對自己的死亡日期有任何異議，它們都是出於偶然。甚至暴力死亡、自殺都是出於偶然。既然已經經歷過虛無，或者是不存在，那麼再回到那種狀態就沒有那麼奇怪或嚴重，即使現在有可以與之比較的東西，即使我們有懷念的能力。當他知道自己的事情，知道自己的生命該結束了，他和任何人一樣咒罵自己的命運，感到悲痛欲絕，但是他又想到有那麼多人死的時候年紀比他還小得多；想到人生的第二次偶然幾乎沒有給他們任何時間、任何機會去瞭解任何事物就讓他們消失了：青年、兒童，甚至連名字都沒有的初生兒……因此他是從始而終的，沒有破碎。但是，他承受不了的、擊垮他的、令他失去自控的是死亡的方式，可惡的過程，快速中的緩慢，每況愈下，痛苦和畸形，他的醫生朋友告知他的一切。因此他不打算經歷，更不願讓他的兒女和路易莎親眼目睹。事實上他不想任何人看到。他接受生命停止的概念，但無法接受毫無意義地受苦，經受數月沒有意義、沒有回報的折磨，並且在死後留下一個扭曲變形、只有一隻眼睛、完全無助的形象。他覺得沒有那種必要，他應該抗拒，反對，改變命運。他決定不了能否留在世上，但是可以決定以一種比既定方式更乾淨俐落的方式離開這個世界，只需提前一點離開就足夠了。」「那麼這就是一個例子，」我想，「一個不適合說『他應該以後死的』的例子，因為那個『以後』可能更糟，意味著更多的痛苦和屈辱，讓親友更不寧靜、更加恐懼，因此我們並不總是期望一切更持久，再多一年，幾個月，幾個星期，幾個小時，我們並不總是覺得事情結束得太早或者人去世得太早，也不是認為永遠沒有合適的時候，可能會有那麼一刻我們自己會說：『好了。已經可以。夠了，這樣更好。今後的事情只會更糟，哪怕是一種侮辱，一種詆毀，一個污點。』那時我們會大膽承認：『這段時間已經過去了，即使是屬於我們的。』即使一切的結局都掌握在我們手中，一切也不會永遠無限地持續下去，都有可能被污染，被玷污，任何生者都不會永遠不死。不僅應該讓那些拖延不走或者被我們留住的亡者離開；有時也應該對生者放手。」我發現在違心地想這些的時候，我暫時相信迪亞斯．巴雷拉此刻正在跟我講的故事。當你在聽什麼或者讀什麼的時候你往往會相信它。之後等闔上書或者聲音不再講話時則又是另一回事。

「他為什麼不自殺呢？」

迪亞斯．巴雷拉再次像看一個孩子，像看一個天真的少女似的轉頭看我。

「怎麼問這種問題，」他毫不客氣地說道，「和大多數人一樣，他做不到。他不敢，他決定不了時間：為什麼是今天而不是明天，既然今天我還沒有看出自己的變化，感覺也不是太差。如果必須自己決定的話，幾乎沒有誰能抓準時機。他希望在疾病造成嚴重損傷之前死去，但是他根本無法確定那個『之前』的時間：他有一個半月或者兩個月的時間，我已經告訴過你，誰知道是否會更長些。並且他也和大多數人一樣，不想預先確切知道此事，不想某天起床時心知肚明，對自己說：『這是最後一天了。今天我看不到日落了。』假如他知道了自己的結局，自己所同意的事情，假如他事先知道的話，就算別人替他來做也沒有用。他的朋友跟他提過在瑞士的一個地方，有一家由醫生管理的嚴肅的機構，名為『尊嚴』，當然完全合法（在那裡是合法的），在那裡任何國家的人如果理由充分都可以申請協助自殺，然後由機構工作人員而不是申請者做出決定。申請者必須提交符合要求的病例，之後機構來證實其準確性和真實性；他們似乎有一個詳細的準備流程，除非情況極其緊急，他們首先努力說服患者採用順勢療法繼續活下去，如果有這種方法，而此前因為某種原因一直未曾使用的話；然後證實患者的精神完全正常，並非患有任何抑鬱性疾病，那裡是一個嚴肅的地方，米蓋爾告訴我。儘管有這麼多要求，但是他的朋友認為像他這種情況不會被拒絕的。他跟他提起那個地方作為可能的解決辦法，傷害更小，但是米蓋爾還是覺得做不到，他不敢。他想死，但是想在自己不知情的情況下。他不想知道怎麼死、何時死，至少不想知道得很確切。」

「那個醫生朋友是誰？」我突然冒出這個問題，強迫自己暫時停止那種幾乎總是一點一點地墮入傾聽者的輕信。

迪亞斯．巴雷拉沒有太過吃驚，可能有一點。

毫不猶豫地答道：「你說他叫什麼名字嗎？畢達爾醫生。」

「畢達爾？哪個畢達爾？等於什麼都沒說。姓畢達爾的很多。」

「怎麼了？你想去查證嗎？你想去找他談談向他證實我的說法嗎？去證實好了，他是一個很親切很熱心的人，我遇過他幾次。畢達爾．塞加內爾醫生。何塞．馬努埃爾．畢達爾．塞加內爾，你很容易找到他，只要查醫生協會的名單或他的名字就行了，網上肯定有。」

「那位眼科醫生呢？那位內科醫生呢？」

「這個我就不知道了。米蓋爾從來沒有提過他們的名字，或者他說過但我沒記住。畢達爾我倒是認識，因為是米蓋爾的朋友，我跟你說過。但是其他人我不知道。不過，我猜要查出誰是他的眼科醫生對你來說不會太難，如果你想查的話，你打算去查嗎？這也對，比你直接去問路易莎好，除非你打算把一切都告訴她，把其他事情都告訴她。她對此一直毫不知情，無論是黑素瘤還是別的，這是米蓋爾的願望。」

「這相當奇怪，不是嗎？按理說，得知他的病情比看到他被折刀捅得遍體鱗傷、躺在地上流血對她造成的傷害要小。畢竟要從一場如此暴力、野蠻的死亡中恢復過來，或者像眼下人們所說的那樣，與它和解，難度更大。不是嗎？」

「也許吧，」迪亞斯．巴雷拉答道，「雖然這個考慮很重要，但已經是次要的了。讓米蓋爾感到恐怖的是經歷畢達爾向他描述的那些階段；以及被路易莎看到這個過程，但是這已經是更遠一層的事了，無奈之中相比之下這是次要的擔心。當某人意識到自己該走了，就會深深地沉浸於自我，很少考慮到別人，包括最親近的人，最愛的人，儘管他努力讓陷入痛苦的自己不那麼冷漠，時時想著他們。他知道自己將孤身離開，而他們會留下，其中總會有一種令人討厭的因素讓他覺得他們遙遠又陌生，幾乎對他們懷有怨恨。因此，他不想讓路易莎看到他臨死前的痛苦，更重要的是他不想自己經歷。而且，你要考慮到他不知道自己會以哪種方式突然死去。他把這個問題留給我。他甚至不知道自己是否會突然死去，或者是否只能忍受，忍受病情發展到最後，或者等到病情惡化、身體開始走樣、感覺非常疼痛時，期待自己鼓足勇氣從窗戶跳下去。我從未向他保證過什麼，從未答應過他。」

「答應他什麼？你從未答應過他什麼？」

迪亞斯・巴雷拉又用他那堅定的眼神看著我，我從不覺得那是堅定，頂多算是咄咄逼人。這會兒我似乎看到他的眼睛裡閃過一絲惱怒。但是和所有閃過的眼光一樣轉瞬即逝，因為他馬上回答我，在他回答時，那種表情消失了。

「能是什麼呢？是他的請求。『殺了我吧，』他求我，『別告訴我用什麼方法，在什麼時間，什麼地點，讓我措手不及，我們有一個半月或兩個月，你找個辦法然後付諸行動。我不管是什麼辦法。越快越好。受罪越少、傷害越小越好。讓我等的時間越短越好。你愛怎麼辦就怎麼辦吧，雇個人給我一槍，讓人在我過馬路時撞死我，讓一堵牆倒塌在我身上，或者讓我汽車的煞車或前燈失靈，我不知道，我不想知道、不想考慮，你來考慮吧，無論什麼方法，只要是你能做到，你能想到。你必須幫我這個忙，必須讓我擺脫已經在等待我的一切。我知道這個要求很過分，但是我不敢自殺，也不敢明知自己去那裡只是為了死在陌生人中間而去瑞士的某個地方，誰能進行這樣淒慘的、通往死刑的旅行？好比在途中不停地死好多次。我寧願每天早晨在這裡醒來，至少表面正常，繼續活著，儘管可能伴隨著恐懼，希望那是最後一天。特別是有不確定性，而不確定性是唯一能幫助我的；也是我知道我所能忍受的。我不能忍受的是知道一切取決於我。必須由我決定。在為時已晚之前殺了我，你必須幫我這個忙。』這大概就是他對我說的話。他感到絕望，也怕得要命。但是他並沒有失去理智。他已經考慮很久。甚至可以說是冷靜地考慮。他看不出其他辦法了。他真的看不出其他辦法了。」

「那你怎麼回答他？」我問道，問題一出口我就再次意識到我正對他的故事產生了一些信任，儘管這種信任是假設的、暫時的，儘管我告訴自己實際上我的問題是：「假設所有這些都是真的，我們暫且假設是這種情況，你怎麼回答他？」但是事實上我的問題不是這樣提出來的，當然不是。

「一開始我斷然拒絕，沒有給他堅持下去的機會。我告訴他那不可能，確實是過分的要求，他不能託付任何人做一件只能他自己做的事情。告訴他鼓起勇氣自殺或者自己雇個職業殺手，這不是第一次有人花錢委託別人殺死自己。他說他很清楚自己缺乏那種勇氣，也不可能自己雇人，那就等於提前知道了，知道方法甚至是時間：一旦聯繫上，殺手就會開始行動，他們辦事都很俐落，不會拖延，做完自己該做的事情，然後又去幹別的。他說，這和去瑞士沒有太大區別，仍然是他自己的決定，等於確定一個具體的日期，放棄不確定性帶來的小小安慰，他感覺無法做到的就是決定今天、明天，還是後天。他會把事情從一天拖到另一天，日子一天天過去他卻沒有膽量去做，他永遠都找不到合適的時機，最終疾病的毒性會要了他的命，這正是他需要不惜代價避免的……是的，我理解他，在那種情況下很容易對自己說：『還不可以，還不可以。也許明天。對，不超過明天。但是今晚我仍要睡在家裡，睡在我的床上，我還要和路易莎睡在一起。再多一天。』」——「我應該以後再死，應該面色蒼白地再拖延一下，」我想，「畢竟，以後我就不能回來了。即使可以，但是亡者回來是錯誤的。」——「米蓋爾有很多優點，但是他意志薄弱，優柔寡斷。可能幾乎我們所有人在這種情況下都會這樣。我想我也一樣。」

迪亞斯．巴雷拉沉默下來，目光迷離，似乎在設想朋友的處境，或者在回憶他那麼做的時刻。我不得不讓他擺脫神思恍惚，不管這是否他演戲的一部分。

「那是一開始，你說過。之後呢？是什麼讓你改變主意？」

他繼續沉思了一會兒，用手摸了好幾次臉，像是在證實刮過的臉是否還光滑，或者鬍子是否已經開始長出來。當他再次開口，聲音很疲倦，可能是厭倦自己的解釋，以及他擔負著所有壓力的那場談話。他的眼神依然恍惚，像是自言自語地低聲說道：

「我沒有改變想法。我從未改變想法。從一開始我就知道我沒有別的選擇。知道無論再難我也應該滿足他的請求。我對他說的話是一回事。我該做的則是另一回事。必須殺了他，像他說的那樣，因為他永遠都不會有這個膽量，無論是主動地還是被動地，等待他的確實很殘忍。他堅持要我做，懇求我，他主動提出讓我簽署一份文件，他要自己承擔責任，甚至提議去公證。我沒接受。如果這麼做，他會覺得自己還簽了別的東西，一種合約或者協議，他會將此作為一種同意，而我想避免這樣，我寧願他認為我不同意。但是最終我也沒有把他的路完全堵死。我對他說我再考慮一下，儘管我很肯定我不會改變主意。我讓他不要指望我會這麼做。讓他不要再跟我提那件事，也不要再問我任何相關問題。最好我倆暫時不要見面，也不要打電話。他不可能不再跟我提這件事，即使不通過言語，也會通過眼神、語氣，或者期待的態度請求我，對此我毫無招架之力：那種有關死亡的委託，那種陰森的談話，一次就夠了。我告訴他我會跟他保持聯繫，瞭解他的狀況，我不會扔下他不管。在此期間他要自尋活路，也就是說，自尋死路，不要指望我的介入。他不可以把一個朋友牽連到這種事情中，他應該自己去解決。但是我讓他感到疑惑。我既沒有給他希望又給了他希望：足以讓他能夠在可以挽救他的不確定性中安心，讓他不完全排除我的幫助，卻也並不因此感覺到即將來臨的真正威脅，並不感到殺他的事情已經在進行。只有以這種方式他才能至少在表面上正常地繼續他餘下的『健康』生活，就像他所說的，以及他徒勞試圖實現的那樣。誰知道呢，也許他在可能的範圍內實現了一點點。他甚至都沒有把那個暴徒對巴勃羅的攻擊，以及他的謾罵和指責，與他向我提出的請求聯想在一起，我無法知道，我不清楚。實際上我最終所做的是不時給他打個電話，問他怎麼樣了，是否已經出現疼痛和症狀。我們甚至還見過兩三次面，他嚴格遵守我對他的要求，沒有再向我提起那件事，也沒有反覆請求我，我們假裝那次談話不曾發生過。但是他似乎很信賴我，我注意到了；他似乎仍在期待我讓他脫離困境，在為時太晚之前的某一天，突然給他慈悲的一擊，他仍然覺得我能拯救他，如果可以將他的暴力死亡稱作是拯救的話。我從未以任何方式答應過他，從根本上來說他是對的：從一開始，從他告訴我他的處境開始，我的大腦就開始考慮了。我告訴魯伊韋里斯，好讓他幫我，讓他負責展開行動，其餘的你已經知道。我的大腦不得不開始運轉，像一個罪犯的大腦那樣進行策劃。我得考慮怎樣及時殺了他，怎樣在一個期限內殺死一個朋友，卻又不讓它看起來像謀殺，不讓別人懷疑我。當然，我陸續用了些中間人，避免玷污自己的雙手，中間夾雜了其他人的想法，我陸續委託別人，將事情交予命運，讓事件遠離我，遠離我的範圍，甚至給自己造成我和這件事毫不相關，或者只在源頭與之有關的錯覺。但是我一直很清楚，一開始我必須像一個凶手一樣思考、行動。因此你現在對我有那樣的看法並不奇怪。但是，瑪麗亞，你怎麼認為並不像你想像的那麼重要。」

然後他站起身，好像已經說完了，或者不想再繼續說，似乎認為這場談話已經結束。我從未見過他的嘴唇如此蒼白，儘管我曾經凝視過它們無數次。剛才出現在他臉上的疲憊、沮喪，和因回憶而產生的絕望變得格外明顯。他現在看起來的確筋疲力盡，好像他不僅僅是費了一番口舌，而是完成了一件很吃重的勞動，他那挽起的袖子幾乎從一開始就預示這一點。也許和一個剛剛捅了一個男人九刀，或許十刀，或許十六刀的人一樣筋疲力盡吧。

「對，我想像的是謀殺，」我想，「僅此而已。」

4 Chapter

第四部

正如我所料，那是我最後一次單獨見迪亞斯．巴雷拉，很久之後我才再次遇見他，純屬偶然，他當時身邊有同伴。但是那段時間無論白天還是黑夜他都縈繞在我腦海，一開始來勢洶洶，後來就變得遲緩無力了，就像濟慈的半句詩中所說的那樣，「無力地徘徊」。我猜他認為我們再也無話可說，他肯定覺得自己已經綽綽有餘地完成向我解釋這個意料之外的任務，毫無疑問他事先認為不必向任何人解釋。他在這個「謹慎的年輕女子」（而且，我無論是現在還是當時都已經不年輕了）面前太不謹慎了，他沒有其他辦法，只能告訴我那個陰險的、或是淒慘的故事——取決於他怎麼講。之後他就沒必要和我保持聯繫，忍受我的猜疑、我的目光、我的託辭，我無聲的審判了，我也不想有聯繫，那樣會讓我們籠罩在一種沉默不安的氛圍中。他沒有找我，我也沒有找他。我們已經不言自明地分手了，我們的關係已經走到盡頭，任何身體的相互吸引，抑或是單方面的感情都無法延續下去。

第二天，儘管很疲憊，但是他應該覺得自己卸下一個重負，或者換上了另外一種負擔——我聽了他的坦白，現在知道得更多——不過這個負擔小多了。我甚至比之前更不可能告訴任何人我所知道的那些永遠無法證實的事情。不管怎麼說，他把一部分的負擔轉嫁給我：比強烈懷疑或者太倉促、不公正的推測更糟的是，知道兩種說法而不知道該信哪一個，或者更確切地說，是知道自己不得不相信這兩種說法。它們都將化為我的記憶，直到記憶厭倦它們的重複而將它們趕走。別人告訴你的任何事情都會進入你的大腦成為你意識的一部分，即使你不相信，或者很清楚這件事從未發生過，只是杜撰而已，就像小說、電影一樣，就像我們的夏貝爾上校那個遙遠的故事一樣。儘管迪亞斯．巴雷拉遵循那條古老的規則：先講會被認為不真實的內容，最後再講看似真實的內容，但事實上這條規則並不足以抹去開始的、或前面的內容。這部分被聽到了，即使暫時被後半部分所否定，即使後半部分反駁它、揭穿它，但是它會永遠被記住，特別是我們在聆聽時相信的事會被永遠記住，那時我們信以為真，還不知道有天這樣的事實將遭到駁斥。所有說過的話即使不在清醒時也會在小憩和酣睡時再現、迴響，那裡不講究順序，那些話一直在那裡搖曳、跳動，就像一個被埋葬的活人或者重新出現的死人，因為實際上他並沒有死，既沒有死在埃勞，也沒有死在回來的路上，也沒有被吊死在樹上，沒有死在任何地方。說過的話就像幽靈一樣暗中窺探我們，有時再次造訪我們，於是我們總覺得意猶未盡，覺得再長的談話也太短暫，再完整的解釋也有疏漏；覺得我們當時應該提出更多的問題，聽得更仔細，關注那些言外之意，它們比話語的欺騙性略小一些。

我相信我的腦子裡曾經閃過去找、去見那個畢達爾醫生的可能性，畢達爾．塞加內爾，有第二個姓不會找不到。我甚至在網路上查到他在一個名為「英美聯合醫院」的地方工作，機構的名字很奇怪，地址在薩拉曼卡區阿蘭達伯爵大街，和他約時間請他給我聽診、做個心電圖應該很容易，誰不關心自己的心臟呢？但是我並沒有偵探精神，或者說偵探的態度，更主要的是我覺得這是一個既冒險又無益的行動：既然迪亞斯．巴雷拉痛痛快快地把他的資料提供給我，那麼那個醫生肯定會證實他的說法，無論其真實與否。也許那個畢達爾醫生是他的，而不是德思文的老同學，也許他已經事先被告知如果我去問他的話，他應該怎麼答覆我；他總有辦法拒絕給我看一個也許從來都不存在的病例，這類事情是有保密要求的，畢竟我有什麼權利呢？我應該和路易莎一起去向他要求看病歷，但她什麼都不知道，絲毫沒有懷疑，我怎麼能突然讓她知道真相呢？這意味著要做出好幾個決定，要擔負重大的責任，即向某人揭露或許她不願知道的事情，直到向她透露之後你才能知道她不想知道什麼，但此時可能造成的傷害已經無法挽回，再想把話拋之腦後已經來不及了。那個畢達爾可能是另一個同夥，他可能欠迪亞斯．巴雷拉很大的人情，所以參與這個陰謀。或者根本沒有必要。我偷聽他和魯伊韋里斯的談話已經是兩個星期以前的事；可以這麼說，迪亞斯．巴雷拉有很多天時間來構思、準備一種讓我保持中立或者平靜下來的說法；他可能已經隨便找個藉口（出版社的那些小說家們，我腦子裡出現卡拉伊．豐蒂納，總是不停地向各種專家進行這類諮詢）問過那個心臟病專家，哪種痛苦的、討厭的、致命的疾病足以讓一個男人寧願自殺或者如果自己沒有膽量的話，請求一位朋友殺死自己。那個畢達爾可能誠實又天真，善意地告訴他；迪亞斯．巴雷拉可能認為我即使很想這麼做，也絕不會去找那位醫生，事實果然如此（我很想去，但是我沒去）。我想他比我以為的還要瞭解我，我們在一起的時間裡他沒有看上去那麼心不在焉，而是對我進行認真的研究，這種想法讓我的自尊心小小地愚蠢地滿足，或者那是我愛戀的餘溫；它們不會戛然而止，也不會瞬間變為仇恨、蔑視、恥辱或者單純的驚愕，而是要經過很長時間才會產生這些可能取代前者的情感，會有一個干預、混合、混雜、傳染的坎坷期，與其說冷淡，到頭來不如說是厭惡，沒有以下這種想法，戀愛往往就不會徹底結束：「回到過去真是多此一舉，我懶得再見哈威爾。甚至懶得想起他。讓那段時光從我的腦海消失，一切都難以言表，噩夢一場。這其實並不難，因為我已經不是以前那個我。唯一的問題是雖然我已今非昔比，但是很多時候我無法忘記過去，就連我的名字都讓我感到厭惡，我希望我不是我。無論如何，一段回憶比一個活人帶來的煩惱要少，儘管這種回憶有時是殘酷的。但是這段回憶如今已經不殘酷了，不殘酷了。」

很久之後我才有類似的想法，這是意料之中、自然而然的。我不可避免地從上千個角度（或者只有十個角度來回重複）思考迪亞斯・巴雷拉告訴我的一切，他的兩種說法，如果是兩種的話，琢磨兩種說法都有細節沒有澄清，雖然沒有任何故事沒有盲點、矛盾、疑點或者缺陷，無論是真實的還是編造，從這個意義上——圍繞、籠罩任何故事的模糊性——來說，是真實還是虛構並不重要。

我重新查閱我曾在網路上看過有關德文內之死的消息，其中一則我找到的消息有幾句話在我的腦中經常出現：「企業家的驗屍報告顯示受害者被凶手捅了十六刀。每一刀都傷及重要器官，根據法醫的推斷，其中有五刀是致命的。」我不太清楚致命傷和傷及重要器官之間存在什麼區別。對於一個外行來說，乍看兩者似乎是同一回事。不過，這是令我不安的次要原因：如果法醫介入此事，出具報告；如果做了屍檢，就像出現任何暴力死亡，或者至少是發生凶殺時應該遵循的程序，那麼怎麼可能在屍檢中沒有發現迪亞斯・巴雷拉提到的內科醫生對德思文所下的診斷「癌細胞已經擴散至全身」呢？那天下午我沒想到問迪亞斯・巴雷拉這個問題，當時我還沒有注意到，但是現在我已經不想或者不能打電話給他了，更不用說是為了這件事，他可能已經產生懷疑，開始戒備或者已經厭煩，也許因此證實他的解釋，或者演戲並沒有讓我平靜下來後，他已經想出讓我保持中立的其他方法。我可以理解為何報紙沒有報導此事，或者這件事根本就沒有告知他們，因為和事件無關，但是這樣的情況沒有告訴路易莎讓我覺得很奇怪。我和她聊天時，很明顯她對德文內的病情一無所知，和他希望的一樣，他的朋友和間接劊子手，或者說「始作俑者」一直都是這麼說的。我也想像得出假使我有機會問他，他會怎麼回答：「你認為一個給被捅了十六刀的人做屍檢的法醫會費心多看幾眼，探究受害者之前的健康狀況嗎？他很可能甚至不會剖開他的身體，因此不會知道；甚至連真正意義上的屍體解剖都沒做就閉著眼睛填報告了：米蓋爾的死亡原因顯而易見。」也許他說得對：畢竟兩個世紀以前，兩個馬馬虎虎的外科醫生就是這種態度，儘管吩咐他們做事的是拿破崙本人：他們根據自己的經驗，甚至懶得摸一下倒在地上被踩踏的夏貝爾的脈搏。而且，在西班牙幾乎所有人做事都是最低限度地應付一下，不願深究，或者在不必要的事情上浪費時間。

然後就是從迪亞斯・巴雷拉嘴裡說出的那些過於專業的術語。僅僅是以前聽德思文說過後他就記住是不大可能，德思文在講述自己的不幸時也不大可能會重複這些辭彙，即使他的眼科、內科和心臟科的醫生們使用得再多。一個絕望且恐懼的人不會採用那類冷漠的辭彙告訴朋友自己的痛苦，這不正常。「眼內黑素瘤」，「黑素瘤擴散末期」，形容詞「毫無症狀的」、「切除眼球」、「摘除」，所有這些詞在我聽來都像是新學的，像是剛剛從畢達爾醫生那裡聽來的。也許我的懷疑毫無根據：畢竟我也沒有忘記，儘管從我聽到他說那些詞到現在的時間間隔更長，我也只聽過那一次。也許患者確實會重複使用它們，似乎這樣能夠把病情解釋得更好。

當中對其故事，或者其最終說法的真實性有利的事實是迪亞斯・巴雷拉沒有過分渲染自己因為被迫以暴力手段突然殺死——任何突然殺死某人的方法幾乎都是暴力且不幸的——自己最為想念的、最好的朋友，而做出的犧牲，承受的煎熬、令人心碎的矛盾、莫大的痛苦。時間無情地流逝，他必須在一定期限內完成，他明知在這種情況下比任何時候都更應該說「總會有聽到這句話的時候」，就像馬克白在得知妻子不合時宜的死亡時所說的那樣。他明知無疑「總會有聽到這句話的時候」，也就是說聽到「這樣的話」或「消息」或「資訊」：對於迪亞斯．巴雷拉而言，本來什麼都不用做就可以了，只需拒絕委託，拒絕請求，讓另外一個沒有被他帶來、提前，或者破壞的時間到來；他只需要讓事情按照其事先宣告，和所有其他過程一樣依照自然、無情、悲傷的軌道發展就可以了。沒錯，他可能對他的不幸或命運做了大量的粉飾，可能給自己的任務賦予那些名義，可能強調他的忠誠，突顯他的自我犧牲，甚至試圖喚起我的同情。倘若他捶胸頓足地向我描述他的痛苦，描述他如何必須隱藏自己的情感，強忍不快幫德文內和路易莎擺脫一個更大的、緩慢的、殘忍的痛苦，擺脫病情惡化、身體走樣，不讓他們看到這些，那麼我會更加懷疑他，對他的虛偽也就沒有多少疑問了。但是他很有分寸，省略掉那些；僅僅向我說明情況，坦承該說的部分。他說過，這是他從一開始就知道自己必須做的事情。

最終一切都會淡化，有時緩慢而艱難，按照我們的意願；有時意想不到地迅速，違背我們的意願，我們徒勞地努力不讓那些面孔變得蒼白，漸漸消失，不讓事實和話語變得模糊，飄浮在我們的記憶裡，就像在小說中讀到、在電影中看到和聽到的那些東西一樣沒有意義：其中發生的一切都無關緊要，一看完就忘了，儘管它們能向我們展示我們所不瞭解的、沒有發生的事情，就像迪亞斯・巴雷拉跟我談起《夏貝爾上校》時所說的那樣。別人告訴我們的一切都像小說和電影，因為我們並非直接知道它們，也不確定是否發生過，無論別人如何保證故事是真實的，不是任何人杜撰的而是真實發生過。不管怎樣，它們都是飄忽不定的故事世界的一部分，有其盲點、矛盾、疑點和缺陷，所有的故事都被陰影或黑暗環繞、籠罩，即使它們再力求詳盡清楚也沒用，因為無論清楚，還是詳盡都不是它能控制的。

是的，一切都會淡化，但是同樣可以肯定的是什麼都不會消失，也不會完全離開，總會留下微弱的餘音和閃躲的回憶，它們隨時都會出現，就像無人參觀的博物館展廳裡的石碑碎片，如刻著凹凸不平的銘文的斷垣殘壁一般蒼白，陳舊的東西，無聲的東西，幾乎無法辨認，幾乎毫無意義，只是沒有目的地加以保存的荒唐的遺跡而已，因為它們將永遠無法重組，它們發出的光明少於黑暗，引起的回憶遠遠少於遺忘。然而它們就在那裡，沒有人毀壞，或者把它們同散落的碎片或數個世紀之前遺失的碎片拼接起來：它們被保存在那裡，像是小小的珍寶和迷信，作為某人曾經活著、去世、有名有姓的寶貴證據，即使我們看不到他的全部，無法將他復原，即使那個現在什麼都不是的人對任何人都無關緊要。米蓋爾・德思文的名字沒有完全消失，儘管我從來都不認識他，只是每天早晨他和妻子共進早餐時，遠遠地、愉快地看著他。正如夏貝爾上校、費洛德夫人、拉費爾伯爵、米萊狄・德・溫特或者她年輕時的名字安娜・布勒伊等等虛構的名字也不會完全消失一樣，安娜・布勒伊被反綁雙手吊在一棵樹上，卻不可思議地沒有死，又回來了，她像愛情或戀愛一樣美。是的，亡者回來是錯誤的，即便如此，幾乎所有的亡者都會這麼做，絕不放棄，竭力變成生者的累贅，直到生者甩掉他們繼續向前。我們從不清除所有的殘餘，不過我們也無法讓過去的事情永遠真正地緘默，有時我們能聽到一絲幾乎難以覺察的呼吸，像是一個赤身裸體，和陣亡的同伴一起被扔到墓穴中奄奄一息的士兵的呼吸，又像是想像中這些陣亡者的呻吟，像是某些夜晚那個倖存者認為自己仍然聽到的令人窒息的歎息，或許是因為他曾長時間地和他們緊挨在一起，境況相似，也許他曾經差點成為他們當中的一員，於是他後來的坎坷，在巴黎的奔波，再次的戀愛，艱難困苦，恢復一切的渴望也只不過成了博物館展廳裡一塊石碑碎片上的字跡，銘文已經模糊難辨、凹凸不平的斷垣殘壁上的文字，成了一個痕跡的影子，一個回聲的回聲，一條小小的曲線，一粒灰燼，拒絕流逝與沉默的陳舊而無聲的東西。對於德文內我可能曾有類似的意義，但是現在我就連這個也無法做到。也許是因為我不想讓他有一絲哀嘆通過我滲入這個世界。

那個淡化的過程應該是從我最後一次見迪亞斯．巴雷拉，和他分手的第二天開始，正如所有的淡化都是從某事結束時開始，正如路易莎的痛苦肯定是從丈夫去世的第二天開始淡化一樣，儘管她只是把它當作永恆的痛苦的第一天。

我從迪亞斯．巴雷拉家出來時夜已經深了，那一次我走得很決絕。以前我從來不確定會有下一次，不確定我會再去那裡，再次觸摸他的唇，當然還有和他上床，我們之間的一切永遠都不確定，似乎每次我們見面都必須重新開始，似乎什麼都不會積累或者沉澱，似乎以前沒有走過一段路程，某天下午發生的事似乎並不能保證——甚至連預告和可能性都不是——在將來的另一個下午會發生同樣的事，不管是近期還是遙遠的未來；只有到事後才會發現如此，但是對下一次毫無作用：永遠都存在一個未知數，總有一個不會發生的可能性潛伏在那裡，儘管也存在發生的可能性，這是很自然的，否則最終要發生的事情就不會真的發生。

但是那一次，我確信那扇門不會再向我敞開，我確信一旦在身後關上門向電梯走去，那個公寓就會對我關閉，就像它的主人已經搬家、被流放或者死了似的，那類大門，自從我們被排斥之後，我們就盡量不從它們前面經過，因為如果不小心，或者因為繞路太遠沒有別的辦法而路過，我們會斜睨它，痛苦地顫慄著——或者是以前的情感留下的錯覺——加快腳步走過，以免陷入對已經不復存在的往事回憶。夜晚，我躺在我房間的床上，在閉上眼睛準備睡覺或者失眠之前，面對那些搖擺不停的、陰暗的大樹，我把事情想清楚了，這樣對自己說：「現在我知道我不會再見哈威爾了，這樣最好，儘管我已經開始懷念曾經的美好，懷念我去那裡時令我喜歡的一切。那一切都結束了，在今天之前就已經結束了。明天我就要展開任務，不再當他是一個活生生的人而是一種回憶，儘管在一段時間內會是殘酷的回憶。要有耐心，因為總會有一天不再如此。」

一個星期之後，或者還不到一個星期，當我還在努力忘記時，一件事情打斷那個進程。當時我和我的上司歐赫尼，還有同事貝阿特里絲正要下班，已經有點晚，我盡量在公司多待幾個小時，那裡有人陪伴，腦子被無關緊要的事情所占據，就像所有的人曾致力於這種緩慢的任務、努力不想卻又難免會去想時所做的那樣。就在我跟他們說再見時，我看見一個高高的身影，雙手插在大衣口袋裡，在對面的人行道上來回踱步，好像在那兒待久了覺得冷似的，他在位於貝爾加拉王子區高處的那個咖啡館附近，我每天早上仍在那裡吃早餐，某些時刻總會想起我那對已經消失的完美夫婦，他像是在等一個約好的人，但是對方卻遲遲不來。他穿的不是皮大衣，是一件老式的駝色大衣，甚至材質可能也是駱駝皮，我立刻就認出他。這不可能是巧遇，他肯定在等我。「他在這裡做什麼，」我想，「是哈威爾派他來的。」這個想法中混雜著——又牽涉到最後一刻的那個哈威爾，也可以說是那個有著兩副面孔，或者露出真面目的哈威爾——無端的恐懼和愚蠢的幻想。「他派他來證實我採取中立的態度，已經平靜下來，或者只是出於興趣，想知道我的情況，想知道在聽完他的真相和故事後我現在處於什麼狀態，他還沒能將我驅逐出他的腦海，無論是出於何種原因。或許這是一種威脅，一種警告，魯伊韋里斯想要提醒我如果我不沉默到底，或者如果我去調查、去見畢達爾醫生，那麼我會發生什麼事，哈威爾是那種事後會反覆思量的人，在我聽到他們的談話之後他就是這麼做。」想著這些，我猶豫著是躲開他和貝阿特里絲一起離開，陪她到她要去的地方，還是像我一開始打算做的那樣單獨留下來，允許他過來跟我說話。我選擇後者，我又一次產生好奇；我跟他們告別之後，向公車車站的方向走了七八步，沒有看他。我只走了七八步，因為他馬上就繞開車流穿過馬路攔住我，他輕輕地碰了我的手肘以免嚇到我，我一回頭便看見他閃亮的牙齒，他咧開大嘴笑，上唇上翻，就像我第一次見到的那樣把嘴唇內側暴露無遺，這一點很惹眼，像是嘴唇被裝反。他仍然帶著那種男性的、審視的目光，儘管這次我穿得很體面，不是皺巴巴的、被拉上去的短裙和胸罩。都一樣，毋庸置疑他是一個具有綜合性的，或者全面觀察力的傢伙：在一個女人察覺之前，他已經把她打量遍了。我不太吃那一套，我覺得他是那種隨著年齡增長審美水準下降的男人，他們不需要多少刺激，總會去追逐魅力出眾的一切事物。

「太好了，瑪麗亞，真巧啊，」他對我說，一隻手舉至眉前模仿脫帽的動作，就像上次他在進入電梯前和我們告別時所做的那樣。「我希望你還記得我。我們是在哈威爾家認識的，哈威爾・迪亞斯・巴雷拉。我因為你不知道我在那裡而大飽眼福，你還記得嗎？你大吃一驚，我則神魂顛倒，可惜過程太短暫。」

我心想他在玩什麼把戲，竟然假裝與我巧遇，我已經看見他在等人，他肯定也看見我看見他，他踱步的時候眼睛從沒離開過出版社的大門，誰知道他從什麼時候開始在那裡等，也許是從我們理論上的下班時間開始，可能他打電話問的，和實際下班時間沒有關係。我決定順著他的話說，至少一開始時這樣。「啊，記得，」我回答道，禮貌性地笑了笑，算是回禮。「當時我覺得有點尷尬。魯伊韋里斯，對嗎？這個姓不太常見。」

「魯伊韋里斯・德・托雷斯，是複姓。很少見。一個出身軍人、高級神職人員、醫生、律師，和公證員的家庭。不妨讓我跟你說。我可以很肯定地告訴你，我在他們的黑名單上，我是隻黑羊（意為不肖子），儘管今天我穿的是淺色衣服。」他用手背碰了碰大衣領子，一副不屑一顧的樣子，似乎還不習慣這件大衣，似乎看到自己沒穿蓋世太保式的黑皮衣就不自在。他無來由地自嘲。要麼是他自己覺得好笑，要麼是他想感染他的交談者。他具備一個無賴的所有特徵，但是給人的第一印象卻是一個熱情的、更確切地說是無害的無賴，很難相信他會參與一起凶殺案。和迪亞斯・巴雷拉一樣，他看似正常人，他倆各有各的風格。如果他確實參與那件事（並且發揮非常積極的作用，這是肯定的，無論是什麼原因，模糊不清的忠心或者無可爭議的卑鄙），似乎也不會再犯。但是，我想也許大多數罪犯在不犯罪的時候都這樣和藹可親。「我請你喝點什麼慶祝我們見面，你有空嗎？如果你願意，就在這裡吧。」他指了指我吃早餐的那家咖啡館。「雖然我知道幾百個更有意思、更有氣氛的地方，你無法想像馬德里會有的地方。你要是有興趣，我們可以一起去看看。或者去一家好餐館吃晚飯，你餓不餓？我們也可以去跳舞，如果你願意的話。」

我覺得最後這個提議很可笑，去跳舞，聽起來像是在另外一個年代。我怎麼會一下班就和一個陌生人在一個荒唐的時間去跳舞呢，好像我才十六歲。因為覺得好笑，我笑出聲。

「你說什麼呢，我怎麼會在這個時候穿著這身衣服去跳舞呢。我早上九點就來上班了。」我用頭指了指出版社的大門。

「好吧，我是說之後，晚餐以後。不過隨你，要是你想去，我們就去一下你家，你沖個澡，換身衣服，然後我們再去玩。你大概不知道，真的有任何時間都能跳舞的地方。甚至是中午。」他大笑起來。笑得很放蕩。「你需要多久我就等多久，或者你說個地方我去接你。」

他咄咄逼人，緊追不放。按照他的表現，不像是迪亞斯．巴雷拉派他來的，儘管肯定是他派來的。不然的話，他怎麼知道我在哪裡上班？但是他確實表現得像是自己要來，他像只記住幾個星期前我衣不蔽體的形象，就決定光明正大地冒險，直衝過來，情急之下的一時衝動，這是一些男人的策略，如果他們性格開朗，結果往往不壞。我記得當時我感覺他不僅馬上將我印在腦海，而且把我們被介紹給對方這事當作是我們往前邁了一步，甚至當作一種投資，雖然這種介紹只是個形式；可以這麼說，他把我記在大腦記事本上，等待很快在其他地方單獨遇到我，甚至之後大膽地向迪亞斯．巴雷拉要我的電話。或許迪亞斯．巴雷拉在提到我時用「一個妞」稱呼，因為這是魯伊韋里斯．德．托雷斯能理解的唯一說法：對他來說我當然不過如此，只是「一個妞」。我並不生氣，對我來說有些男人也只是「男人」而已。他屬於那種極為放肆、沒有底限的人，以至於有時會讓人無言以對。我曾經把這種態度與他倆之間相互缺乏尊重聯繫在一起，因為他倆都知道彼此是同謀，都瞭解對方的最大弱點，兩人曾經合夥犯罪。魯伊韋里斯似乎並不在乎我與迪亞斯．巴雷拉是什麼關係。我突然想到或許迪亞斯．巴雷拉告訴他我倆已經沒有任何關係。這個想法真的令我惱火，他可能毫不難過地給他開了綠燈，一丁點哪怕是模糊的占有欲——如果願意的話，也可以說是想占有的意識——都沒有，一丁點嫉妒都沒有，這促使我擺出更加嚴肅的態度，我不動聲色地阻止那個無恥的傢伙，我仍在好奇他怎麼會出現。我同意去咖啡館喝一杯，就一小會兒；僅此而已，我告訴他。我們在緊靠落地窗的那張桌子坐下，就是那對完美夫婦還在一起時常坐的那張桌子，我想「落差真大啊。」他幾乎像高空雜技演員那樣果斷地脫掉了大衣，剛一脫完便挺起了自己的胸膛，他肯定對自己的胸肌頗感自豪，把它當成自己的一種資本。他沒有摘圍巾，大概認為很適合自己，和他那條緊身褲很般配，都是米黃色：很高雅的顏色，但是更適合春季，他大概不怎麼注意季節穿搭。

他說了些雞毛蒜皮的事情，同時一直恭維我。他的恭維很直接，是厚顏無恥的奉承，但是並不低俗，他想勾搭我，讓自己顯得很風趣——他不裝的時候倒是更風趣，他的玩笑可以想見，很拙劣，有點天真——僅此而已。我開始不耐煩了，剛開始的那種友好慢慢減退，我已經很難笑起來，工作一整天後的疲倦突然襲來，而且自從和迪亞斯．巴雷拉分手之後我的睡眠一直不好，總被噩夢和醒來時的不安所糾纏。雖然我知道了那些事，但我對魯伊韋里斯的印象並不壞——算了，也許他只是還一個朋友人情或幫他，這個朋友不得不忍痛幫助另外一個朋友快速死去，他應該昨天死的，應該提前或者在他的自然時間，或者既定時間之前（在他人生的第二個偶然之前，都是一個意思）死的——不過我對他毫無興趣，他太過殷勤，我甚至無法欣賞他的恭維之辭。他沒有意識到自己已經上了歲數，他應該更接近六十歲而不是五十歲，舉止卻像一個三十歲的男人。也許一部分原因是他的身材保養得太好，這一點不可否認，第一眼看上去他像是四十多歲。

「哈威爾派你來幹嘛？」我突然問道，趁著沉默或者談話冷下來時：要麼他沒有意識到他的殷勤失去動力和任何成功的可能，要麼一旦投入，他的毅力便所向無敵。

「哈威爾？」他的驚訝似乎是真的。「不是哈威爾派我來，是我自己想來，我剛才在旁邊辦事。即使不是這樣，你也不要看輕自己，你知道我來找你不需要任何人慫恿。」他不放過任何一個恭維我的機會，並且非常直接。正如我說過，情急之下的一時衝動，同時急切地想弄清楚我是否能滿足他。如果可以，太好了。如果不可以，就轉移目標。我看不出他是會嘗試兩次的人，也不會長期地追求一個人。如果首次出擊不成功，他就會放棄，不會有失敗感，也不會再去想它。那是他的首次出擊可能也是唯一一次，他不會再浪費時間，不會飢不擇食，有的是選擇。

「啊，不是嗎？那你怎麼知道我在哪上班？不要跟我說你是碰巧路過這裡。我已經看見你在那裡等人。你從幾點在那兒？這種天氣在大街上等人很冷，你來這裡很麻煩，而我也沒那麼重要。哈威爾為我倆做介紹時連我的姓都沒說。你快告訴我如果不是他派你來的話，你怎麼這麼準確地找到我。既然我已經相信他那個關於友誼和犧牲的故事，他還想知道什麼？」

魯伊韋里斯的一個笑容緩緩地停住，確切地說是他全部的笑容，事實上他一直都在笑，他肯定認為他那和卡斯曼一樣白得耀眼的牙齒也是一種資本，他與那位演員有著明顯的相似之處，這讓他給人好感。或者他的笑容不是緩緩停住，而是上翻的嘴唇鉤住或黏在牙齦上——嘴裡缺乏唾液時會發生這種情況——他花了很長時間才讓上唇恢復自由。應該就是這樣，因為他做了一些奇奇怪怪的啃咬動作。

「對，當時他沒說你姓什麼，」他答道，對我的反應露出訝異的表情，「但是後來我們在電話裡說起你，他無意中流露的資訊足以讓我不用十分鐘就能找到你。你不要小看我。調查事情對我來說並不難，我不缺關係，如今有網路、臉書等工具，一旦某個細節被人知道誰都溜不掉。你沒想到我從一見到你就非常喜歡你吧？好吧，是特別喜歡，瑪麗亞，你看得出來的。今天也一樣，雖然今天的情景、你穿的衣服和第一次見面時很不一樣，誰也不會一直走運。那次真是眼前一閃、曇花一現。如果你想聽最真的真話，那就是幾個星期以來，我腦子裡都無法擺脫你。」他又若無其事地笑起來。他滿不在乎地一次又一次提起那次我半裸的情景，並不擔心自己顯得無禮，畢竟他認為他的到來打斷我和迪亞斯・巴雷拉做愛，或者類似的事情。事實並非如此，只差一點。他用的「特別」和「眼前一閃」都是很過時的說法；「溜掉」也都不用了：他的辭彙比他的外貌更加透露他的年齡，也保留了一點優雅。

「說起**我**？為什麼？我們的關係準確地說並沒有公開。完全相反。他當時很不高興你看見我，很不高興我們遇上，你沒注意到這一點，沒注意到他很生氣嗎？所以我很奇怪他後來跟你提起我，他應該很想忘記那次見面的……」我停下來，因為我突然想起我曾經想過的事情，迪亞斯・巴雷拉大概曾試圖和魯伊韋里斯一起復原我在門後偷聽時他倆之間的對話，以便推算我聽到的數量和內容，推算我知道了多少；在仔細回顧了他們的談話之後，他大概得出這樣的結論：最好面對我，向我解釋，編造一個故事，或者向我坦白發生的一切，總之要給我講一個比我所想像的更好的故事，所以他在兩週後打電話給我讓我過去。這樣就對了，他們很可能提過我，哈威爾隨口告訴他的資訊足以讓魯伊韋里斯自己找來，更確切地說是擅自來找我。毫無疑問，他不是那種徵求任何人同意去接近一個女人的人。他屬於那種甚至對哥兒們的妻子或女友都不尊重、不設防的人，這種人多得超出我們的想像，他們無所顧忌。或許迪亞斯・巴雷拉並不知道那天下午他來接近我、突襲我。「算了，好吧，等一下，」我馬上說道，「他確實把我視為麻煩跟你提起我，是嗎？他說的時候很擔心，他告訴你我聽到你們說話，如果我執意把這件事告訴別人，告訴路易莎或警察的話，會讓你倆陷於困境。他是因為這個才跟你提起我，不是嗎？你倆一起編了黑素瘤的故事，還是畢達爾幫了你們？也可能是你這個足智多謀的人自己想出來的？還是他想出來的？現在我明白了，我不瞭解你，但是他讀過很多小說，所以他信手捻來就是一個故事。」

魯伊韋里斯的微笑再次消失，這次沒有過渡，就像被人用布擦去了似的。他變得嚴肅，我看到他眼裡有了些許驚慌，他的態度馬上不再殷勤、輕浮，甚至把椅子搬離我身邊，他原本企圖再靠近我一點的。

「你知道生病的事了？你還知道些什麼？」

「他把整個事件都告訴我了。包括你們對那個可憐的卡內亞所做的事，手機的事和折刀的事。他可能對你很感激吧，你做了最壞的那部分事情，他卻是待在家裡，對不對？他指揮行動，就像隆美爾將軍那樣。」我忍不住諷刺，對於迪亞斯・巴雷拉我充滿蔑視。

「你知道我們做的事？」這句話與其說是提問不如說是證實。他等了幾秒之後才接著說，像是需要消化一下，對他而言似乎是個新發現。他飛快地、悄悄地用手指將上唇完全摁下去：他的上唇這次並沒有被勾住，但是確實有點翹。也許他想確保自己的表情不再帶著微笑。他剛剛知道的事情令他不安，或者讓他很不高興，如果他不是在假裝的話。終於他聲調沮喪地說道：「我以為最終他打算什麼都不告訴你，他是這麼對我說的。他覺得讓事情順其自然更明智，希望你沒有聽到太多，或者你不會把所有資訊都連貫起來，或者只希望你保持沉默。和你結束關係，他確實說了。他告訴我，你們的關係並不穩固，肯定會自然而然地結束。只要他不再找你，不回你可能打給他的電話，或者敷衍你就行了。儘管他不認為你會糾纏下去，『她非常謹慎，』他告訴我，『從不期待什麼。』你們之間也不存在責任。希望你忘記從我們的談話中所聽到的一切。他說最好不要提供證據，時間會讓她逐漸對所聽到的內容產生懷疑。『最終會讓她覺得不真實，她會認為那些都是她自己的想像。是幻聽。』他說得不無道理。因此我認為自己暢通無阻了，我指的是跟你。」他再次沉默。他在回憶或思考，以至於他後面所說的話像是自言自語，而不是說給我聽：「我不喜歡，不喜歡他不告訴我，不喜歡他竟然不告訴我跟我直接有關的事情。他不應該把那件事告訴任何人，那不僅僅是他的事，實際上更是我的事。我冒更多的風險，暴露得更多。沒有人見過他。我一點也不高興他改變主意，告訴了你，你知道嗎？而且沒有通知我。我在這裡跟你見面真是可笑。」

他看上去很惱怒，目光出神，或者說是專注。他對我的熱情已經減退。我等了一會兒才回答。「嗯，坦白幾個人合謀殺人確實……」我說，「應該事先徵求其他人的意見，不是嗎？這是最起碼的。」我忍不住嘲諷了一下。他憤怒地像彈簧一樣跳起來。

「哎，喂，喂。不是這樣的，你別想多了。根本不是什麼謀殺。就是讓一個朋友死的方式更好些，少受點罪。好吧，好吧，沒有什麼死亡是好的，那個暴徒用刀殘忍地捅他，這是我們無法預料，我們甚至沒有把握他一定會用那把刀。但是等待著他的死亡經過卻很恐怖，很恐怖，哈威爾向我描述整個過程。實際上至少他死得很快，一下子的事，沒有經歷多個階段。那些階段很痛苦，每況愈下，他的妻兒會看到他變成一個怪物。這不能被稱為謀殺，你別跟我開這種玩笑，是另外一回事。是一種憐憫之舉，哈威爾就是這麼說的。一次出於憐憫的殺人。」

聽起來他對此深信不疑，說得很真誠。於是我想：「三者之一：要麼黑素瘤是真的，不是杜撰；要麼哈威爾也拿生病的事欺騙這個傢伙；要麼這個傢伙在按照付他錢的人的授意演戲。若是最後這種情況，那麼應該承認他是個很好的演員。」我想起刊登在報紙上的德思文的照片，我在網路上看得很模糊：沒穿外套，沒繫領帶，可能連襯衫都沒有——他的鏈釦去哪裡了呢——渾身插滿管子，周圍是正在實施搶救的醫療人員，傷口暴露在外，躺在街道中間的血泊中，吸引行人和駕駛的注意，他神智昏迷，虛弱無力，奄奄一息。看到自己或者知道自己這樣暴露在外他應該感到恐怖吧。那個暴徒的確是洩憤了，但是誰能預見呢？那是一次出於憐憫的殺人行為，也許確實是這樣，也許一切都是真的，魯伊韋里斯和迪亞斯·巴雷拉的行動是出於善意，是在錯綜複雜的情況下做了自己能力範圍之內的事。也可能是輕率之舉。剛剛承認那三種可能，想起那個形象，我便突然感到沮喪，或者說是厭倦。當你不知道該相信什麼，也不打算去當業餘偵探時，你會覺得厭倦，想要把一切拋得遠遠的，放棄它，不再去想，也不再去管真相或者那團亂麻，反正都一樣。真相從來都不清晰，永遠都是一團亂麻。甚至追究到底亦是如此。但是在現實生活中，幾乎沒有誰需要弄清真相，也沒人花精力去調查，這種事情只發生在不切實際的小說中。儘管如此，雖然我很不情願，我還是作了最後的嘗試，雖然我想像得出他的回答。

「好吧。那麼德文內的妻子路易莎呢？哈威爾安慰她也是一種憐憫之舉囉？」魯伊韋里斯・德・托雷斯再次感到驚訝，或者說他假裝得好極了。「他的妻子？她怎麼了？你說的是哪種安慰？他當然會幫她，盡可能地安慰她和孩子們。那可是他朋友的遺孀和遺孤。」

「哈威爾很久以來一直愛著她。或者說執意愛著她，一個意思。對他來說，除掉丈夫真是天意。那對夫婦非常恩愛。只要德文內活著，他是沒有任何機會。現在他有機會了。耐心點，慢慢來。待在她身邊。」

魯伊韋里斯輕而易舉地恢復了片刻的笑容。那是一種帶有同情的似笑非笑，似乎我的誤入歧途，我的天真單純，我對自己曾經的情人那麼不理解令他感到難過。

「你說什麼呢，」他輕蔑地答道，「他從未對我說過這樣的話，我也從沒看出來。你別自欺欺人，或者安慰自己認為他跟你結束是因為他愛另外一個女人。想到這一層真是太荒唐了。哈威爾不是那種會愛上誰的人，絕對不是，我認識他很多年了。你以為他為什麼從未結過婚呢？」他擠出了一聲大笑，盡量帶著嘲諷的意味。「耐心點，你說。在對待女人方面，他根本就不知道什麼是耐心。所以他才一直單身，這是原因之一。」他做了一個不屑的手勢。「胡說八道，你一點兒都不懂。」不過他又陷入沉思，或者是在努力回憶。引人懷疑真是易如反掌啊。

確實，很可能迪亞斯・巴雷拉從未告訴過他什麼，特別是如果他騙了他的話。我想起來在我偷聽到的談話中，在提到路易莎時，他並沒有提她的名字。在魯伊韋里斯面前我是「一個妞」，而她卻是「女人」，毫無疑問是妻子的意思，他沒有提及其他稱呼。似乎她跟他關係並不親近。似乎她註定只有那一個身分，他朋友的妻子。魯伊韋里斯也從未撞見他倆在一起，因此從一開始，從那天下午在路易莎家就讓我覺得再明顯不過的事情他卻不明就裡。我猜里克教授大概也覺察到了，不過誰知道呢，他彷彿過於關注自己的事業，不會考慮外面的事情，是個心不在焉的人。我不想再說什麼。魯伊韋里斯的目光又走神或者專注起來。沒有什麼可說的了。他已經放棄對我的追求，不管怎樣他肯定是真心的，他已經大失所望。我並不想去弄清楚什麼，而且我也不在乎。我剛剛決定不再過問此事，至少要堅持到另一天，或者另外一個世紀。

「你在墨西哥發生什麼事？」我突然問他，想讓他不再恍惚，打起精神。我發現讓他產生好感並不難。我不會有機會，也不想再見到他，和迪亞斯．巴雷拉，還有路易莎．阿爾黛，他們所有人。我希望出版社不要跟里克簽書約。

「在墨西哥？你怎麼知道我在墨西哥發生了事情？」這次確實令他大感驚訝，不可能還有人記得此事。「連哈威爾都不清楚。」

「我在他家門後聽你們談話時聽你說的。你說很久以前你在那裡有過麻煩。那邊在通緝你，或者說你已經被備案了，你大致是這麼說的。」

「哎呀，這麼說你還真是聽到了。」他馬上像是急於澄清我還不知道的事情似的又說道，「那次也不是凶殺，絕對不是。純粹是自衛，不管是他還是我。而且，那時我才二十二歲……」他突然不說了，因為意識到自己說得太多，意識到自己實際上仍在努力回憶或者自言自語，只不過是當著證人的面大聲說出來。我那番德思文之死應該被稱為謀殺的評論已經對他產生影響。

我大吃一驚。從未想過他還背負著另一樁命案，不管事實如何。在我看來他像是一個普通的騙子，不可能犯下血案。我把德文內的事情看成一個例外，像是他不得已而為之，畢竟他並沒有親自行凶，他也是派人幹的，比迪亞斯．巴雷拉的程度要小一些。

「我什麼都沒說，」我馬上答道，「我只是問問你，我不懂你在說什麼。不過，如果中間還有人死了的話，我寧願不知道。我們不說這個了。可見永遠都不該問問題。」我看了看錶。我突然感到很不自在，因為我正坐在德思文常坐的地方和間接殺害他的人聊天。「我該走了，已經很晚了。」

他沒有理會我最後幾句話，還在沉思。我已經令他產生疑問，我希望他不要現在去質問迪亞斯．巴雷拉關於路易莎的事，要求他作出解釋，因為這會導致他再次打電話斥責我，誰知道呢。或許魯伊韋里斯正回憶很久以前在墨西哥發生的事，這件事顯然仍令他感到沉重。

「是艾維斯．普里斯萊的錯，你明白嗎？」幾秒鐘後他開口道，他的語氣變了，彷彿突然發現可以打動我、不至於完全空手而歸的最後一招。他的語氣一本正經。

我情不自禁地笑了一下。

「你是說艾維斯．普里斯萊本人嗎？」

「是的，他在墨西哥拍電影時我曾經為他工作十來天。」

這次我真的大笑，儘管整個故事背景是陰暗的。

「好吧，」我說，一邊仍在笑著，「你也跟他的那些歌迷們一樣知道他住在哪個小島吧？他最後和誰一起隱居，是瑪麗蓮．夢露還是麥可．傑克遜？」

他生氣了，向我射來銳利的目光。他真的生氣了，因為他對我說：「你是個白癡，女人。你不相信？我為他工作過，他讓我捲入一個大麻煩。」他變得空前嚴肅。他生氣了，發怒了。那不可能是真的，聽起來像吹牛，像胡說八道；但是顯然他是認真的。我盡力往後退了退。

「好了，好了，請您原諒，我無意冒犯您。只是這聽起來有點不可思議，不是嗎？你明白我的意思。」為了讓話題轉換得不那麼突然，不收回讓他以為我覺得不可能或者是他精神失常的話，我又說道：「嘿，如果你為貓王本人工作過的話，那你現在多大了？他死了好多年了，不是嗎？有五十年了？」我的笑容仍在往外冒，幸好我忍住了。

我立刻察覺到他又開始有調情的意思。但是他還是先責備我。

「別那麼誇張，到八月十六號就三十四年了，我想。我覺得不會更長了。」他記得非常準確，應該是個十足的歌迷。「來，你覺得我多少歲了？」

我想說點好話讓他消消氣。但不能太誇張，以免有奉承之嫌。「我看不出來。五十五？」他滿意地笑了，彷彿已經忘記我之前的冒犯。他笑得上嘴唇再次突然上翻，露出白色的、矩形的、健康的牙齒和牙齦。「至少再加上十歲，」他得意地答道，「你覺得呢？」

那麼他確實保養得很好。他有點孩子氣，所以很容易讓人產生好感。他很可能是迪亞斯．巴雷拉的另一個犧牲品，我已經慢慢習慣於想起他的時候不再直呼其名，那個在他耳邊說過多次、呢喃過多次的名字，而只是以姓相稱。這種做法也很孩子氣，但是有助於疏遠那些曾經愛過的人。

淡化的過程就是從那個時候真正開始，從我第一次不過問他的事情之後，從我第一次產生這樣的想法之後（我甚至都沒有去想，也許這和想法無關，而是關乎情緒或者僅僅關乎勇氣）：「實際上這一切跟我有什麼關係，關我什麼事。」任何人面對任何事情都可以這樣想，無論事情與自己關係多大、多麼嚴重，而那些不能擺脫事實的人則是因為他們打心底不願意，因為他們以此為生，發現它們給自己的生活賦予了一定的意義，那些心甘情願地背負著亡者這個卸不掉的包袱的人也是這樣，只要稍加挽留，所有的亡者都打算遊蕩徘徊，他們都想成為夏貝爾，儘管一旦他們敢於全身而歸的話，迎接他們的是苦惱、拒絕和難看的臉色。

這個過程當然是緩慢的、艱難的，必須付出毅力和努力，不能任由自己被回憶誘惑，回憶會不時地回來，並且常常假扮庇護所的角色，當你從某條街道走過，或者聞到某種香水的味道，聽到某個旋律，或者看到電視上在放某部曾經和他一起看過的電影時。我從未和迪亞斯・巴雷拉一起看過電影。

我們確實有共同經歷的文學時光，我承認並且試圖面對：儘管常令讀者和我感到不幸的是我們出版社一般只出版當代作家的作品，我還是說服歐赫尼趕快出版《夏貝爾上校》，採用全新的優秀翻譯（最新的那個版本確實糟透了），再加上巴爾札克的另外三部短篇小說做成一本厚書，因為那部作品太短了，法語裡稱之為*nouvelle*。沒過幾個月這本書就出現在書店，我用我的母語以最佳品質出版這部小說，從而擺脫它的陰影。在編輯過程中必要的時候我會想起它，出版之後我就忘掉它了。最起碼我確信它永遠都不會背叛我，或者是背地裡捅我一刀。

原本忙完這件事之後我就要離開出版社，以免再去那家咖啡館，甚至再從我的辦公室看到它，即使那些樹木將它遮擋了一部分；以免再有什麼勾起我的回憶。我也厭倦同那些在世的作家們鬥智鬥勇，像已經過世的巴爾札克那樣既不會胡攪蠻纏，又不想精心策劃未來的作家該有多好；厭倦那個討厭的科爾特索那些黏人的電話，厭倦自以為是、吝嗇的卡拉伊・豐蒂納的苛刻，厭倦虛假的年輕人們在控制論方面的狂妄，他們爭相集無知、愚蠢、賣弄學識於一身。然而競爭對手提供的工作機會儘管薪水更高卻打動不了我：無論在哪裡我都得與和我呼吸著同樣空氣的野心勃勃的作家打交道。而且，有點懶散、心不在焉的歐赫尼，對我越來越委以重任，堅持要我作決定，我都照做了：希望很快有那麼一天我甚至不需要徵得他的同意就能擺脫某個自以為是的傢伙，尤其是擺脫那位卡爾・古斯塔夫國王即將來臨的折磨，他總是用蹩腳的瑞典語（聽過他排練的人都認為他的口音糟透了）孜孜不倦地雕琢自己的演講。但是，我知道，無論如何我都不應該逃避那個環境，應該用我自己的方法來掌控它，就像路易莎對待自己的家那樣，她強迫自己繼續生活其中，不要倉促地搬家；將其從自己最傷感、最悲痛的情感聯想中剝離，賦予它新的日常生活，重建它。是的，我發現我對那個地方已經有了感情，而感情是無法被欺騙或者忽略的，即使這種感情多半是臆想的。最終只能與它和平共處，安撫它。

將近兩年過去了。我又認識了一個讓我很有好感、非常有趣的男人雅各（感謝老天，他也不是作家），在他的要求下我和他訂了婚，我們制定從容的結婚計畫，我不斷地推遲但沒有取消婚約，我從來都不喜歡婚姻，說服我結婚的是我的年齡——三十多歲了——而不是每天有人一起起床的願望，我不覺得這是多麼美好的事，我想也不是什麼壞事，如果你愛那個和你一起上床睡在你身邊的人的話，當然就像我現在的情況。對於迪亞斯·巴雷拉我依然有所想念，那是另外一回事。這並沒有給我帶來良心上的不安，在回憶中沒有什麼是水火不相容。

我在皇宮酒店的中式餐館和一群人一起吃晚餐時，我看到他們，和我們隔著三四張桌子。我可以清楚地看見他們倆，他們側面朝我，就像我坐在臺下，而他們在舞臺上，只不過我們處於同一高度。事實上我的視線一直沒有離開他們——他倆如同一塊磁石——除了一起吃飯的某人跟我講話時，而這種情況並不多：我們剛剛參加完一本小說的發表會，有幾個人是那個得意揚揚的作者的朋友，我根本就不認識；他們自己說笑，幾乎打擾不到我，我作為出版社的代表坐在那裡，當然是為了買單；奇怪的是，他們大多數都像是吉普賽人，所以我最害怕的就是他們從某個奇特的隱蔽處拿出一把吉他，然後一邊吃飯，一邊起勁地唱起來。那樣不僅不好意思，而且會讓路易莎和迪亞斯·巴雷拉轉頭看向我們這一桌，他倆那時正密切關注對方，根本就沒有注意到我正現身於一場安達盧西亞民歌大會中。儘管我想也許她都認不出我了。沒過多久小說家的女朋友發現我不停地向一個地方看。於是她毫不掩飾地轉過身子看向他們，哈威爾和路易莎。我擔心她毫無顧忌的眼神會驚動他們，所以不得不向她解釋：

「不好意思，那一對我認識，好久沒有見到他們。那時他們還不是一對。你別誤會，求你了。看到他們這樣我很好奇，你明白我的意思了吧。」

「別擔心，」她又肆無忌憚地瞥了一眼後表示理解地回答道。她馬上就明白是怎麼回事，有時我大概讓人一眼就看透了。「他很帥，那我就不奇怪了。沒事，你做你的事，你看你的。跟我沒關係。」

沒錯，我相信他們是一對了，這種關係即使是完全陌生的人也往往一眼就看出來了，何況我對他十分瞭解，我對她並不瞭解，僅僅和她長談了一次——或者說是她一個人在說，那天我只是一個傾聽者，換成誰大概都可以——實際上談的內容很少。但是她這樣的神態我已經看了好幾年，我是說，和她當時的丈夫在一起的時候，而他去世的時間之久已經足以讓她不會首先把自己定義為：「我成了寡婦」或者「我是寡婦」，因為她大概已經完全擺脫寡婦，那個事實、那個資訊，儘管還和以前一模一樣，但是身分的本質可能已經變了。因此現在的她應該會想：「我失去第一任丈夫，他離我越來越遠。我已經太久沒有見到他，但是另外一個男人正在我身邊，一直都在。我也稱呼他丈夫，這很奇怪。他已經占據第一任丈夫在我床上的位置，他和我同榻而眠時，便模糊、抹去第一任丈夫的身影。每天抹去一點，每夜抹去一點。」我曾見過他倆在一起，雖然只有一次，卻足以看出他的愛戀和殷勤，以及她的無視或者無動於衷。現在一切都不同了。他倆的視線都在對方身上，他們談笑風生，時而一句話也不說凝視著對方的眼睛，手指隔桌而握。他的無名指上戴著婚戒，他們大概已經舉行了世俗婚禮，誰知道是在什麼時候，也許就在最近，也許是前天或者就在昨天。她看上去好多了，而他，風采依舊，迪亞斯·巴雷拉坐在那裡，他的嘴唇還和以前一樣，我遠遠地看著它們擺動，有些習慣是丟不掉的或者會馬上恢復，像是一種下意識。我不由自主地做了個手勢，像是要遠遠地觸摸它們。小說家的女朋友，唯一一個不時看我一眼的人，注意到了這個動作，好意問道：

「不好意思，你想要點什麼嗎？」也許她以為我向她打了個手勢。

「不，不，放心。」我擺了擺手像是在說：「是我自己的事。」

她大概察覺到我的慌亂，還沒到失措的程度。幸好一起吃飯的其他人不停地舉杯祝酒，吵吵嚷嚷，絲毫沒有注意我。令人擔心的是，我似乎聽到其中一人開始哼起歌（我聽到「啊，我的寶貝，我的寶貝，普埃爾多聖母」），我不知道他們為什麼呈現出那種舞臺畫面，那位小說家可不是這種風格，他穿著菱形花紋毛衣，戴著強姦犯或者躁狂症者戴的那種眼鏡，看上去心理壓抑，卻令人費解地有一個討人喜歡的漂亮女朋友，他的書銷量很好——一種高調的欺騙，每一本都是——所以我們帶他去一個稍微昂貴的餐廳。我祈求——向普埃爾多聖母說了一句簡短熱誠的禱詞，儘管我並不認識她——歌聲別再繼續下去了，我不想被干擾。我的眼睛無法離開那張像舞臺一樣的桌子，突然，舊報紙——那些報紙曾經在那悲慘的兩天裡刊登那條消息，之後便永遠不再提此事——上的一句話開始在我的大腦裡反覆出現：「在死亡線上掙扎大約五個小時之後，受害者於當日傍晚去世，期間其意識再也沒有恢復，醫生們判定已經回天乏術了。」

「在手術室裡待了五個小時，」我想，「他們不可能在五個小時後都沒發現癌細胞已經擴散至全身，就像哈威爾所說的德思文告訴他的那樣。」於是我相信我已經很清楚了——或者說更清楚了——那場病從來都沒有存在過，除非五個小時的資料是假的或者是錯誤的，因為各家報紙的新聞連奄奄一息者被送往的醫院都是各執一詞。當然，沒有什麼是最終結論，無論如何，魯伊韋里斯的話並沒有否認迪亞斯・巴雷拉所說的話的真實性。這也沒有太多的意義，取決於迪亞斯・巴雷拉委託他做這件血腥的事時向他透露多少真話。我猜是怒氣讓我產生那種瞬間的想法——或者不只是瞬間，而是在中餐館逗留期間——認為自己此刻看得更清楚（之後回到家裡，雅各正在等我，當那一對已經不在眼前時，我又看不清楚了）。我認為我是在證實哈威爾已經和他所愛的人成雙入對，發現他已經如他所願達到目的之後憤怒起來的。畢竟我對他有些怨念，就算我從不抱希望，也無法責怪他曾經給了我虛假的希望。我的感覺既不是道德層面的憤怒，也不是想要主持正義，而是某種更初級的、或許很狹隘的東西。我並不在乎什麼正義、非正義。毫無疑問，我是回顧過去感到嫉妒，或者說是怨恨，我想沒有人能倖免。「瞧瞧他們兩個，」我心想，「到達耐心和時間的終點：她大致上恢復了，非常開心，他滿面喜色，他們結婚了，把德文內和我抛在腦後。我連障礙都不算。我能馬上毀掉這樁婚姻，毀掉他剛剛建立的生活，他就像個篡位者，這個詞再恰當不過了。我只需要起身走到他們的桌邊對他說：『好啊，你終於得到你要的，除去中間的障礙，並且沒有讓她懷疑。』我不必再多說其他，不必給出任何解釋，不必把事情和盤托出，轉身離開。這就足夠了，那些說了一半的話足以讓路易莎產生困惑，她會要他做出艱難的解釋。沒錯，讓一個人產生懷疑就是這麼簡單。」

一想到這些——不過我考慮了很長時間，就像一首縈繞腦海的歌曲讓我反覆回味，我默默地爆發，眼睛定定地看著他們，我不知道他們為什麼沒有察覺到我的眼神，沒有被灼傷或者被穿透的感覺，我的眼神應該如炭火或鋼針一般才對；一想完這些，就像我剛才不由自主地用手做出觸摸他嘴唇的動作一樣，我又不由自主地，或者說不加思考地連餐巾都沒放下就站起身，對那個被宴請的騙子的女朋友（唯一一個讓我還有存在感的人，如果我長時間不在，她會發現）說：

「抱歉，我馬上回來。」

實際上我不知道是什麼意圖在引導我，或者說那個意圖從我的桌子走向他們的桌子——一步、兩步、三步——的過程中，飛速地改變了好幾次。我知道這個想法在我的腦海裡一閃而逝，它需要更加緩慢的速度才能表現出來，我一邊走並沒有注意到——四步、五步——手裡還拿著那個皺巴巴的、髒兮兮的餐巾：「隔這麼久之後，她幾乎都不認識我，她沒有理由認出我，除非我走過去告訴她我是誰；我對她而言可能就是一個正走過去的陌生人。他很熟悉我，會馬上認出我，但這是理論上，在路易莎看來，他更沒有理由想起我。理論上他和我只見過一次面，就是兩年多前的一個下午我們兩個在她家裡做客時，我倆幾乎沒交談過。他應該會假裝不知道我是誰，否則以他的情況來說很奇怪。因此我也能在這件事上揭穿他，我們女人往往馬上就能察覺到走過來和我們身邊的男人打招呼的另一個女人是否和他交往過。除非兩個人都掩飾得極好，沒有暴露出來。或者除非我們自己弄錯了，因為確實有些女人往往會認為自己的男友以前有過許多情人，但是我們不見得總能猜對。」

越往前走——六步、七步、八步，必須繞過某張桌子，避開迅猛的中國服務生，路線不是筆直的——我看得越清楚，我看到他們愉快地、平靜地沉浸在他們的談話中，更確切地說是無視周圍的一切。走到某一步時，我因為路易莎產生某種類似快樂，或者是滿足，又或者是安慰的感覺。很久以前我最後一次見到她時，她曾讓我極度同情。她曾告訴我她無法恨那個暴徒：「不，恨他是沒有用的，既不會減少痛苦也不會增加力量。」她是這麼說的。她還說如果受雇殺害德文內的是一個雇傭殺手的話，她也無法去恨一個概念上的殺手。「但是我恨那些唆使者，」她又說，並且她還給我念了科瓦魯維亞斯一六一一年對於「嫉妒」的一部分定義，很痛心她丈夫的死連嫉妒都歸咎不上。「最糟糕的是這種惡毒的情感往往在我們最好的朋友心中滋生，我們卻把他們當作最好的朋友，信任他們；他們比公開的敵人危害更大。」緊接著她對我坦言：「我不停地想他，你知道嗎？我醒來時想他，入睡前想他，做夢時想他，整個白天都在想他，好像我一直隨身帶著他似的，好像他成了我身體的一部分，或者說，他在我的身體裡。」於是在我已經離得很近的時候——九步、十步——我突然想：「她大概已經不再這樣了，她可能已經擺脫他的屍體，他的亡靈，他的鬼魂，他做得很好，因為他沒有回來。現在她的對面有人了，兩個人可以相互掩飾各自的命運，就像我記得不太清楚的一句詩裡的戀人所做的那樣，我年少時讀過的那句古詩裡大概就是這麼說的。她的床將不再痛苦，也不再悲傷，一個鮮活的身體每晚將會來到床上，它的重量我已熟悉，那種感覺曾讓我歡喜。」

我走到最後幾步時，他們察覺到我的身形或影子轉過頭來——十一步、十二步、十三步——他很驚恐，彷彿在想：「這個女人在這裡做什麼？她從哪裡冒出來？來幹什麼，揭發我嗎？」但是她沒有看到他的表情，因為她親切地看著我，帶著坦誠的、盛開的、熱情的笑容，像是馬上認出我。確實如此，因為她喊道：

「謹慎的年輕女子！」我的名字她肯定不記得了。

她馬上站起來親了我兩下，幾乎是擁抱我，她的友好讓任何想對迪亞斯．巴雷拉說點什麼好讓路易莎與他對立，或者讓她用不信任、目瞪口呆或者噁心的目光看著他，或者讓她像對我說過的那樣去憎恨唆使者的企圖戛然而止；讓我無法說出任何話來毀掉他的生活因而也再次毀掉她的生活，毀掉兩人的婚姻，雖然剛才我是想這麼做。「我有什麼資格來擾亂這個世界呢？」我想。「即使其他人這麼做，比如前面的這個男人，他假裝不認識我，儘管我一直深愛著他，從未傷害過他。但是其他人以最惡劣的手段破壞、蹂躪、虐待這個世界並不能迫使我效法他們，即使我和他們相反，我是在糾正一個歪曲的事實，懲治一個可能的罪人，然而就算拿伸張正義當藉口也不可以。」我已經說過我不在乎什麼正義、非正義。為什麼非得是我的事情，既然迪亞斯．巴雷拉有一定的道理，德維爾律師在他那個虛構的世界和那個靜止不動的時間裡也有一定的道理，他曾就此對我說過：「逍遙法外的罪行數量遠遠超出被繩之以法的罪行；那些不為人所知的、被掩蓋的罪行有多少我們就不說了，肯定遠遠多於那些已知的、登記在案的罪行。」或許另一個觀點也對：「最惡劣的是這麼多不同時代、不同國家的人，各人承擔自己的風險，他們相隔數公里或數年，甚至數世紀，原則上不會相互傳染，他們各人有自己的想法和特定的目的，卻不約而同做出相同的事情：偷盜、詐騙、謀殺或者背叛自己的朋友、同伴、兄弟姐妹、父母、子女、丈夫、妻子或者早就想要擺脫的情人。背叛那些也許他們曾經最愛的人。平常生活中的罪行有一定的比率，並且很分散，這兒一樁，那兒一樁；它們零星地發生讓人覺得沒有那麼令人髮指，即使接連不斷地發生，也沒有掀起抗議的浪潮：怎麼可能呢？因為人類社會自古以來就與它們朝夕共處，滲透了它們的特性。」我為什麼非要去干預，或者說反其道而行呢？這種做法又能對世界的秩序起什麼補救作用？我為什麼一定要揭發一個我連確鑿證據都沒有的個體？沒有什麼是肯定無疑的，真相永遠都是一團亂麻。如果這是一樁真正有預謀的蓄意犯罪，唯一的目的就是占據已經被占據的位置，肇事者至少還負責安慰受害者，我的意思是仍然活著的受害者，企業家米蓋爾·德思文的遺孀，她對他已經不再那麼懷念了：無論是醒來時、上床時、做夢時，還是整個白天。可悲的是，或者說幸運的是，亡者就像繪畫一樣定格，他們一動也不動，什麼也不補充，什麼也不說，永遠也不回答。能夠回來的人回來是錯的。德文內無法回來了，這樣對他更好。

我在他們桌前逗留的時間很短，我們只說了寥寥幾句話，路易莎邀請我和他們一起坐一會兒，我藉口我那桌還有人在等我推辭，當然是假話，不過要去買單卻是真的。她向我介紹她的新丈夫，她不記得理論上我和他曾經在她家裡見過面，對她來說那時他還在暗處。我倆都沒有再喚起她的記憶，那又能怎樣，有何必要？迪亞斯·巴雷拉幾乎和她同時站起身，我倆互吻兩下面頰，就像西班牙陌生男女在被介紹認識時習慣上所做的那樣。看到我很謹慎，主動演戲，他驚恐的表情已經消失了。於是他也親切地、靜靜地看著我，那雙杏仁狀的眼睛朦朧地籠罩著我，難以猜透。他們親切地看著我，並沒有任何念想。我不否認當時我曾想不顧一切地多待一會兒，不讓他消失在視線中，想蒼白無力地在那裡逗留一會兒。但是我不該那麼做，不能那麼做，我在他們身邊待得越久，路易莎就越可能發現某種痕跡，某種殘餘，我眼神裡殘留的愛意：我的視線總是會投向它常看的地方，這是不可避免的，當然也是不由自主的，我不想傷害他們當中任何一位。

「我們必須再見個面，打電話給我，我還住在老地方。」她對我說，帶著真誠的熱情，毋庸置疑。這是人們告別時常說的一句話，告別後便忘了。我不會再回到她的記憶中，我只是她在另一段生活中感到面熟的一個謹慎的年輕女子，沒別的了。我甚至已經不年輕。

對於他我不想再靠近第二次。再次和她禮貌性地親了兩下之後，我一邊扭頭回答（「好啊，當然了，改天打電話給你。你不知道再遇見你我有多高興。」），一邊馬上向我桌子的方向走了兩步，為了保持一點距離，然後用手跟他道別。在路易莎看來我是跟他們兩個道別，但是我是在和哈威爾道別，現在是真的道別，徹底地真正地道別，因為他的女人已經在他身邊。在我回愚蠢的出版世界的路上（我剛剛離開不過幾分鐘，但是我突然覺得這幾分鐘很漫長），我像是在為自己開脫似的想：「沒錯，我不願成為他肩上可憎的百合花，連最久遠的罪行都要揭發、指明、不許消失的百合花；就讓過去沉默，讓事情淡化或者隱藏起來，讓它們默不作聲，不要說出，不要帶來其他的不幸。我也不願像我生活中的那些該死的書那樣，它們的時間是停滯的，永遠在封閉中等待，請求被打開以便重新來過，再講述一遍它們那老掉牙的故事。我不願像那些寫在紙上的聲音那樣，它們常常像是壓抑的歎息，像是我們所有人長眠其中的死屍世界趁我們不注意而發出的呻吟。如果不是大多數，只是一部分民事案件沒有備案，不為人知，也沒關係，這很正常。然而人們卻往往追求相反的結果，即使他們失敗這麼多次：用火烙上那朵百合花，讓它永不消失，揭示罪行，宣示判決，可能引發更多的罪行。倘若我沒有在很久之前愚蠢地、悄悄地愛上他，倘若我現在不再愛他一分的話——我想我還有幾分愛他，雖然發生了那一切，發生了那麼多事——我本來肯定也想對其他人這麼做，或者說想對他這麼做。一切都會過去，一切已經開始成為過去，因此我不介意承認它。我剛剛在意想不到的時候見到他，他帥氣而開心，這就是對我最好的辯解了。」我繼續想著，一邊轉身背向他，我的腳步，我的身形，我的影子正在永遠地離開他：「是的，我承認它沒有關係。畢竟沒有人會來評判我，我的思想也沒有目擊者。確實，當我們被愛情的蜘蛛網捕獲時——在人生的第一次偶然和第二次偶然之間——我們會有無限的幻想，同時我們會因為任何一點小事而感到滿足：只要聽到他的聲音——在兩次偶然之間的時間內，毫無二致——聞到他的味道，看到他的身影，預感到他的存在，那時他還在我們視野之內，還沒有完全消失，還沒有遠遠看見他雙腳迅速逃離時揚起的塵埃。」

大師名作坊 161

如此盲目的愛

作者—哈維爾・馬利亞斯
譯者—蔡學娣
主編—嘉世強
編輯—張瑋庭
企劃經理—何靜婷
封面設計—張溥輝
內頁排版—極翔企業有限公司
發行人—趙政岷
出版者—時報文化出版企業股份有限公司
10803台北市和平西路三段二四〇號三樓
發行專線—（〇二）二三〇六—六八四二
讀者服務專線—〇八〇〇—二三一—七〇五
（〇二）二三〇四—七一〇三
讀者服務傳真—（〇二）二三〇四—六八五八
郵撥—一九三四四七二四時報文化出版公司
信箱—台北郵政七九～九九信箱
時報悅讀網—http://www.readingtimes.com.tw
電子郵件信箱—liter@ readingtimes.com.tw
法律顧問—理律法律事務所 陳長文律師、李念祖律師
印刷—勁達印刷有限公司
初版一刷—二〇一八年八月二十四日
定價—新臺幣三六〇元
（缺頁或破損的書，請寄回更換）

時報文化出版公司成立於一九七五年，
並於一九九九年股票上櫃公開發行，於二〇〇八年脫離中時集團非屬旺中，
以「尊重智慧與創意的文化事業」為信念。

如此盲目的愛 / 哈維爾・馬利亞斯（Javier Marias）著；蔡學娣譯 . –
初版 . – 臺北市：時報文化, 2018.08
面；公分 . –（大師名作坊；161）
譯自：Los enamoramientos
ISBN 978-957-13-7439-0

878.57 107008698

ISBN 978-957-13-7439-0
Printed in Taiwan